AF462557

CALOMNIÉE

OU

JOUER AVEC LE FEU,

PAR

WILHEM TÉNINT.

A MADAME ***.

Vous rappelez-vous, madame, que vous me disiez un soir :

« De notre temps, que d'hommes, doués de toutes les qualites supérieures de l'esprit, se perdent par l'impatience du succès, la haine des voies honnêtes et arides, et, cherchant des chemins de traverse, s'élancent au milieu des broussailles et des moyens hasardés pour n'avoir pas voulu cheminer et piétiner derrière tout le monde. La vie est un spectacle auquel il faut que la plupart se résignent à faire queue. Attendez! et les lueurs du lustre vous inonderont à votre tour. Si vous voulez entrer avec les riches, tout de suite, sans ennuis, sans encombres, vous y réussirez peut-être, mais gare les faux billets! »

Ceci, — répondis-je, — servirait merveilleusement de préface à une histoire que je connais.

Vous voulûtes bien me faire promettre de la conter, cette histoire, et voyez comme, par bonne grâce, on laisse aller souvent des paroles imprudentes. Voici qu'aujourd'hui je vous prends au mot. Daignerez-vous voiler un peu l'expression railleuse de votre regard et m'écouter avec indulgence?

CHAPITRE PREMIER.

L'Étang du Plessis.

— Eh quoi! c'est toi, Camillo? Comment diable nous arrives-tu par là?

La rencontre avait lieu vers le milieu de la route qui conduit de Sceaux à Plessis-Piquet, à la hauteur d'un carrefour nommé les *Quatre Voies*, et vers l'époque de l'année où les noyers, dévastés par la gaule, ont jonché les chemins de leurs feuilles vertes, que les pluies tachent de rouille.

Il était cinq heures du soir environ.

Deux hommes à cheval, l'un jeune, l'autre quelque peu mûr, abordaient ainsi un troisième cavalier qu'ils avaient, quand le brouillard épais le leur eut permis, reconnu pour un ami commun.

— Je l'ignore; je me suis perdu... ce maudit brouillard!...

— Bien t'en prend de nous rencontrer.

— C'est vrai. Tu sais, Roger, je croyais d'abord ne pas pouvoir venir. Mais, en dépit de mes graves occupations, je me suis trouvé libre. J'ai voulu prendre les chemins de traverse et j'ai pensé me trouver embourbé. Me vois-tu rester là, comme une statue équestre, au milieu d'un champ de betteraves. C'eût été fort déplacé. Enfin, tant bien que mal, j'ai gagné Fontenay-aux-Roses; mais, ma foi! le brouillard m'a fait prendre une route pour une autre, et au lieu d'aller chez toi, au Plessis, j'allais... je ne sais où... à demi fâché, à demi content, car il y a un certain charme à se perdre! Mon estomac disait: Arrêtons-nous, mon ami, votre conduite est des plus folles! Qui sait vers quel dîner vous me menez ainsi? Mais mon imagination répondait: En avant! c'est charmant d'errer à l'aventure! Allons toujours!

— Eh bien, Camillo, tu es libre de suivre ton imagination.

— Je meurs de faim, mon cher, et mon imagination est une sotte.

En apparence, ils étaient là trois amis, causant de choses et d'autres, l'un fredonnant une cavatine; l'autre jouant avec son lorgnon; le troisième distribuant en chemin des coups de cravache aux broussailles, qui sous cette fustigation pleuraient de grosses larmes d'argent; tous les trois mis avec élégance, bien gantés, jeunes ou à peu près, sourians, insoucians, légers, de bon accord, s'acheminant vers un excellent dîner, — un de ces buts qui admettent la rivalité, et sous la fumée desquels il y a quelque chose de réel et d'appréciable; — leur conversation était spirituelle, aiguisée, scintillante; elle vous amuserait peut-être, mais sous ses folles et brillantes reparties, miroir d'alouettes toujours agité, se cachaient des pensées perfides et pleines d'embûches.

Le vicomte Roger d'Ortot, qui pouvait avoir vingt-quatre ans, était mis d'une façon ravissante. De taille petite et frêle, de maintien plein d'aristocratie et de timidité à la fois, il avait une figure fine, douce, blanche et rose et d'une admirable rectitude de lignes, un front pur à la courbe gracieuse, des yeux bleus un peu fatigués, mais charmans de douceur, et, n'eût été sa barbe blonde, on eût pu le prendre pour une jolie femme en fantaisie de travestissement.

Roger ayant perdu son père dans son enfance, s'était trouvé confié aux mains faibles et coquettes de Mme la vicomtesse d'Ortot, qui était trop jeune encore, et trop belle, et trop amoureuse du monde pour prendre bien au sérieux ce rôle de mère. Elle aimait pourtant son fils avec idolâtrie; elle s'amusa à boucler ses cheveux argentés, à lui faire des jaquettes de velours, à le coiffer de petites toques empanachées de plumes blanches, à l'attifer et à le mignarder; ce fut un joujou, une poupée, une partie intéressante de sa toilette. Quant au moral, elle y songea peu.

Qu'il n'eût pas les yeux rouges et gonflés et que les dentelles dont elle le couvrait fussent intactes au moment de sortir, c'était là le grand point. Du reste, il pouvait pleurer, crier, briser ce qui pour lui était brisable, Mme d'Ortot souriait de ces enfantines colères et les apaisait à force de bonbons et de jouets, — car les baisers n'y suffisaient déjà plus. Ce fut ce qu'on appelle un enfant gâté. Quand Roger fut au collége, sa mère le trouva trop gauchement vêtu pour qu'il pût lui servir de parure dans les promenades et dans le monde. Elle lui fit faire, pour les jours de sortie, de gracieuses toilettes, dues aux premiers tailleurs; on lui apprit à monter à cheval, on l'emmena dans les soirées, dans les bals; ce fut un Chérubin blond et audacieux sous des traits de jeune fille, un caractère indompté, devenu indomptable; enfin, un démon parfaitement mis. Au collége, il révolutionnait les classes, conspirait contre les *pions*, fourrait des matières incendiaires sous la chaire des professeurs, soulevait des insurrections dans le *quartier*, et, — ceci est un trait distinctif, — ne se compromettait jamais ouvertement.

Du reste, la vie lui fut toujours douce et sereine. Le monde n'eut pour sa jeunesse que des caresses et des sourires. Il eut constamment des gants blancs, des gilets frais et des bottes immaculées. Dès qu'il fut installé au logis maternel, il commença à se vautrer dans les basses voluptés de la vie parisienne. Tout d'abord il se lia d'amitié avec Camillo Sylva, qui l'introduisit dans le monde des coulisses, où Roger ne tarda pas à s'éprendre de charmantes jeunes femmes fort désintéressées, nous n'en doutons pas, mais très coûteuses. Mme d'Ortot, qui comptait avoir dans son fils un fidèle et complaisant cavalier, ne vit plus Roger que le matin, au moment du déjeûner. D'ordinaire, il rentrait à deux ou trois heures du matin, et, tout naturellement, se plaignait avec amertume de l'odieux esclavage où il vivait : l'excellente mère, qui ne pouvait fermer l'œil qu'au moment où sa femme de chambre venait lui dire : Monsieur est rentré, se plaignit d'abord doucement; Roger lui répondit avec emportement; elle insista sur les reproches, mais le jeune homme se décida, toutes les fois que la discussion menaçait, à prendre son chapeau et à partir. Il finit par ne plus adresser la parole à sa mère que pour lui demander de l'argent. Mme d'Ortot fut bien cruellement punie de sa faiblesse. Un jour enfin Roger prit un logement à part et il se dit : Je suis libre!

La pension que lui fit sa mère s'en allait comme gouttes de rosée sous un soleil ardent. Il y en avait pour la matinée, c'est-à-dire le commencement des mois. Aussi Camillo Sylva, son ami, le mit-il en rapport avec M. Hoffer, homme charmant, d'une obligeance rare, qui, sûr du recouvrement, lui prêta des sommes énormes à des intérêts extravagans.

Cependant Roger se trouvait malheureux. Il était dévoré par une ambition insatiable, non pas par l'ambition des honneurs ni du pouvoir, ni de la gloire, mais par cette ambition odieuse qui est la passion de notre siècle, l'ambition de l'argent pour les jouissances qu'il donne. Ce n'est pas l'âpre désir de l'avare qui veut de l'or pour l'entasser, pour le presser, pour le palper avec ses mains crispées, mais c'est l'amour du luxe, des plaisirs, de l'éclat, de l'existence somptueuse, des grands hôtels, des beaux chevaux, des magnifiques livrées, — tous les apparats et toutes les voluptés. L'ambition du pouvoir est laissée aux niais; l'amour de l'or est laissé aux fous; il avait lui, comme tant d'autres aujourd'hui, l'amour de la richesse. Une sourde rage s'emparait de lui au spectacle de toutes les larges existences dont la splendeur l'assombrissait, et tout bas il se disait :

— Comment faire? vendre mon hôtel et mes chevaux, c'est impossible. Je suis ruiné! Je suis perdu! Partout des dettes! Mais je ne puis disparaître ainsi pourtant! Je ne puis renoncer à cette existence de luxe, c'est un besoin pour moi. (Certaines gens affirment que la fortune est un besoin particulièrement inhérent à leur nature; les autres peuvent être pauvres.) Le temps passe, se disait encore Roger, je veux vivre, moi, je veux vivre! J'ai souscrit cent mille francs à Hoffer pour quarante mille au plus qu'il m'a prêtés, et répondu des soixante mille francs que lui doit ce pauvre Camillo; mais Hoffer se lassera. Ce n'est, après tout, qu'un usurier. Si Herminie pouvait l'entortiller et lui reprendre les billets! Mais c'est de l'argent qu'il me faut, c'est la fortune! Oh! qui me donnera la fortune! Si ma mère pouvait mourir!

Le second personnage, Charles Hoffer, homme de quarante ans tout au plus, haut en couleurs, les yeux gris et perçans, la bouche pincée, mis avec recherche et mauvais goût, étalant sur un gilet de velours à fleurs une chaîne d'or immodérée, et sur une cravate de satin un diamant authentique, était en effet un véritable usurier, mais un de ces usuriers gantés de blanc et chaussés de bottes vernies, un de ces élégans usuriers, juifs pour moitié, pour un quart dandies et pour l'autre quart agens de change, création toute nouvelle de notre siècle. Car ce sordide et crasseux prêteur que vous connaissez, cet homme sec et féroce, vêtu d'habits rapiécés, portant des lunettes vertes, des bas bleus passés et un rifflard chocolat, cette avide araignée tapie au plus haut de quelque maison sale et honteuse, et irradiant sur toute la ville les fils de sa toile hideuse où se venaient prendre toutes les mouches dorées qu'on nomme les enfans de famille, cet infâme usurier, l'usurier type, qui sur une somme de mille francs vous donnait deux cents francs comptant et, pour le reste du prêt, deux ou trois ballots de foulards avariés, quatre ou cinq grosses de chaîne de chrysocale, un chameau pelé ou un ours savant, cet usurier a presque disparu; il a fait place à un joyeux viveur qui dîne au café Anglais, a sa stalle à l'Opéra, et un jonc à pomme d'or pour applaudir les jambes bien faites des danseuses; qui hante les coulisses de la Bourse et vend des chevaux; qui se promène bras dessus bras dessous avec les malheureux qu'il dévalise, et qui tutoie ceux qu'il dévore.

En vérité l'usurier s'éteint; il n'y a plus que des amis.

Voici à quoi M. Hoffer songeait à part lui:

— Je suis un sot! Cette vieille coquette de Mme d'Ortot va se remarier, bien qu'elle ait plus de cinquante ans. J'aurais dû m'attendre à cela. Au fond, elle est enchantée des déportemens de son fils qui lui servent d'absolution pour sa sottise. La fortune vient d'elle et non de feu le vicomte d'Ortot, officier d'aventure. Roger n'a rien à y voir, rien à espérer. J'ai laissé comprendre à la dame que son cher fils pourrait bien aller voyager de long en large pendant quelques années dans une des chambres de Clichy. Elle m'a répondu : Hélas! cela le corrigera peut-être. — Je suis volé! Cent mille francs prêtés à cet étourneau et soixante mille à cet intrigant de Camillo, un gueux sans famille! D'un autre côté, Clichy est compromettant et coûteux. Si j'y fais enfermer Roger et Camillo, la chose s'ébruitera et me fera du tort. On n'osera plus se fier à moi; on me prendra pour un usurier. Je sais bien que la vicomtesse finira toujours par payer... L'opinion du monde! mais on voudra transiger; je rentrerai peut-être dans mes avances... Une affaire ruineuse, enfin! Il n'y a qu'un moyen, c'est de marier Roger. J'ai là justement sous la main une fille affreuse et une dot superbe. Oui, mais Mme Herminie Fremyn consentira-t-elle à ce mariage? c'est fort douteux. Il n'y a rien de si terrible que les femmes de quarante ans qui ont abandonné leur mari et brûlé leurs derniers vaisseaux pour leur dernier amour. Enfin, je la verrai ce soir; je lui ferai entendre raison. Si elle aime vraiment Roger, elle aura peut-être plus peur pour lui de la prison que d'une femme laide; qui sait?

Enfin, le troisième cavalier était un homme de trente à trente-cinq ans, à la figure ronde et souriante, pâle, mais d'une chaude pâleur, aux yeux noirs, hardis, profonds par éclairs, qui avait dans les manières quelque chose de souple, d'arrondi, de calin, mis avec recherche, portant à la boutonnière une décoration étrangère, relevant avec coquetterie sa moustache frisée, paraissant fort insouciant et plus alarmé du froid qui commençait à se faire sentir que des incertitudes et des dangers de l'avenir.

Ceci se passait vers la fin de l'automne de 1829.

Le brouillard, comme nous l'avons dit, était très intense. A peine, du milieu du chemin creusé dans les sables, pouvait-on distinguer les deux berges jaunâtres et couronnées de touffes d'herbes que le givre poudrait. De loin en loin, dans la brume, se dessinaient vaguement quelques saules difformes et tordus, ou la base dépouillée des peupliers dont la cime s'effaçait dans le ciel.

Nos voyageurs quittèrent la grand' route pour suivre un sentier large, sillonné d'ornières et de raies de gazon et qui, comme une jetée s'avançant dans la mer, dominait deux vastes étendues creuses, planes et sans arbres, deux prairies apparemment. Force fut aux trois cavaliers de descendre de cheval et de conduire leur monture par la bride. La nuit était tombée.

Quel diable de temps ! s'écria Roger. Je vais au hasard et je prends les devants pour vous indiquer la route qui, en cet endroit, est quelque peu dangereuse. Vous entendrez bien le bruit de mes pas et celui de ma voix. Mes amis, suivez-moi, ajouta-t-il en parodiant l'air de *Guillaume Tell* : les chemins sont ouverts !

— Tu veux dire qu'ils sont tout gris, répondit Camillo en riant.

— Prenez garde ! continua Roger, nous arrivons à l'étang.

L'étang du Plessis s'évase, calme et limpide miroir, au pied de la colline où le village s'échelonne. A l'ouest, sa ligne arrondie ondoie autour des parterres d'une riche propriété, riant bouquet de fleurs aux jours d'été, qu'il enferme dans la guirlande sombre et bruissante de ses roseaux. Au nord se trouve une sorte de petite grève boueuse, où sont échoués quelques tonneaux de blanchisseuses, lesquelles (les blanchisseuses) vivent en assez bon accord avec tous les jeunes baigneurs des environs. Enfin, à l'est, le long du sentier que suivaient nos voyageurs pour se rendre à la maison de campagne de Roger, les terrains sont contenus par une muraille de pierres moussues, qui ne dépasse pas le sol, et n'est surmontée d'aucune sorte de parapet. Grâce à cette ingénieuse construction, les eaux de l'étang ne peuvent aller trouver les prairies du voisinage, mais quelque voyageur attardé, dans l'obscurité, peut fort bien aller trouver les eaux de l'étang qui, de ce côté, ont une très grande profondeur. Ce soir-là, comme vous le pensez, on ne distinguait ni le village, ni la grève, ni la ceinture des roseaux ; ce n'était qu'une vaste étendue de brume à droite et à gauche ; l'étang et la prairie se ressemblaient à faire peur.

Roger d'Ortot marchait donc en avant.

— Appuyez toujours sur la droite, cria-t-il à ses compagnons.

— Qu'a-t-il dit ? demanda M. Hoffer à Camillo Sylva ; car le bruit de la voix de Roger s'était étouffé dans le brouillard, et de plus l'usurier était un peu sourd.

— Il nous avertit de prendre sur la gauche, répondit Camillo qui apparemment avait mal entendu.

M. Hoffer suivit ce conseil ; tout-à-coup son cheval dressa les oreilles et se raidit sur ses jambes de derrière. Hoffer essaya de le faire avancer, mais le cheval opposa une résistance plus vive et, par un brusque soubresaut, parvint à s'échapper. Au même moment un cri aigu se fit entendre et fut suivi du bruit d'un corps qui tombe à l'eau.

Camillo épouvanté appela Roger d'Ortot et s'écria d'une voix entrecoupée : Hoffer!... l'étang!... Oh! mon Dieu! quel malheur! Il faut appeler du secours! Mais personne ne passe ici! à cette heure!

Roger d'Ortot ne répondit pas, mais jetant les brides de son cheval à Camillo, il se précipita dans l'étang.

Ce fut un moment horrible: pendant près d'un quart d'heure on entendit ce sourd bouillonnement que produit un homme qui nage tantôt d'un côté, tantôt d'un autre, par brassées heurtées, rompues, indécises; on voyait, dans le voile gris de la brume, passer comme un point noir presque insaisissable; enfin, une sorte d'exclamation confuse arriva à Camillo; puis il comprit, au bruissement plus régulier qui allait en s'éloignant, que Roger se dirigeait vers la petite grève dont nous vous avons parlé et qui se trouve au nord. En effet, Camillo, qui s'approcha de ce point, vit bientôt une forme humaine se dressant sur le sable et paraissant traîner un fardeau. Un instant après, Roger était auprès de lui et déposait sur un tronc de peuplier couché à terre le corps du malheureux Hoffer, raide et inanimé.

Après avoir attendu quelques instans qu'il revînt à la vie et essayé de le réchauffer dans leurs bras et sous leur haleine, ils perdirent tout espoir, et le hissant tout doucement sur un de leurs chevaux, en ayant soin de le soutenir, ils reprirent, dans un horrible état d'abattement et de douleur, le chemin de la maison de campagne, petit sentier pierreux qui gravissait la colline, et se trouvèrent bientôt devant la porte d'un pavillon à laquelle Roger frappa d'une façon particulière. Une femme de chambre vint ouvrir et poussa un cri de terreur en voyant son maître nu tête, les cheveux trempés et collés sur le front, les vêtemens tout ruisselans. L'exclamation fit accourir Mme Herminie Fremyn qui, apercevant le cadavre d'Hoffer, poussa des cris plus perçans encore et courut se réfugier dans son salon, où elle tomba pâmée sur une causeuse.

Camillo conserva un admirable sang-froid. Il donna tout d'abord au jardinier l'ordre d'aller chercher un médecin; puis se retournant vers M. d'Ortot, il lui dit :

— Allons, Roger, que fais-tu? Il faut changer de vêtemens au plus vite et repartir avec moi pour Paris.

— Mais pourquoi?... demanda Roger en balbutiant...

— Pour aller chercher un médecin plus habile que ne peut l'être celui du village voisin, répondit tout haut Camillo; puis il ajouta tout bas : parce que, si nous attendons à demain matin, nous sommes perdus!

— Mais cette pauvre Herminie... il faut la tranquilliser...

— Il faut partir, reprit Camillo impérieusement, et laisser geindre les femmes.

Dix minutes après Camillo et Roger reprenaient la route de Paris.

Chemin faisant, le vicomte d'Ortot fit vainement observer à son ami que pour donner des soins à un noyé, le moindre praticien de campagne valait tout autant que le plus célèbre médecin de Paris; Camillo ne lui répondit qu'en pressant plus vivement son cheval de l'éperon. Quand ils furent arrivés à la Chaussée-d'Antin, il prit enfin la parole et dit à Roger :

— Je vais chez le docteur ***. Toi, tu vas te rendre chez Hoffer... pourvu que tu trouves son domestique!... s'il n'y est pas, tu attendras qu'il rentre... Enfin, quand tu le verras, tu lui raconteras cet horrible événement... tu lui diras que son maître vit encore, qu'il y a espoir de le sauver... que cependant, se sachant en danger de mort, il a jugé prudent de prendre quelques dispositions... qu'à cet effet, il t'a remis la clé de son secrétaire. — Cette clé, la voici, je l'ai prise dans la poche de Hoffer; — comprends-tu, maintenant? Il y va de la vie pour nous; tu dois cent mille francs à Hoffer, je lui en dois soixante mille. Ces jours-ci il parlait hautement de te faire enfermer à Clichy, je le sais;—Nous étions tous deux seuls avec lui, nous ses créanciers; nous l'avions attiré à ta maison de campagne, nous lui avions tendu un piége... Oh! mon Dieu!

l'accusation dirait tout cela. Il ne faut pas quitter sa chambre sans avoir repris nos billets... Surtout, ne les brûle pas chez lui, prends garde d'être vu : conserve le portefeuille... car ils sont, je crois en être sûr, dans un portefeuille. — Va, hâte-toi ! et quand tu reviendras, emmène avec toi le domestique ; dis-lui que son maître le demande... Dans une demi-heure au plus tard sois à la barrière du Maine, je m'y trouverai.

En effet, une demi-heure après cette scène, Roger d'Ortot, suivi du domestique d'Hoffer, rejoignait Camillo Sylva qui lui dit à voix basse :

— Eh bien ! le portefeuille?

— Je l'ai.

— Donne-le-moi.

— Le voici.

Et les trois voyageurs reprirent la route du Plessis. A moitié chemin, ils entendirent le roulement lointain d'une voiture et s'arrêtèrent. Cette voiture était celle du médecin que Camillo avait été quérir.

Le célèbre docteur ne trouva qu'un cadavre et exprima tout haut, devant le médecin de campagne, son regret d'être arrivé trop tard, attendu, disait-il, que, dans le premier moment, il eût été possible de rappeler M. Hoffer à la vie.

Le pauvre médecin local dut baisser la tête sous cet arrêt d'un prince de la science qui le taxait de cruelle ignorance. — En effet, il n'avait pu sauver un mort.

CHAPITRE II.

Premières Amours.

Savez-vous rien de plus terrible qu'un prologue? Le prologue d'un drame, c'est le feu que la Fatalité allume sournoisement dans quelque coin ; puis on s'occupe d'autre chose, on se mêle d'un air indifférent à ceux qui rient ou à ceux qui chantent, on oublie ce qui s'est passé ; mais le feu gagne peu à peu, lentement, caché, rampant et sourd ; un beau jour l'incendie se révèle, les conséquences éclatent et le drame flamboie.

Si vous le permettez, la catastrophe qui s'est passée au Plessis sera un prologue et nous verrons entrer en scène de nouveaux personnages.

En cette année 1829, un jeune homme, nommé Louis Bernay, avait loué rue des Fossés-Saint-Victor, au fond d'une pépinière qui s'étend sur le versant de la colline descendant vers la Seine, un petit pavillon qu'ornaient encore quelques vestiges de sculpture Louis XV, écorchée et rongée par le temps. Ce pavillon, situé au nord, n'avait pu servir de serre et, avec son plafond élevé, ses hautes fenêtres à petites vitres et ses boiseries à guirlandes et à panneaux moisis, il formait un assez bel atelier.

Louis Bernay, orphelin, avait d'abord été mis en apprentissage chez un bijoutier. Là, il profitait des quelques leçons qu'on lui donnait non pas pour créer de nouveaux modèles de broches ou de pendans d'oreilles, mais pour commettre des caricatures prodigieusement grotesques contre son patron et le premier compagnon. Ces caricatures grossières tombèrent aux mains d'un de nos artistes célèbres, qui y reconnut une vigueur de trait, une originalité révélant un talent de premier ordre ; aussi avec ce généreux enthousiasme qui distingue les natures d'élite, prit-il le jeune apprenti auprès de lui pour en faire son élève. Louis Bernay avait fait d'étonnans progrès ; mais, au bout de quelques années, aveuglé, étourdi par l'orgueil, il se prit d'une superbe indignation contre l'esclavage où il vivait ; il se persuada que le maître voulait exploiter son talent en le maintenant, lui, dans l'obscurité, en l'étouffant à huis clos ! Son ambition redressa la tête, son génie se révolta ; il eut le triste courage d'être ingrat et il quitta, l'insulte à la bouche, cette maison hospitalière où il avait trouvé du pain et l'initiation de l'art.

Louis Bernay loua, tout au haut d'une hideuse maison, un sale grenier, où, la nuit, les étoiles regardaient par tous les coins. Alors commença pour lui une de ces nobles et atroces misères qui fortifient quelquefois et tuent le plus souvent. Il avait pour tout moyen d'existence le prix de deux leçons de dessin, l'une à 10, l'autre à 15 fr. par mois, en tout 25 fr. pour le logement et la nourriture, y compris encore le tabac et l'achat de toiles gigantesques. Que d'existences comme celle-là, ignorées du monde, et courageuses et poétiques ! Il n'avait dans tout Paris qu'un ami et une maîtresse qui s'intéressassent à lui ; un ami, Frédéric Gernon, pauvre artiste comme lui, qui couchait sur un grabat près de lui; une maîtresse bonne fille, n'ayant pour toute parure qu'une robe d'indienne trouée, un tartan effiloqué, un chiffon de bonnet; courageuse ouvrière, qui passait les nuits à coudre quand elle ne les passait pas à danser, et qui sacrifiait parfois sa journée pour venir poser chez Louis, dans un grenier et sans feu ! C'était, je vous le répète, une profonde misère ; mais quel courage avaient ces pauvres enfans ! Comme ils chantaient gaîment dans leur taudis ! Comme ils fumaient avec insouciance, elle et lui, dans l'attente de la gloire et des richesses de l'avenir ! Bernay faisait d'immenses tableaux, des engloutissemens d'Herculanum, des incendies de Sodome, des tremblemens de terre. C'était effrayant ce qu'il consommait de toiles et de couleurs ! Trois ans de suite il fut refusé par le jury de l'exposition ; cependant la misère ne s'adoucissait point, et le courage allait toujours s'affaiblissant, et le désespoir venait à grands pas. La pauvre jeune fille, qui s'était ruiné la santé à travailler la nuit, à poser par le froid et à danser, mourut poitrinaire. Louis Bernay la pleura amèrement, et il songeait à se tuer, lorsqu'il tomba dans les mains d'un féroce exploiteur qui lui fit faire du métier. D'abord l'artiste s'indigna et se dit tout bas : Je reviendrai à l'art ! Mais il n'en eut plus le loisir. Il gagna de l'argent à peindre des tableaux de radis, de melons, de biscuits et de verres de champagne pour les salles à manger bourgeoises ; à fabriquer d'horribles gravures pour les publications à bon marché ; à modeler, — car il faisait de tout, — des statuettes hasardées pour les commodes de grisettes, à colorier des estampes décolletées... que sais-je, enfin ! Tout cela c'est le métier, l'affreux métier, qui donne l'âme à dévorer au corps. Oh ! il était riche, allez ! c'est alors qu'il loua le pavillon de la rue St-Victor ; il s'y meubla un atelier magnifique de fantaisie et d'extravagance, et là, il fit de loin en loin quelque vague effort pour revenir aux études sérieuses. Mais quoi ! c'était une langue dont il ne comprenait plus un mot, un pays inconnu où il s'égarait. Il n'avait plus ni le courage qu'il faut, ni l'intuition du beau, ni l'haleine des grandes choses. Vous le plaindrez sans doute, quand vous saurez dans quel isolement dangereux il avait toujours vécu, faible, jeune, sans appui, sans conseil, au milieu de cet immonde carrefour de la vie parisienne où de tous côtés affluent les mauvais amis, les mauvaises circonstances, les mauvaises passions. Louis Bernay n'était pas né pour la vie odieusement matérielle qu'il menait ; il était profondément artiste et poète, délicat et rêveur par nature, très paresseux de cette paresse qui est l'inaction des mains et le travail de la pensée, et, il faut le dire aussi, fort dédaigneux de tous les menus détails de l'existence. Faible de caractère, comme les poètes élégiaques, il gardait pour lui la délicatesse de ses impressions, ce qu'il y avait d'exquis dans ses sentimens et dans son âme, pour affecter un matérialisme grossier, formulé par un très grand cynisme de paroles. Il avait pris le *bagout* des ateliers où l'on s'imagine faire preuve d'esprit en se servant d'un argot pittoresque et de tradition, où quelqu'un qui s'aviserait de prendre quoi que ce soit au sérieux serait honteusement baffoué. Un homme ruiné se brûle la cervelle ou se jette par la fenêtre, la plaisante histoire pour les ateliers ! On rit beaucoup de ce monsieur peu délicat et de sa veuve inconsolable. Un ouvrier, dans un incendie, sauve un vieillard alité, on rit. Abd-el-Kader, par une opération hardie, cerne et massacre deux cents de nos pauvres soldats d'Afrique, on rit. Un malheureux a été guillotiné le matin, on rit. On rit de tout. Le courage est du chauvinisme, la poésie de la niaiserie, tout autre peintre que le maître un crouton, et allons donc ! il faut rire. Puisque aussi bien c'est là de l'esprit, il en est peut-être de plus fin. Malheureusement Louis Bernay n'avait pas pris que dans son langage les allures du rapin, il en avait adopté aussi les mœurs ; le matérialisme ne s'était point arrêté à la surface, il gagnait le cœur, et s'il ne l'avait pas tout à fait corrompu, du moins y exerçait-il de terribles ravages. Enfin, pour achever ce portrait, notre artiste s'était voué jusque alors au culte des femmes laides et cela sous prétexte de vérité. (Que nos lectrices nous pardonnent une erreur qui, d'ailleurs, n'est pas la nôtre.)

Un jour, — chose étrange ! — il reçut un billet laconique qui l'engageait à passer chez le baron de Ménil pour faire le portrait de sa femme. C'était la première commande ! La première commande, songez donc ! c'est la première fleur qui s'ouvre au soleil du printemps. Louis Bernay ne connaissait pas du tout le baron de Ménil. Il jugea que c'était un amateur très éclairé.

Le lendemain il se rendit chez le baron et fut introduit dans une chambre à coucher antique, assombrie par d'épais rideaux, et au fond de laquelle était assise, près d'un feu brillant, une dame âgée dont le visage flétri, hâve, éteint, conservait pourtant un caractère sévère de noblesse et de beauté.

A côté de cette dame se tenait une jeune fille, devant qui Louis Bernay demeura stupéfait, ébloui et qui mieux est ému. Ses cheveux noirs retombaient en boucles nuageuses sur ses joues et donnaient quelque chose de mondain à une tête toute virginale. Ses yeux noirs, profonds, scintillaient d'innocence. Sa bouche, d'un dessin noble et pur, même altier, était souriante ; il semblait qu'elle dût être naturellement pâle, et pourtant son teint était rose à faire mourir une blonde de jalousie. On ne pouvait d'abord analyser tous ces charmans contrastes, mais enfin il en résultait une expression étrange, saisissante, un choc d'ombres et de lumières dont on était tout de suite surpris.

Comme Louis Bernay, remis de son émotion, se préparait à commencer son esquisse, Mme de Menil dit à Clémence — la jeune fille se nommait Clémence.

— Je mettrai mes diamans, n'est-ce pas ? va chercher l'écrin.

— Oh ! non, répondit la jeune fille en riant, je ne veux pas que tu mettes tes diamans.

— Mais pourquoi ?

— Cela écrase... n'est-ce pas, monsieur ? ajouta-t-elle en s'adressant au peintre.

— En effet, mademoiselle, les diamans nuisent à l'harmonie.

— Oh ! je le vois, dit la baronne avec tristesse, je suis bien changée... C'est en vain que vous voulez me le cacher... Il faut avoir de la santé, des couleurs, de l'éclat pour porter des diamans...

— Oh ! quelle idée, ma mère !...

— Sans cela, pourquoi t'opposererais-tu à une chose que je désire ? reprit Mme de Menil avec vivacité.

— Je vais aller les prendre, répondit Clémence avec une sorte d'hésitation ; mais, voyant que sa mère ne la rappelait pas, elle revint s'agenouiller près d'elle d'une façon enfantine, et lui dit :

— Vois-tu, ton caprice me force à commettre une indiscrétion. Papa a voulu les faire remonter et ne t'en rien dire... La monture en était trop gothique.

— C'est une folie que cette dépense, répondit la baronne, dont le front pâli s'éclaira de joie, et elle ajouta : Je le gronderai.

A côté de cette chambre où Mme de Menil languissait, calme pourtant et l'âme sereine dans une atmosphère factice d'illusions, le baron pâle, les traits bouleversés, les joues mouillées de larmes, écrivait une lettre désespérée à un oncle maternel, vieillard célibataire, égoïste et misanthrope, confiné à Langres au fond d'une maison noire, lézardée, grillée de toutes parts; avare, sordide et sans cœur, pour qui cette lettre devait être comme une goutte d'eau sur une pierre.

M. de Menil, dernier représentant d'une ancienne famille langroise, de fortune plus que médiocre et de noblesse toute locale, avait dès sa jeunesse quitté sa ville natale pour venir *se perdre* à Paris, comme on dit à Langres. Toutefois, il ne se perdit pas et entra dans l'administration par la porte basse des emplois inférieurs. Il s'y fit remarquer grâce à un minutieux esprit d'ordre, une persévérance de taupe, et comme il aborda la branche la plus ardue de l'administration, les douanes, il réussit à se faire une de ces spécialités farouches auxquelles les gens à idées, les esprits à théories, quoique supérieurs, ne peuvent cependant pas atteindre. Ce fut ainsi qu'il s'éleva lentement et sagement, d'échelons en échelons, si bien qu'il parvint à de hauts emplois et fut enfin nommé chef de division. Honnête et avare, il s'était fait par l'avarice une respectable fortune que l'honnêteté contint pourtant dans un lit étroit. Aussi quand il vit sa fille Clémence, — cette enfant dont le sourire était la seule poésie qu'il eût jamais comprise, — quand il la vit atteindre sa dix-septième année, il reconnut avec effroi qu'il ne pouvait lui donner la dot exigée par son rang. Il eût pu, c'est vrai, la marier à quelque honnête employé, humble et petit comme il l'avait été, travailleur comme il l'était encore; mais le baron de Ménil était devenu ambitieux. L'orgueil de sa noblesse de petite ville s'était humilié en lui, tant que la misère l'avait accablé, comme l'herbe qui se couche et jaunit sous le poids d'une pierre; mais une fois la misère disparue, une fois cette lourde pierre enlevée, l'herbe avait repoussé, reverdi sous la salutaire et féconde rosée du budget.

Et qu'était-il arrivé grâce à cette belle fierté? L'homme d'ordre et d'économie se fit hasardeux, entreprenant. Il aventura d'abord, dans les spéculations les plus souriantes du monde, une partie de cette fortune si laborieusement amassée, comme la richesse de la fourmi, fétu par fétu. Il fut heureux, puis il osa davantage, puis il risqua tout et plus encore, puis un jour une faillite frauduleuse emporta et la moisson espérée et le grain semé.

Non seulement M. de Menil était ruiné, mais encore il était gravement endetté.

Quand le malheur commence à frapper une famille, c'est comme l'orage qui se montre à un coin de l'horizon avec ses ailes sombres; il ne tarde pas à couvrir le ciel entier et à en noircir tout l'azur. Mme de Menil était une femme frêle, blonde, avec des yeux bleus, mince et mignonne, et pour qui vivre était comme une chose au dessus de ses forces. Nature poétique et impressionnable, un souffle la faisait plier, un bruit la brisait. Elle se faisait moralement des douleurs poignantes pour des misères; tout froissait et blessait sa sensibilité. M. de Menil, excellent homme au demeurant, n'avait jamais compris cette femme charmante, créature idéale presque, à qui il eût fallu un monde de sereine et suave poésie; jamais il n'avait eu pour elle ces soins délicats, ces doigts de velours avec lesquels seulement on doit toucher les feuilles fragiles de certaines fleurs. En l'épousant (c'était la fille d'un riche propriétaire du canton d'Argovie, et depuis long-temps elle était orpheline), en l'épousant il n'avait songé qu'à ceci: qu'il prenait une bonne mère de famille, douce, modeste et simplement élevée. Aussi fut-elle toujours pour lui une malade imaginaire. Et ils s'étaient rendus mutuellement malheureux, bien qu'ils eussent l'un pour l'autre une affection vraie; pas de grands événemens dans ce ménage, pas de drame terrible, mais des tortures de tous les instans, mille contractions douloureuses et invisibles sous un sourire calme ; jamais un mot d'amertume, un regard de reproche ; des deux côtés le silence de la victime résignée et qui souffre.

Clémence seule pouvait compatir aux douleurs de sa mère. Elle en avait la susceptibilité étrange, la poésie, les finesses inouïes de perception, mais elle avait aussi quelque chose de la netteté et de la rectitude d'esprit de son père; à l'une, elle devait une haute intelligence, sans rien de fébrile ni de maladif, à l'autre un jugement net, de la fermeté, sans rien d'étroit ni de prosaïque.

Donc, au moment où M. de Menil se vit ruiné par de folles spéculations, malheur qu'il dut cacher à sa femme, celle-ci tomba dans un état de langueur désespérée. Elle tenait à la vie pour ainsi dire comme tiennent à notre terre les fils de la vierge, qui s'accrochent à quelque branche et qu'un souffle détache.

Le médecin ordonna l'air du pays natal et l'usage des eaux. Il fut décidé que la baronne irait aux bains de Schinznach qui sont dans le canton d'Argovie.

M. de Menil n'avait plus pour toute fortune que les appointemens de sa place, sur lesquels ses créanciers essayaient à mordre, et le revenu fort précaire d'une somme de quarante mille francs prêtée aux jours de prospérité à M. Hubertot, agent d'affaires.

Pour subvenir aux frais de ce voyage, il fut obligé de vendre les diamans de sa femme qu'il fit remplacer par des pierres fausses. La baronne se sentant mourir avait témoigné le désir de laisser son portrait à sa fille, et M. de Menil, ne pouvant s'adresser à un artiste célèbre, avait pensé à Louis Bernay qu'il connaissait de nom. On saura plus tard pourquoi.

Cependant la vue de Clémence avait été pour Louis Bernay une révélation. D'abord il l'admira comme artiste, puis comme poète, et le cœur se mit de la partie; toutes ses bonnes tendances se réveillèrent au souffle de cet amour. Pour la première fois, il comprit Raphael; car, pour le comprendre, il faut que l'esprit puisse s'élever avec une certaine puissance vers l'idéal. Et, comme cette passion était vraie et la première qu'il eût éprouvée, elle se traduisit, chez ce jeune homme jusqu'alors audacieux et sceptique, par une charmante délicatesse et presque de la timidité.

Jamais peut-être portrait ne fut plus long à faire. Il est vrai que Mme de Menil, dans l'état de prostration où elle se trouvait, ne pouvait poser long-temps ; il est vrai aussi que tous les jours Clémence assistait à la séance, car la santé de sa mère exigeait des soins continuels ; au bout de quelque temps, il s'établit entre ces trois personnes une douce intimité, dans laquelle Louis Bernay se révéla, non pas tel qu'il était en réalité dans sa vie, mais tel que le ciel l'avait fait, c'est-à-dire poète. Jamais il n'avait connu de femme du monde ; il ignorait profondément ce langage choisi, éloquent, plein de fins aperçus, ces conversations où, de mots en mots, l'esprit s'élance, déployant ses ailes, abordant toutes les sphères. Clémence parlait peu; mais, dans les quelques mots qu'elle prononçait, il devinait une âme grande et surtout une instruction profonde qui lui faisait peur, à lui pauvre ignorant, et qui exaltait encore son admiration ; enfin il l'aima, il l'aima avec délire. Mais il comprit que son passé était effrayant; il sentit que, pour arriver à elle, il lui fallait la bonne réputation autant que la gloire, — œuvre double et laborieuse, qu'il devait effacer toute trace, étouffer tout bruit accusateur. Il eut le courage, ce fut le plus difficile peut-être, de rompre avec tous ses amis, — excepté un seul, Frédéric Gernon, qui pouvait le comprendre, — de braver leur mépris, de se barricader dans la solitude. Tous les jours en rentrant il travaillait, et, quand son pinceau le lassait, il étudiait l'histoire que trop de peintres ne connaissent que par le *Magasin pittoresque*.

Une révolution s'était faite dans la façon dont il comprenait l'art; s'il eût suivi sa première manière, ayant à peindre Mme de Menil mourante, il eût rendu avec une effrayante vérité les ravages de la maladie, le vitreux des prunelles, les teintes bleuâtres qui cernaient les yeux, les tons morbides et creux des joues; matériellement c'eût été d'une exactitude inouïe. Mais grâce à son amour il avait compris ce que c'est que la pensée; il avait vu dans Mme de Menil une femme poétique, que les atteintes de la mort au lieu de flétrir, idéalisait encore; un ange dont l'incarnation disparaissait et dont l'âme, dans cette argile amoindrie et rendue plus diaphane, resplendissait chaque jour davantage. Il se préoccupa de cette pensée et réussit à la rendre d'une façon admirable.

Du reste, il avait demandé que personne ne vît son tableau jusqu'à ce qu'il fût achevé, et, protégé par ce caprice d'artiste, caprice fort vraisemblable, il parvint à faire sans se trahir un autre portrait où il mit toute son âme et tout son amour; vous devinez que c'était celui de Clémence.

Etait-il aimé? Et comment aurait-il pu l'être? Comment la jeune fille aurait-elle deviné son amour? Est-ce que jamais un mot de lui, un seul mot, avait fait allusion à ses sentimens? Et pourtant il lui semblait parfois qu'il y avait eu certaines intelligences dans leurs regards; que la jeune fille avait éprouvé du trouble en le voyant; qu'il y avait plus que du hasard dans les soudaines rencontres de leurs pensées; il lui semblait que ce qu'il n'avait point révélé se trouvait compris, il se croyait aimé....

Cependant le portrait de Mme de Menil était terminé. Louis Bernay, qui ne pouvait se décider à quitter cette maison pour n'y plus revenir, avait prétexté quelques retouches qui lui restaient à faire; c'est le dernier jour, se dit-il, je veux savoir si elle m'aime. Ce jour-là la baronne lui fit un accueil glacial. Clémence, qui évitait ses regards, lui sembla triste, préoccupée et plus pâle qu'à l'ordinaire. Le cœur serré, Louis s'assit devant son chevalet, et essaya, mais vainement, de ramener la conversation à ce ton amical qui faisait épanouir les douces pensées et les bonnes résolutions dans son cœur.

A ce qu'il disait, Mme de Menil ne répondait que le peu de mots strictement exigés par la politesse.

Louis Bernay prit prétexte d'une parole insignifiante que la baronne disait à sa fille, — elle lui parlait du monde, — pour s'élever avec amertume contre la société. Il prétendit que les siècles vont suivant une route commune; que des révolutions avaient passé sur le globe déracinant des trônes, battant toutes les digues avec un flot de sang, et que les nations s'étaient transformées, sans qu'un seul préjugé eût été renversé. Il soutint son paradoxe avec conviction, avec fureur; prenant un exemple, il prétendit que les artistes, eux qui dominent par l'intelligence, se trouvent encore exclus du monde, ou que s'ils y sont admis, c'est pour s'y voir traités avec une fausse bienveillance qui est encore une injure.

Mme de Menil sourit tristement et répondit :—Vous vous trompez, monsieur; je le crois du moins, car depuis long-temps je ne vais plus dans le monde. Si les artistes en sont exclus, comme vous dites, c'est que leurs mœurs, souvent plus que légères, ne permettent pas de les y recevoir.

— Leurs mœurs, reprit Bernay, qui devina que ses antécédens avaient fait scandale, et que la bombe oubliée du passé éclatait au beau milieu de la sérénité du présent, leurs mœurs sont, je l'avoue, aussi peu régulières souvent que celles des fils de famille; mais parfois un mot, un regard suffit pour tout changer, et en prononçant ces paroles il observait Clémence, et il lui sembla que son front rayonnait; — tant qu'un homme n'a pas aimé, ajouta-t-il, il faut craindre de le juger.

Mme de Menil comprit-elle le sens de cette allégorie métaphysique? je ne sais, mais elle ne daigna pas y répondre.

— Mademoiselle, dit Louis Bernay en s'adressant à Clémence, après un moment de silence, le portrait de Mme la baronne est terminé, me pardonnera-t-on encore un caprice étrange ? Je voudrais que vous fussiez la première à le voir.

Clémence sentit à merveille ce qu'il y avait de délicat dans cette demande. Evidemment l'artiste craignait de n'avoir pas assez dissimulé les traces de la maladie, et la première impression de Mme de Menil en face de ce portrait pouvait lui porter un coup fatal ; car elle disait bien qu'elle allait mourir, mais c'était pour qu'on détruisît ses craintes ; elle voulait bien avouer sa pâleur et les tristes ravages du mal, à condition qu'on lui persuadât qu'elle était toujours fraîche, toujours jolie.

— Ah ! d'abord, répondit Clémence en riant et avec un regard de reconnaissance pour Louis Bernay, ce portrait m'appartient, et c'est mon droit de le voir la première.

Elle s'approcha donc du chevalet, placé dans un angle de la chambre sous le jour de la fenêtre, mais à côté du portrait de Mme de Menil se trouvait une autre toile plus petite où était peinte une tête de vierge, avec un nimbe lumineux, les yeux à demi baissés et voilés par des paupières longues et soyeuses où il semblait que la brise dût faire courir des frémissemens. Rien de suave, de pur, d'idéal comme cette tête.

C'était le portrait de Clémence.

Au bas de ce portrait, dont le buste inachevé n'était indiqué que par des lignes vagues, il y avait ce peu de mots écrits à la craie :

Reprenez-le, mais j'en mourrai.

Mlle de Menil resta muette, palpitante, les joues frappées d'une vive rougeur, le cœur saisi d'une émotion douce et terrible à la fois...

— Eh bien ? demanda la baronne avec une impatience enfantine.

— C'est admirable ! s'écria la jeune fille, et pour cacher son trouble elle se précipita aux genoux de sa mère et l'embrassa avec une effusion folle.

— Enfin, puis-je le voir ? dit Mme de Menil.

— Venez, madame, répondit Louis Bernay, que la joie faillit faire évanouir, mais qui eut pourtant assez de présence d'esprit pour glisser le portrait de la jeune fille sous celui de la baronne.

Vous dirai-je comme le soleil fut rayonnant ce jour-là pour notre artiste, et comme la brise lui sembla tiède et parfumée, et comme il emporta dans son âme un bonheur immense, qui fit tout resplendir en lui et autour de lui...

Il aimait et il était aimé.

Cependant, huit jours après, Mme de Menil et Clémence étaient parties pour la Suisse sans que Louis Bernay eût pu revoir la jeune fille. Un soir, après avoir tout le jour rôdé autour de leur hôtel et vainement essayé d'arracher à des domestiques un secret d'autant mieux gardé par eux qu'ils n'en avaient rien surpris, Louis Bernay rentrait dans son atelier le cœur déchiré, l'âme bouleversée par les mauvais instincts qui s'y réveillaient, à l'ombre du doute et du malheur, comme les oiseaux de nuit que les ténèbres font tournoyer...

Dans la journée, un cadre avait été déposé chez lui ; il le découvrit et reconnut le portrait de Mme de Menil, que le baron lui renvoyait.

CHAPITRE III.

Aux Eaux de Schinznach.

Dans une fraîche vallée resserrée entre de vertes montagnes, que la brume enveloppe d'une gaze violette, se déchirant çà et là aux aspérités que le soleil dore, vallée encadrée par les lointains horizons des glaciers où les rayons lumineux se brisent, et se dissipent en poussière scintillante, sont, tapis tout près des rives de l'Aar, les petits bains de Schinznack.

Ce sont de ces eaux où viennent se retremper les malades et non les réputations à la mode; aussi le séjour, bien que très poétique, en paraît-il odieusement triste aux gens du monde, qui n'acceptent la Suisse qu'à condition d'y retrouver les Tuileries, qui consentent à admirer les sapins lugubres, pleureurs et échevelés, pourvu que sous leurs rameaux tombans soit assise quelque femme charmante en robe de mousseline blanche et en gants paille, et qui, à toute force, se dérangeront pour aller voir un torrent fougueux avec ses nappes écumeuses et son aigrette de prisme, si les deux pentes doivent en être fleuries de chapeaux roses et lilas et d'ombrelles changeantes.

Vers la fin de juillet 1830, se trouvaient aux eaux de Schinznack deux Français, qui en étaient à moitié de leur saison et au bout de leur patience : l'un, c'était le vicomte Roger d'Ortot; l'autre, Camillo Sylva.

Roger, déjà ruiné par les excès, avait voulu, après la mort de son ami l'usurier Hoffer, fêter dignement le paiement soudain et imprévu de ses dettes et sa liberté retrouvée; aussi, toutes les nuits se passèrent-elles en bals masqués, en délirantes orgies, éclairées des lueurs blafardes du punch.

Quand il était dans l'abîme, il s'y plongeait plus avant pour oublier; quand il était hors de l'abîme, il s'y rejetait pour se réjouir; — toujours l'abîme.

Camillo lui restait fidèle dans la bonne et la mauvaise fortune; Camillo lui vint même en aide plusieurs fois; Camillo enfin résistait à toutes ces abrutissantes fatigues; et d'abord rien ne le grisait. Il demeurait toujours debout sur le champ de bataille, bien qu'il se prêtât à toutes les folies, bien qu'il sût s'abandonner à une verve bouffonne, bien qu'il fût l'âme de ces fêtes.

A la fin de l'hiver, Roger d'Ortot fit une grave maladie; quand arrivèrent le printemps et la convalescence, le médecin le fit transporter d'abord à la maison de campagne du Plessis; puis il avertit Camillo qu'il fallait le décider à prendre les eaux.

Camillo s'en chargea, et pria le docteur de n'en point parler à Roger.

Mme Herminie Fremyn qui, à Paris, avait un logement à elle, où elle ne recevait le vicomte d'Ortot qu'à des heures correctes et cérémonieuses, était venue, aussitôt les amandiers en fleurs, se réfugier au Plessis, retraite toute voilée et discrète, où les lois du monde pouvaient sans danger être quelque peu éludées.

Herminie, à trente-quatre ans, après une existence inconnue, mais selon toute apparence fort brillante, avait épousé M. Fremyn, ancien employé supérieur retraité, décoré, coiffé d'une perruque blonde bouclée, et qui n'avait d'autre mérite que de posséder dix mille livres de rente environ et d'être un collectionneur féroce. Il avait une collection de médailles et d'autographes où il mettait toute sa gloire... et tout son argent. Six ans s'étaient passés d'une vie de ménage assez calme, et Mme Herminie Fremyn pouvait s'estimer heureuse d'exercer dans son intérieur un empire absolu, incontesté; lorsqu'un beau jour il lui plut d'abdiquer cette royauté douce et sereine, pour s'envoler à la campagne, toute entière au fol amour que lui avait inspiré le vicomte Roger d'Ortot, avec ses joues amaigries, ses yeux bleus agrandis par une intéressante souffrance et voilés de longs cils blonds, comme ceux d'une jeune fille. Roger l'avait d'abord aimée assez passionnément, puis il en était venu à l'indifférence, mais sans oser toutefois rompre le réseau d'intrigues astucieuses dans lequel cette femme savait l'enlacer.

Mme Herminie Fremyn et Camillo étaient amis, aussi se haïssaient-ils de toutes leurs forces. Ils avaient peur l'un de l'autre. — « Ce Camillo, disait Mme Fremyn à Roger, vit à vos dépens. — Je ne puis me passer de lui, répondait d'Ortot, c'est mon ami d'ailleurs, il m'est dévoué; puis il comprend si bien la vie. » Camillo, plus habile, faisait toujours l'éloge de Mme Herminie... si bien que Roger en venait à dire de lui-même : « Mais enfin elle me fatigue, je ne l'aime pas! je ne l'ai jamais aimée! — Pauvre femme, répondait Camillo, elle a abandonné son mari pour toi! — Qui l'en a priée? — Elle n'a que toi! — Oui, dans dix ans elle sera vieille femme et je serai jeune encore! Elle peut me faire manquer mon avenir; vienne un riche mariage, je serai enchaîné. Je ne sais vraiment pas pourquoi tu la soutiens. »

Ainsi, chose remarquable, Mme Herminie disait du mal de Camillo et ce mal tournait en bien; Camillo disait du bien d'Herminie, et ce bien tournait en mal.

Mme Fremyn n'était pas de force à lutter contre Camillo.

Un jour, sur l'ordre du médecin, Camillo et Roger se rendirent à Paris; Roger ne se doutait de rien. Deux places étaient retenues à la malle-poste, et des passeports avaient été pris, par un raffinement de précaution, sous des noms supposés.

— Nous ne pouvons vivre ainsi, dit Camillo à Roger, quand ils furent à Paris; nous languissons, nous côtoyons toutes sortes d'écueils; notre crédit s'épuise, nous touchons les bas-fonds; veux-tu venir à Bade? on y joue un jeu d'enfer.

A cette proposition, les yeux de Roger étincelèrent, il s'écria : J'y avais songé. Mais Herminie?

— Elle retournera chez son mari qui sera charmé de la reprendre.

—Tu crois?

— Il l'aime passionnément.

Camillo et Roger partirent donc. —Mais, au lieu de conduire le vicomte à Bade, Sylva le conduisit aux eaux de Schinznack, car sa santé était véritablement compromise; il lui fit entendre raison et lui promit Bade et ses fêtes, et ses tables de jeu, et ses richesses et ses femmes charmantes, et ses amours faciles, pour la fin de la saison. Il fallait reprendre des forces pour une telle vie.

Enfin ce fut un véritable enlèvement.

A cette époque, M. Fremyn, le collectionneur, reçut la lettre que voici :

« Monsieur,

» Un de mes amis, qui ne fait pas de collections, se trouve en possession, par hasard, d'une médaille de la plus haute antiquité. La tête, — c'est une tête de femme, — est d'un type romain très pur, un peu fruste, mais le caractère offre un relief très vigoureux. Ayant eu l'honneur d'être admis à admirer votre collection, j'ai parlé de vous à cet ami; — après avoir contemplé cette médaille à loisir, il est présumable, d'après ce qu'il m'a dit lui-même, qu'il sera bien aise de s'en défaire; je crois donc qu'il vous la cédera facilement et que vous y attacherez le plus grand prix.

Cela était signé d'un nom de fantaisie.

Post-scriptum. Cet ami demeure au Plessis-Picquet, ruelle des Rosiers, n° 2.

M. Fremyn se rendit au Plessis, alléché, affriolé, ravi. Il trouva sans grand'peine la ruelle des Rosiers, frappa et se vit face à face avec la bonne de sa femme qui, stupéfaite, n'eut pas la présence d'esprit de lui fermer la porte sur le nez. M. Fremyn entra, revit Herminie; il s'en suivit une scène épouvantable, où la dame, trouvée dans l'isolement le plus régulier, joua la vertu malheureuse et incomprise; M. Frémyn s'attendrit, pleura et pardonna, ou plutôt demanda grâce.

Herminie qui, le matin, avait reçu un billet de Roger, lui annonçant son départ pour la Russie, jugea prudent, jusqu'à plus ample informé (car elle croyait peu à la Russie), de réintégrer le domicile conjugal.

Revenons au vicomte et à Camillo, qui s'ennuyaient à périr aux eaux de Schinznach. Ils en étaient donc à moitié de leur saison et au bout de leur patience, lorsqu'un soir une calèche de voyage s'arrêta devant la maison des bains. Une vieille bonne en descendit d'abord, puis une jeune fille,puis les domestiques de l'hôtel emportèrent dans leurs bras robustes une dame qu'il fallut prendre avec des précautions si infinies qu'on eût dit que la moindre secousse dût la faire expirer, comme ces roses pâlissantes des derniers jours d'automne que le contact le plus léger effeuille.

La jeune fille avait une toilette étrange: elle était tout en blanc : robe de mousseline, écharpe de cachemire brodée de feuillage de soie blanche, gants de peau ; sans aucun doute cette toilette était de mauvais goût pour le voyage. Mais, circonstance plus bizarre encore, elle tenait à la main un énorme bouquet comme pour un bal, bouquet composé de fleurs sauvages, de pervenches des bois, de brins de bruyère et de petites grappes de genet.

Malgré ces fleurs, malgré ces parures, toutes les fois que la jeune fille ne pouvait être vue de sa mère, la tristesse, comme un nuage, passait sur son front ; elle penchait douloureusement la tête, et ses yeux étaient gros de larmes retenues. Devant sa mère, au contraire, elle était gaie, d'une gaîté folle ; elle souriait, elle paraissait heureuse.

Il vous souvient que Roger d'Ortot et Camillo Sylva avaient pris leurs passeports sous des noms supposés ; ces noms, ils les gardèrent à Schinznach : Roger d'Ortot était devenu M. Alphonse de Verteuil et Camillo M. Gauthier tout court.

M. Gauthier donc, puisque Gauthier il y a, demanda le lendemain matin, tout machinalement, quelles étaient les dames arrivées la veille.

— C'est, lui répondit-on, Mme la baronne de Menil, sa fille et une gouvernante.

A ce nom, Camillo, ou M. Gauthier (pour rester dans le rôle du personnage), ne put dissimuler un vif mouvement de surprise, presque de joie, mouvement bien vite réprimé. Il monta en toute hâte chez lui, écrivit une lettre portant pour suscription : A M. Montani, chez M. Villot, à Langres ; puis il redescendit et trouva Roger d'Ortot, ou, si vous aimez mieux, Alphonse de Verteuil, se promenant, un cigare à la bouche, sur la route sablonneuse, courbe dorée qui touche à l'établissement des bains, et, de là, monte et s'enfonce dans les coteaux boisés.

— Sais-tu à quoi je pensais, mon cher Camillo, s'écria Roger, en serrant la main de son ami; je pensais que la vie que j'ai menée jusqu'à présent est pleine de déceptions et de dégoût. Oui, tu peux sourire à ton aise, je suis affreusement las de l'existence parisienne, où tous les plaisirs ont un déboire si amer, et les jours de folie des lendemains si pesans, si mornes, si noirs. Quel beau plaisir, après tout, que d'avoir des chevaux magnifiques, dont on n'ose pas se servir ; des grooms en livrée qui jouent aux billes en cachette ; des loges au théâtre pour tourner le dos au spectacle ; des maîtresses aussi sottes que belles; et de faire ainsi de sa vie une tapisserie, dont on garde pour soi l'envers avec toutes les coutures, tous les fils laids et honteux de l'existence, les misères cachées, les recours aux usuriers, les insultes des créanciers. Ne serait-on pas plus heureux, avoue-le, de vivre au fond d'une province, dans quelque belle terre, dont on surveillerait les fermages, avec de grands bois giboyeux où l'on chasserait, et, au logis, une femme charmante, douce, sérieuse, une amie, une compagne et des enfans rieurs, et d'aimables voisins? Ma fortune *a fui comme une ombre, en me disant : Je ne reviendrai pas* ; ma santé est compromise, je n'ai en perspective que la misère et la maladie, deux fort niaises compagnes ; Mme d'Ortot, mon aimable mère, a promis maintes fois de me faire une pension le jour où je m'éloignerais de Paris, et pourquoi y re-ournerais-je? Qui m'empêche de dire adieu pour toujours à cette ville de becs de gaz, d'asphalte, de fumée de cigares et de débardeurs affreux, — le matin. Je puis être heureux encore, calme et jouir d'une honnête aisance!...

— Mon cher Roger, tu es dangereusement malade...

— Non, mais je suis amoureux, amoureux fou!

— Amoureux!

— Oui, cette jeune fille d'hier m'a tourné la tête.

— Cette jeune fille descendue de voiture en costume de bal?... dit Camillo, qui pâlit légèrement et cacha son émotion sous un sourire.

— En effet, son costume était étrange, n'est-ce pas? Je sais tout; c'est charmant, c'est poétique. Ce matin j'ai fait causer la vieille gouvernante, à qui j'ai plu. La mère de cette jeune fille, Mme la baronne de Menil, est mourante, et sur elle la moindre circonstance exerce une impression fatale. Une ombre de tristesse sur les visages qui l'entourent, et la voilà qui s'alarme et pense à mourir. C'est une maladie toute morale. Aussi Clémence,—elle se nomme Clémence, — a-t-elle essayé, pour lui plaire, de la parure, du rire et de la gaîté. A la voir ainsi tout en blanc et parée, sa mère sourit et oublie ses folles appréhensions. Pendant le voyage, — c'est toujours Mlle Annette la gouvernante qui m'a conté cela, — tous les matins avant de se remettre en route, Clémence donnait les plus grands soins à sa toilette. Mme de Menil aime les fleurs à la passion, mais leur parfum lui porte sur les nerfs. La jeune fille, un jour qu'elle montait à pied une colline au milieu d'une forêt, s'amusa à cueillir un bouquet de pervenches, de bruyère et de fleurs de genet, toutes fleurs sans odeur. Ce fut pour la malade une joie inouïe; elle exige maintenant que tous les matins Clémence lui apporte un bouquet ainsi composé; elle ne peut souffrir qu'on laisse sous ses yeux les fleurs de la veille.

— Tout cela est fort romanesque et m'a l'air d'une comédie.

— Oh! que je te reconnais bien là! Toujours incrédule! Ce matin même elle est allée avec sa gouvernante dans les bois de Brug pour cueillir un bouquet.

— Et depuis quand donc, Roger, es-tu de ces niais qu'on nomme poètes?...

— Poète tant que tu voudras; je te permets les injures. J'en suis amoureux, voilà tout. Est-ce parce qu'elle ne ressemble pas aux autres femmes? je ne sais; est-ce parce qu'elle est triste et qu'elle affecte la joie? c'est bien possible.

— Et Bade! s'écria Camillo, et notre fortune à refaire, et le jeu à tenter! Vas-tu donc rester à Schinznach, toi qui voulais le fuir comme une tragédie ou une épidémie?

— Je m'y suis fait. C'est une vallée magnifique, mon cher.

— Maintenant, reprit Camillo, parlons sérieusement. Tu n'as plus le sou!

— Qui le sait mieux que moi?

— Tes créanciers. Donc tu es ruiné. Je ne m'arrête pas à ton beau projet d'aller te jeter, fils repentant, aux genoux de ta mère qui, daignant te pardonner, t'enverra en pénitence au fond de quelque petite ville dans laquelle tu deviendras marguillier et tu rendras le pain benit.

— Suave existence!

— Te vois-tu d'ici en sabots et en blouse, crotté jusqu'aux oreilles et allant bucoliquement visiter les travaux des champs? ou bien quelque dimanche soir, précédé d'un falot et paré d'habits à la mode de l'an passé, revenant de faire ta partie chez le percepteur de l'endroit, où l'on donne à chaque invité un petit rond de tapis pour mettre sous ses pieds?

— Soirées attendrissantes!

— Mon cher, je ne suis pas si ennemi du mariage que tu le crois; mais parle-moi de la vie de ménage à Paris, avec une femme charmante qui porte votre nom, que les amoureux entourent, qui vous a aimé quelquefois, un instant, et dont la conquête est toujours à faire. Je t'avertis que je songe à te marier, moi. Je te trouverai, sois-en sûr, une jeune fille riche, très riche. Qu'en dis-tu? A cela tu vas me répondre encore que tu aimes Mlle Clémence de Menil, que c'est un ange; soit! Je suis aimable et je t'évite de proclamer toutes ces belles choses pour t'éviter de les rétracter. Au fond, tu pourrais être très malheureux avec cette candide jeune fille. C'est un ange, je te l'accorde; mais souvent à commencement d'ange dénouement de mégère.

— Oh! il faut toujours que tu flétrisses tout.

— Mais non; je l'accepte pour ange; on ne peut être plus accommodant. Eh bien! mon bon, ton ange est ruiné.

— Ruinée! En es-tu bien sûr?

— J'ai à ce sujet les renseignemens les plus positifs. Un de mes anciens valets est intendant d'un parent de M. de Menil, à Langres. M. de Menil a fait appel à la commisération de ce parent, et a été refusé.

— Eh bien! mon cher, je crois que je l'en aime davantage encore.

— En vérité...

— Mais c'est moins dangereux. Merci de l'avis.

— Que prétends-tu faire?

— Parbleu, l'aimer d'abord! en attendant Bade et ton mariage. Je prétends enfin ne pas mourir d'ennui.

— Et tu crois réussir?

— Ceci n'est pas une question.

Au même instant, Clémence de Menil, accompagnée de sa gouvernante, et tenant à la main un bouquet où les fleurs labiées du genet, le bleu tendre des clochettes de pervenche et le pourpre violacé des aigrettes de bruyère mariaient leurs teintes harmonieuses, Clémence revenant des bois de Brug, passait triste, inattentive et sans alarmes près de ces deux jeunes hommes dont l'un, pour quelques heures de distraction, songeait à jeter le malheur sur toute sa vie.

CHAPITRE IV.

Le Bouquet fané.

Pendant près de quinze jours Clémence sortit ainsi le matin; c'était la seule heure de la journée où il fût permis à Roger d'Ortot et à Camille de voir cette belle jeune fille; car ensuite elle ne quittait plus l'appartement de sa mère; mais on l'entendait quelquefois chanter gaîment, en s'accompagnant d'une guitare, quelque cavatine d'un opéra bouffe italien.

Mlle de Menil ne concevait aucune crainte sérieuse sur la maladie de sa mère. D'abord elle l'avait toujours vue si frêle, si souffrante, que, lors même que cet état d'affaissement se fût aggravé, ce n'eût été pour elle qu'une de ces crises si fréquentes qu'elle était habituée à respecter, mais à ne pas redouter. Au lieu de ces fâcheux symptômes, il n'y avait chez la baronne qu'une animation plus vive, plus d'éclat du regard, plus d'égalité d'humeur; l'air du pays semblait avoir renouvelé sa vie; on eût dit de ces fleurs qui, d'une ombre éternelle, viennent d'être transplantées au soleil.

Un matin, deux lettres arrivèrent à Schinznack, l'une à l'adresse de M. Gauthier, l'autre pour Mlle de Menil. Par un de ces hasards singuliers, assez fréquens d'ailleurs dans la vie, ces deux lettres, écrites par deux personnes qui ne se connaissaient pas, du moins directement, et destinées à deux personnes également étrangères l'une à l'autre, traitaient du même sujet et pouvaient se faire suite, la plus courte précédant la plus longue par forme d'exposition. Comme s'il eût deviné cette intime corrélation, Camillo prit avec insouciance la lettre qui lui était remise, et sans chercher à en connaître le contenu, tandis que son regard de vipère semblait vouloir traverser la fine enveloppe de celle qui portait le nom de la jeune fille. En ce moment Clémence rentra, vit le billet, le prit et dit avec joie à sa gouvernante :

Quel bonheur ! c'est de mon père sans doute... Non, c'est d'Henriette... je reconnais son griffonnage... cette bonne Henriette !...

Et la jeune fille, brisant le cachet, ajouta :

— Voyons d'abord s'il n'y a pas de mauvaises nouvelles... il faut ménager notre malade.

Puis elle monta chez sa mère.

Camillo, resté seul, se baissa avec précipitation et ramassa l'enveloppe tombée à terre, en murmurant entre ses dents :

— Oui, c'est bien une écriture de femme, fine et correcte, du papier satiné, un cachet blasonné, quelque chose comme un parfum éventé... Qu'est-ce donc que cette Henriette ? Si, par hasard, c'était une parente... quelque cousine !... Oh ! mais je n'ose y croire ! Fou que je suis, et voilà que j'oublie la lettre de mon père ; il me donnera peut-être les détails que je lui ai demandés.

Camillo Sylva avait dit à Roger d'Ortot, s'il vous en souvient : un de mes anciens valets est intendant de M. Villot à Langres.

Cet intendant, c'était son père ; — un Italien nommé Montani que M. Villot avait attaché à sa personne aux jours d'émigration.

Camillo Sylva Montani, élevé dès son enfance à Paris, avait d'abord été commis de nouveautés ; puis il quitta le commerce, vécut on ne saurait trop dire comment, et se fit nommer Camillo Sylva tout court, pour n'avoir jamais à subir l'humiliation d'être regardé comme le fils de son père, lequel n'était connu à Langres que sous le nom de Montani. Du reste, Camillo se donna une naissance fort illustre, — quand on choisit ses parens on ne saurait les trop bien choisir, — noblesse mystérieuse dont ses gants blancs étaient les seuls parchemins.

Voici la lettre de M. Montani :

« Mon cher Camillo,

» Tu parais t'intéresser bien vivement à Mlle Clémence de Menil. Après tout, tu as raison peut-être, bien que, vois-tu, tu ne m'ôteras pas de l'idée que c'est là un oiseau un peu haut perché pour toi.

» Tu me demandes, — il y a si long-temps que tu as quitté la ville ! — si Mlle de Menil n'a pas quelque parente, quelque cousine riche et demoiselle avec qui elle soit liée d'amitié.

» Tu ne te rappelles donc pas la petite Henriette qui était si mutine, la fille à Mme d'Orneval. Mais tu as oublié tout cela, toi. M. d'Orneval, qui est mort il y aura bientôt douze ans, — (Dieu veuille avoir son âme, mais il était bien mauvais sujet, et il court toutes sortes de vilains bruits sur son compte.) — M. d'Orneval était cousin de M. de Menil. Il faut croire que Mme d'Orneval s'est jetée dans la dévotion afin de faire dire des messes pour le repos de son mari, — lequel en avait bien besoin, — mais enfin elle est d'une dévotion ! d'une dévotion ! qu'il n'y a rien de plus eau bénite au monde.

» Elle est venue à Langres, ce printemps, avec la petite Henriette, qui est maintenant une belle demoiselle de dix-huit ans, et qui vous a de petits yeux malins... Ah ! je me suis dit en la voyant : Voilà une rusée commère ! La petite Henriette a été en pension à Paris avec Clémence de Menil, chez Mlle de Sers... Tu dois bien te rappeler Mlle de Sers, une grande maigre, blonde, qui avait un cachemire avec des reprises ; elle est de Langres.

» Maintenant, Mme d'Orneval est à Paris. Où elle demeure ? Je ne t'en dirai trop rien. Je sais seulement que son confesseur est l'abbé Doucet, un de nos anciens vicaires. Mme d'Orneval donnera à sa fille deux cent mille francs de dot, quoiqu'elle l'abhorre.... Du moins c'est ce que tout le monde dit dans le pays.

» Il y a encore une histoire d'un fils de M. d'Orneval, qu'il avait eu avant son mariage et que sa veuve ne veut pas voir... du reste, un jeune homme perdu, qui mène une vie de satan. Mais cela ne t'intéresse pas, puisqu'il n'a aucun droit à la fortune de la dame.

» Je te dirai que M. Villot est plus bougon que jamais, et avare !... on ne s'en fait pas une idée. Il vit isolé comme un loup, et son unique occupation est de faire mettre aux portes, chaque jour, quelque nouvelle barre de fer. Il ne dort pas ; il ne mange pas; il ne boit pas. Toutes les nuits, il les passe à se promener de long en large dans le grand salon, où il y a quatre vitres cassées.

» Il faut que tu saches, j'aurais dû commencer par te dire cela, que la vieille Nanette, sa bonne, vient de mourir. Comme je te l'ai déjà écrit, elle n'était point à craindre ; M. Villot tient en trop grand mépris les gens du commun pour laisser jamais à l'un d'eux sa succession. D'ailleurs, il a pris des dispositions, comme tu sais. — Jusqu'à présent rien n'est changé.

» En tout cas, il n'a pas voulu reprendre d'autre domestique. C'est moi son intendant, qui m'occupe de tous les petits soins de la maison. Si c'était une maison ordinaire je n'y tiendrais pas. Heureusement qu'il ne souffre pas qu'on touche à quoi que ce soit. De son vivant, ce n'était qu'en cachette que la vieille Nanette réussissait à balayer quelque coin du logis. Moi, tu penses bien que je laisse les choses comme elles sont. Je soupçonne qu'il a peur qu'on use les dalles. Je fais donc ma cuisine comme d'ordinaire ; quand il y en a pour un, tu sais, il y en a pour deux. M. Villot vient manger avec moi, sans façon, dans ma chambre ; que le ragoût soit brûlé ou la sauce tournée, il ne dit jamais rien. Il mange en examinant les comptes de ses fermiers; lui si fier, il partage mon dîner, il n'y met pas de mauvaise honte : c'est toujours ça d'économisé. Mais quand il n'y sera plus il me laissera bien pour toute ma vie, sans un morceau de pain. Que lui importe ! Le soir, il va faire un tour le long de ses propriétés, il ramasse les fruits tombés et les branches mortes, puis il rentre à sept heures, et le lendemain la même musique recommence.

» L'autre jour, il est arrivé une nouvelle lettre de Paris, toujours de M. de Menil, — j'ai reconnu l'écriture. Le port était payé bien entendu, sans quoi, comme j'en ai reçu l'ordre, je l'aurais refusée. Je l'ai remise à M. Villot qui l'a lue en tremblant de colère ; il a fini en marmottant :

— « Le misérable ! qu'il attende que je sois mort !

» Depuis ce temps il semble que l'esprit de M. Villot batte la campagne. Là, vraiment, il y a des jours où il me fait peur avec ses deux yeux enfoncés, ses gros sourcils et sa vieille casquette.

» Je te dirai... »

Suivaient toutes sortes de nouvelles locales qui sans doute vous intéresseraient fort peu et dont nous vous ferons grâce, comme nous vous avons déjà fait grâce de l'ortographe fort audacieuse de M. Montani, intendant de M. Villot.

— Fort bien ! se dit Camillo après avoir lu cette lettre. C'est quelque chose, mais ce n'est pas tout. Je dois bénir le bavardage du cher homme qui n'a pas pour habitude de dire tant de choses utiles. Je vois bien qu'il faut marier Roger à cette petite Henriette... Mais comment ? Si j'avais l'autre lettre ! Dans les confidences de jeune fille à jeune fille, le caractère se révèle...

Et il répéta comme involontairement deux ou trois fois ces mots :

— Si j'avais l'autre lettre !

Cependant, Mme de Menil allait s'affaiblissant de plus en plus. Le médecin, qui montrait toujours à Clémence un visage souriant, désespérait depuis quelques jours de sauver la malade. La jeune fille continuait de passer presque toutes ses journées à chanter et à faire de la musique; mais, chaque jour, la baronne devenant plus impressionable, la voix de la pauvre enfant se faisait plus douce, plus voilée, plus éteinte. Elle allait en s'affaiblissant comme cette vie précieuse. L'inquiétude enfin, une inquiétude déchirante, mortelle, s'empara de l'âme de Clémence; elle commença à comprendre l'affreuse vérité. Epouvantée, son regard plein d'anxiété interrogeait le médecin; elle ne se contentait plus de l'éternel sourire qui l'accueillait; elle scrutait, pour ainsi dire, cette fausse sérénité, et il lui semblait qu'il y avait au fond de sombres et fatales présages. Mlle de Menil devint triste, absorbée; elle retenait à grand'-peine des larmes âcres et brûlantes qui roulaient sous ses paupières. Quand elle se croyait sûre de n'être pas vue, elle levait les mains au ciel avec transport; elle baisait tous les objets qui appartenaient encore à sa mère; elle ne pouvait pas prier, mais chaque battement de son cœur, et tous ses regards, et toutes ses pensées, étaient d'ardentes prières, de ces prières qui vont droit au ciel.

Roger d'Ortot, qui éprouvait véritablement pour Clémence une passion violente, mais une passion brutale, sans délicatesse, pour qui ce qu'il y avait de poétique et de touchant chez la jeune fille n'était que de piquantes excentricités, bonnes seulement à réveiller son esprit blasé, Roger d'Ortot s'était trouvé fort assidument tous les matins sur le passage de la jeune fille, dans le sentier qui mène au bois de Brug.

Ces regards quotidiens ne furent pas compris par Clémence, dont le cœur d'ailleurs était trop rempli par la douleur pour qu'un autre sentiment y pût trouver place.

Aussi, comme, dans son ignorance et dans ses poignantes préoccupations, elle n'évitait ni la rencontre ni les regards de Roger, celui-ci ne tarda pas à en conclure qu'il était aimé, rien en effet ne ressemblant à l'amour comme la parfaite indifférence, et à l'audace, comme l'innocence dans toute sa pureté.

Mais, en tout cas, ses amours n'avançaient guère, et il résolut d'en finir par un coup hardi, imprévu, que cependant il voulait laisser deviner à la jeune fille par un billet; seulement il ne savait comment le lui faire remettre.

Ce jour-là, Mme de Menil, qui conservait toute sa connaissance, avait dit à Clémence d'une voix éteinte :

— Mais tu ne chantes plus, mon enfant; tu sais pourtant que j'aime à t'entendre chanter. Cela me fait du bien. Tes yeux sont rouges, il me semble. Est-ce que tu as pleuré? Je suis plus malade, je le vois bien. Tu veux me le cacher.

Le sourire de Clémence, sa douloureuse gaîté, sa cruelle sérénité pouvaient seules rassurer la mourante, qui avait ajouté :

— Eh bien! chante, ma Clémence; tu ne peux savoir quel bonheur cela me fait. Tous les jours ta voix gagne en force et en éclat.

Et tous les jours la jeune fille chantait plus bas.

Clémence avait chanté un morceau italien, le plus scintillant de verve, le plus chargé de broderies, le plus gai qu'elle put trouver. C'était une chose horrible que cette tristesse parée de joie, que cette douleur qui chantait. La mort n'était pas au chevet de la malade; elle était tout entière dans le cœur de la jeune fille.

Clémence avait aussi négligé de renouveler le bouquet de fleurs que chaque matin elle posait sur une console et sous les yeux de sa mère. Il lui en coûtait tant de la quitter, ne fût-ce que pour un instant. Mais Mme de Menil, avec sa finesse étrange de perception qui tenait de l'état magnétique, s'aperçut de cette négligence.

— Tu ne m'as pas apporté de fleurs, avait-elle dit, celles-là sont fanées, elles me font mal à voir.

Il eût été impossible pourtant à toute autre personne de distinguer si les fleurs du bouquet venaient d'être cueillies ou l'avaient été la veille; leur fraîcheur, leur éclat n'étaient pas le moins du monde altéré, pour un regard vulgaire du moins; mais les yeux de la baronne y découvraient, —chose inouïe!—des flétrissures, des rides, quelque chose de languissant et de terni. C'était un prodige effrayant que cette merveilleuse faculté.

Clémence fit un signe à Mlle Annette et toutes deux sortirent pour aller cueillir un nouveau bouquet.

A peine venaient-elles de quitter la route pour prendre un petit sentier déroulant son ruban d'or dans la prairie, que des cavaliers qui se rendaient à Bade, en Suisse, passèrent à Schinznach et y apportèrent la nouvelle (on était aux premiers jours d'août 1830), d'un soulèvement populaire qui aurait eu lieu à Paris. Il était question de sac, de pillage, d'incendie, c'était effrayant. Un de ces cavaliers descendit même de cheval et remit une lettre adressée à Clémence.

Une grosse servante alsacienne, qui savait à peine le français, prit la lettre et la laissa sur une table, sans doute dans l'intention de la remettre à Mlle de Menil, lorsqu'elle rentrerait.

Roger était là, avec sa missive amoureuse, qu'il était fort embarrassé de faire parvenir; une idée lumineuse lui vint; il mit son billet à la place de la lettre destinée à la jeune fille, et n'eut rien de plus pressé que d'aller conter cet excellent tour à Camillo, qui lui dit :

— C'est mal; la lettre que tu soustrais peut être importante.

— Celle qui la remplace l'est bien plus.

— Donne-moi cette lettre.

— Qu'en veux-tu faire?

— La rendre.

— Comment donc? tu es fou.

— Non, dit Camillo en prenant la lettre qu'il décacheta et parcourut avec un sang-froid inouï. Tiens! ajouta-t-il, en la mettant sous les yeux de Roger : que te disais-je? que M. de Menil est ruiné, en voici la preuve. De plus il perd sa place; il entre en pleine misère... Tu vois bien que tu as tort d'aimer Clémence...

Roger se contenta de hausser les épaules d'un air qui voulait dire : il ne comprend rien.

Camillo, après avoir expliqué à son ami comment il pourrait rendre cette lettre à Mme de Menil, monta à l'appartement de la baronne; une voix faible et mourante dit : — Entrez.

Cette dame était assise dans une bergère; elle était enveloppée dans un peignoir de batiste blanche, et sa figure belle encore gardait un tel caractère de grandeur que Camillo éprouva un moment, à sa vue, comme de l'hésitation et de la honte.

La baronne, que l'effort qu'elle avait fait pour parler semblait avoir abattue, se contenta d'accueillir M. Sylva avec une légère inclination de tête, pleine de grâce et d'aristocratie.

— Pardonnez-moi, madame, dit celui-ci à voix basse, de venir vous déranger. Voici une lettre qu'on m'a remise, croyant qu'elle était pour moi. Les domestiques de cet hôtel sont de vrais paysans. J'ai eu le tort de la décacheter sans regarder l'adresse. La signature d'une personne qui m'est inconnue et qui porte votre nom m'a tiré d'erreur. Je m'empresse de réparer ma faute et mon indiscrétion involontaires.

Mme de Menil fit un effort pour sourire, prit la lettre et balbutia ces mots :

— En effet, je crois que c'est de mon mari. Merci, monsieur.

Camillo eut le temps de jeter un regard sur la chambre où il se trouvait. Il y régnait un désordre élégant et coquet. Mme de Menil était assise tout au fond, près du feu. Derrière elle se trouvait un lit strictement enfermé dans ses rideaux de mousseline vert-clair. A côté du lit était une console, et sur le marbre de cette console un pot de fleurs, quelques bijoux épars, un nécessaire de voyage en cuir de Russie. Le nécessaire était ouvert, Camillo y reconnut la lettre écrite par Henriette à Clémence.

En se retirant, il s'empara de cette lettre.

Restée seule, Mme de Menil essaya de lire la lettre tout ouverte de son mari. Mais d'abord ce lui fut impossible ; un brouillard planait devant ses yeux. Elle renouvela ses efforts, son esprit se tendit, une surexcitation toute fébrile s'empara d'elle. Cette brume vint à se dissiper et, comme du haut d'une cathédrale, par une matinée d'automne, on voit peu à peu dans l'atmosphère grisâtre se dessiner les toits bruns de la ville, ainsi, petit à petit, les mots indécis se révélèrent à ses yeux, le voile finit par se déchirer tout à fait et elle parvint à lire presque de suite cette fatale lettre :

« Ma chère Clémence,

» Ne montre pas cette lettre à ta mère. Si tu la reçois devant elle, cache-là ; si tu ne peux la lui cacher, tourne le feuillet et contente-toi de lire les lignes insignifiantes que j'y ai tracées. Ma pauvre enfant, Paris est en révolution. Le roi a pris la fuite. Tu connais mon attachement à la famille royale. J'ai donné immédiatement ma démission. Je sais que tu as une âme grande et forte, je puis donc tout te dire à toi. Je suis ruiné. Des spéculations malheureuses ont dissipé le peu de bien que je m'étais amassé. Il ne me reste qu'un faible capital que je m'occupe de réaliser. Dès que je l'aurai recouvré, je quitterai Paris, pour toujours peut-être. J'irai vous rejoindre, ta mère et toi, à Schinznach. Nous vivrons ensemble dans quelque coin ignoré de la Suisse ou de l'Allemagne. Hélas ! ce n'est pas là l'avenir que j'avais rêvé pour toi. Adieu, Clémence, du courage mon enfant ; adieu. Le baron DE MENIL.

P. S. Il faudra prévenir mademoiselle Annette, pour qu'elle se trouve une autre place.

Après avoir parcouru et deviné plutôt que lu cette lettre, les forces de Mme de Menil l'abandonnèrent ; elle tomba évanouie.

CHAPITRE V.

Une Nuit d'Amour.

Lorsque Clémence revint avec sa gouvernante du bois de Brug, la servante lui remit le billet de Roger d'Ortot. La jeune fille, selon son habitude, voulut en prendre connaissance avant de monter chez sa mère ; aux premiers mots qu'elle lut, son beau front se plissa, sa lèvre se contracta d'une façon dédaigneuse ; elle froissa le billet dans ses mains, puis le déchira en mille morceaux. Il y avait tant de noblesse et tant de mépris dans l'indignation de la jeune fille, que Roger, qui l'observait sans pouvoir être vu, sentit son cœur se gonfler de rage et se dit : je me vengerai.

— Eh bien ! où en es-tu? demanda Camillo à Roger un instant après ; ou plutôt comment est reçu M. Alphonse de Verteuil ? Car ta lettre était signée ainsi, je pense ?

— Oui, sans doute. Mon cher, je suis aimé.

— Je ne le crois pas, répondit Camillo d'un air indifférent.

— Demain, à six heures du matin, trouve-toi dans l'escalier qui mène à l'appartement de Clémence.

— Oh ! tu mens, s'écria Camillo en palpitant de colère et en fermant les poings.

— Qu'as-tu donc? on dirait que cela te chagrine personnellement.

Sylva fut un moment sans répondre ; on voyait pour ainsi dire au travers de son front la lutte de ses pensées, puis son visage se rasséréna tout à coup, il se prit à sourire d'une façon singulière et dit à demi-voix : au fait, j'aime autant cela.

— Est-ce que par hasard tu l'aimerais aussi? demanda Roger ironiquement.

— Tu as deviné, répondit Camillo, désireux d'éloigner tout soupçon.

Vous savez dans quel état Clémence trouva sa mère. Les soins les plus touchans furent prodigués à Mme de Menil; peu à peu elle revint à la vie, et parut avoir oublié ce qu'elle venait de lire. Ses yeux étaient plus clairs et plus rayonnans ; ses lèvres, d'ordinaire pâles comme des feuilles de roses blanches, s'étaient colorées; elle avait plus de force, plus de gaîté, elle était jolie et se vit par hasard dans une glace et sourit de se voir jolie. La jeune fille se dit : elle n'a pas lu la lettre.

Habituellement personne ne veillait la nuit auprès de la baronne. Un tel soin n'eût fait qu'aggraver sa maladie, en éveillant dans son âme la crainte du danger.

Ce jour-là, Clémence dit au médecin :

— Elle est mieux, n'est-ce pas?

— Sans doute, elle est mieux, répondit celui-ci, pour qui cette animation et ces symptômes en apparence heureux étaient de tristes présages ; mais, ajouta-t-il, la moindre secousse est plus à craindre que jamais.

Le soir venu, Mlle Annette monta à sa chambre, qui se trouvait à l'étage le plus haut de l'hôtel et sans aucune communication avec l'appartement de Mme de Menil.

Clémence ferma les portes avec soin, vint auprès de sa mère faire sa prière du soir, puis arrangea avec coquetterie la chambre de la malade ; — car Mme de Menil ne pouvait souffrir les moindres traces qui pussent lui rappeler son état de souffrance. La veilleuse de porcelaine fut posée sur la console, à côté du vase de fleurs ; les rideaux de mousseline furent gracieusement abaissés ; enfin, Clémence plaça un écran devant le feu, puis elle vint embrasser sa mère au front et sortit.

Sa chambre était séparée de celle de la baronne, c'est-à-dire qu'elles ne donnaient pas l'une dans l'autre ; les deux portes s'ouvraient sur une petite antichambre commune, si bien que le tout formait un appartement ou deux chambres entièrement isolées, selon les voyageurs.

Quand Clémence entra chez elle toute confiante, les cheveux dénoués, la robe à demi dégrafée et la main chastement posée sur sa poitrine, elle se trouva face à face avec Roger d'Ortot et elle eut assez de force d'âme et de courage pour retenir un cri que sa mère devait entendre; seulement elle pâlit et ses jambes fléchirent sous elle.

Roger fit un mouvement pour s'approcher d'elle et la saisir dans ses bras, mais elle échappa à cette insulte en se reculant brusquement et elle s'écria, avec une inflexion de voix pleine d'un mépris accablant :

— Je pourrais éveiller les gens de l'hôtel, appeler à mon secours, vous faire saisir et livrer à la justice, mais ce serait du bruit... du scandale... Vous cherchiez de l'argent ici... voici ma bourse.

Malgré tout son aplomb, Roger resta un moment atterré, les lèvres frémissantes et bleues de colère, le regard plein d'éclairs ; enfin il reprit son audace ; sa passion se réveilla plus ardente que jamais à l'aspect du désordre charmant où se trouvait la toilette de la jeune fille ; il lui révéla son amour en termes tendres, presque respectueux ; il demanda pardon avec des larmes dans la voix pour son audacieuse entreprise ; il fallait excuser son délire, avoir pitié de ses souffrances; il devint timide, égaré, fou, suppliant ; se croyant quelque peu aimé, il chercha à attendrir Clémence, à surprendre son cœur ; il se montra faible pour l'amener elle-même à la faiblesse et à la pitié et pouvoir alors la dominer, l'entraîner. Si c'était un rôle qu'il jouait, il le joua avec un admirable talent; il pleura de véritables larmes; sa poitrine était oppressée par une émotion invincible, sa voix tremblait... Mais au moment où, croyant avoir touché le cœur de la jeune fille, il cherchait à s'emparer d'une de ses mains, celle-ci le repoussa et lui dit avec un sang-froid écrasant :

— Vous jouez parfaitement la comédie, monsieur.

A ces mots, Roger lança à Clémence un regard noir de haine et lui répondit : Vous trouvez! vous êtes bien imprudente, mademoiselle, bien imprudente en vérité. Voilà la troisième fois que vous me jetez à la face une insulte sanglante. Je vous dirai, moi, que vous ne jouez pas assez bien la comédie. Vraiment, vous êtes insensée. Je vous tiens là, seule, en mon pouvoir; — vous auriez pu me tromper avec des semblans d'amour, feindre de partager ma passion, pour m'éloigner, pour me désarmer; vous auriez pu en appeler à ma générosité et flatter ma folie; vous ne l'avez pas fait, vous m'avez raillé impitoyablement! Merci! vous m'ôtez tout remords pour ne plus me laisser que le désir de la vengeance. Que vous disais-je tout à l'heure, que je vous aimais! Je mentais en effet, car je vous hais, je vous hais profondément. Croyez-vous que je sois dupe de votre amour pour votre mère et que je prenne bien au sérieux votre douleur parée et fleurie, et qui chante! Elle est malade, dites-vous... ah! votre coquetterie sait tirer parti de sa maladie!... et ce sont là des peines et des désolations qui vous vont à merveille! vous ne voulez pas entendre parler de mon amour, causons donc d'autre chose; la nuit est longue et je vous préviens que je reste ici toute la nuit. Si nous nous ennuyons, vous nous chanterez quelque romance, car vous avez une voix charmante et vous êtes excellente musicienne. Oh! pas de surprises, ni de folles frayeurs, je vous prie. Je reste. C'est entendu. Vous n'aimez pas le bruit ni le scandale, vous-même l'avez dit, aussi m'en irai-je au point du jour. Seulement, à votre porte se trouvera un de mes amis que j'ai voulu faire témoin de la nuit charmante que j'aurai passée près de vous. Il m'a vu entrer ce soir, il me verra sortir demain matin, et certes il a trop d'esprit pour croire que nous ayons employé tout ce temps d'une façon si raisonnable et dans cette sauvage inimitié.

A ces paroles pleines d'une froide ironie et qui révélaient un plan odieux et depuis long-temps arrrêté, la jeune fille s'alarma véritablement. Elle ne craignait pas la force, elle ne craignait pas le danger, car elle avait au cœur assez de courage pour se sauver par une résolution extrême; mais son âme honnête et sans détours fut effrayée de cette ruse, de ces machinations, de cette haine; et pourtant, comment sortir d'une si horrible position? Sans doute elle pouvait crier à l'aide, appeler les gens de la maison, mais la crainte du scandale ne l'arrêtait pas seule; tout ce bruit éveillerait sa mère en sursaut, sa mère faible et mourante! elle voudrait tout savoir; qu'on lui révélât la vérité ou qu'on imaginât une histoire de voleurs, le coup n'en serait pas moins porté, un coup funeste! le médecin l'avait dit : la moindre secousse est plus à craindre que jamais! Que faire! toutes ces réflexions passèrent comme un éclair dans l'esprit de Clémence; elle eut peur, sa fierté s'abaissa un moment et elle s'écria :

— Oh! par pitié, monsieur, partez! Que vous ai-je fait pour que vous vouliez me perdre? A quoi vous servira mon déshonneur? Là, à côté, est ma mère mourante que la plus légère émotion tuerait. Oh! partez, je vous supplie.

— Non, je suis un voleur, et je reste!

— Pouvais-je, en entrant ici, vous reconnaître tout d'abord? Ma première pensée ne devait-elle pas être celle-là?

— Non, je joue la comédie et je poursuis mon rôle...

La jeune fille épouvantée et le cœur saisi de terreur ne put que joindre les mains en implorant Roger et elle tomba évanouie presque sur un fauteuil qui se trouvait près du lit.

M. d'Ortot crut que l'amour, vainement contenu dans le cœur de

Clémence, capitulait enfin; d'abord il avait peu vu de femmes vertueuses, et c'est tout au plus s'il y croyait. Aussi s'approcha-t-il de la jeune fille et chercha-t-il à passer un bras autour de sa taille, en disant : Je vous aime! C'est à vous d'avoir pitié de moi. C'est à moi d'implorer et de me mettre à vos genoux. Ma famille est riche et peut s'unir à la vôtre. De Verteuil n'est pas mon véritable nom, et tout en parlant il cherchait à prendre un baiser, — je me nomme....

Mais Clémence qui reprit connaissance se releva terrible, le regard foudroyant; elle repoussa le jeune homme avec un bras qui était plus fort que le sien, se précipita vers la porte et se réfugia dans la chambre de sa mère, où Roger, malgré toute son audace, n'osa la suivre.

Mme de Menil ne dormait pas.

— Ah! c'est toi, Clémence, dit-elle d'une voix douce. Tu m'as fait peur. Pourquoi entrer si brusquement? et comment se fait-il que tu ne sois pas couchée? Que veux-tu? Pourquoi viens-tu?

— Il me semblait que vous m'aviez appelée, ma mère.

— Non, mon enfant, ce sont tes inquiétudes qui parlent. Le médecin t'a donc effrayée ce soir? il t'a dit la vérité?

— Oh! ma mère, il n'a jamais eu plus d'espoir.

— Alors pourquoi ne t'es-tu pas couchée? Pourquoi n'es-tu pas même déshabillée?

— Je m'étais endormie sur un fauteuil, en faisant ma prière, dit la jeune fille en rougissant.

— Tu mens, tu l'as faite ici ta prière. Allons, mon enfant, va prendre du repos, il ne faut pas te fatiguer aussi; moi, je sens que le sommeil alourdit ma paupière. — Va, bonsoir, Clémence, — viens m'embrasser.

La jeune fille s'approcha du lit de sa mère, déposa un baiser sur le front blanc, luisant et pur de la malade; puis elle fit encore quelques pas dans la chambre, avec une hésitation croissante.....

C'était horrible! Elle ne pouvait sortir, elle ne pouvait rester! Rentrer dans sa chambre, c'était comme un aveu, comme une capitulation... Son regard et son mépris diraient bien qu'il n'en est rien, mais alors il faudrait recommencer la lutte... se défendre peut-être... le bruit arriverait jusqu'à Mme de Menil.

— Eh bien! Clémence, que cherches-tu encore?

— Rien, ma mère, dit la jeune fille d'une voix étouffée, et elle ouvrit avec des précautions inouïes la porte qui donnait sur l'antichambre, la referma plus doucement encore, et resta collée contre cette porte, le front inondé d'une sueur froide, la poitrine oppressée et respirant à peine.

Elle écouta et entendit dans la chambre le bruit sourd, sur le tapis, des pas de Roger qui se promenait de long en large, bruit saccadé par l'impatience; près d'une heure se passa ainsi. Enfin le bruit cessa. Il lui sembla que le jeune homme, de guerre lasse, s'était assis... puis elle n'entendit plus rien...

— Il s'est endormi peut-être, se dit-elle.

Elle rouvrit doucement la porte de la chambre de Mme de Menil, resta un moment indécise sur le seuil; puis, jugeant au bruit régulier de sa respiration qu'elle dormait, elle se glissa légèrement derrière le lit dans un angle où la lueur de la veilleuse n'arrivait pas et qui se trouvait caché du lit par les doubles rideaux de mousseline.

Là, elle s'assit sur un fauteuil et ne dormit point.

Les heures passèrent calmes et silencieuses, et chaque heure fut un siècle pour elle où elle recommença sa vie, et arriva toujours à cette horrible pensée qu'elle était déshonorée! Tout ce qu'il y a d'angoisses et de douleur dans l'honneur perdu, elle l'éprouva pendant cette longue et épouvantable nuit; elle se rappela la lettre de son père qui lui apprenait sa ruine, et qu'était-ce qu'un pareil malheur près de la perte de cette autre richesse, la réputation? vingt fois elle sonda l'avenir avec la cruelle insistance du désespoir, ce douloureux plongeur, et vingt fois elle toucha le malheur et la honte. Quand le jour parut, aucune altération ne se remarquait sur ses traits, mais son âme était vieillie de dix ans.

Un bruit se fit entendre à la porte du dehors. C'était Mlle Annette qui, ayant une clé de l'appartement, venait comme d'ordinaire pour donner ses soins à la baronne.

Clémence s'élança et ouvrit un petit verrou qu'elle avait eu soin de tirer.

Mme de Menil ne se réveilla pas.

— Déjà levée, s'écria Mlle Annette en voyant la jeune fille...

— Oui, je souffrais, j'avais la fièvre.

— Mais vous avez les épaules découvertes, il n'y a pas de bon sens. Tenez, je vais aller vous chercher un châle. Et la gouvernante se dirigea vers la chambre de Clémence.

— Non, répondit celle-ci avec précipitation, j'y vais.

Elle entra donc chez elle, et au bruit qu'elle fit, Roger d'Ortot se leva, lui jeta un regard ironique et méchant et lui dit :

— Me suis-je bien vengé?

— Je ne vous avais rien fait, répondit la jeune fille avec une sainte dignité. Vous n'aviez donc pas à vous venger. Ce serait à moi plutôt qu'appartiendrait la vengeance.

— Essayez.

La jeune fille ne répondit que par un regard calme et serein, où la résolution et la dignité rayonnaient.

Et elle ouvrit la porte de l'escalier. Roger sortit en lui faisant un salut railleur et s'écria de façon à être entendu de Clémence :

—Tiens, te voilà, Gauthier!

En effet, Camillo Sylva, qui, vous devez vous le rappeler, se faisait nommer à Schinznach M. Gauthier, était fidèle au rendez-vous.

— Eh bien! que t'avais-je dit, Camillo?

— Tu es un heureux mortel, répondit celui-ci, et il ajouta tout bas : Cette nuit te coûtera cher!

CHAPITRE VI.

Sur le Mont Saint-Victor.

Quelques mois après cette scène, une jeune personne d'une grande beauté, mais dont le visage gardait les traces d'une récente douleur, et qui était vêtue de deuil, prenait possession, en compagnie de son tuteur et de sa gouvernante, d'un modeste logement, au premier étage d'une maisonnette propre et blanche, assise au haut de la montagne Ste-Geneviève.

C'était Clémence de Menil.

Mme de Menil avait succombé à l'émotion produite par la lecture de la lettre de son mari. Elle expirait deux jours après le départ pour Bade de Camillo Sylva et de Roger d'Ortot; car ce dernier qui, au fond, ne se félicitait que fort médiocrement du bonheur dont il faisait parade, joua l'amour satisfait et se fit peu prier pour quitter Schinznach.

Le surlendemain de la mort de la baronne, M. de Menil était arrivé aux bains en compagnie de M. Marius, un de ses amis, qui avait le double tort d'être excessivement bon et excessivement laid.

Le baron, dont on ignorait le nom, fut tout simplement adressé, sur sa demande, à l'appartement de Clémenc, à qui l'on avait en vain offert une autre chambre ; car c'est le propre des douleurs vraies et profondes de ne vouloir point être adoucies. Ce fut un terrible moment que celui où M. de Menil entra dans cet appartement en désordre et vit Clémence, sa fille, le regard terne, les joues pâles, la bouche déformée, fixer sur lui des yeux hagards, puis lui tendre les bras en laissant enfin s'échapper des sanglots jusque alors contenus.

M. de Menil était déjà frappé mortellement par la perte de sa richesse. Cette nouvelle douleur fut trop forte pour lui. Ce fut le coup de vent qui emporte la feuille morte tenant encore à l'arbre.

Six semaines après, Clémence était orpheline et l'on désespérait de ses jours. Cependant la jeunesse triompha, et la pauvre enfant revint peu à peu à la vie, comme ces fleurs que la gelée a flétries, et à qui le soleil rend jour par jour leur éclat, leur velours et leur parfum.

Avant de mourir, M. de Ménil avait confié Clémence à M. Marius, lequel reçut toutes les instructions nécessaires pour le recouvrement de la somme de quarante mille francs prêtée jadis par le baron à un ami, somme qui était toute la fortune de la jeune fille.

Seule au monde, cruellement éprouvée par le malheur, Clémence jeta un regard triste et résigné sur la vie. Elle ne prévit que lutte, souffrance, abandon, et le sourire ne reparut plus sur ses lèvres. Ses regrets poignans s'affaiblirent et devinrent une douce tristesse; âme forte et résolue, elle accepta la douleur comme un fardeau qu'on porte avec courage et sans se briser, mais son ciel fut pour toujours couvert d'un nuage, lourd, monotone, immobile; un de ces nuages qui pèsent sur toute une journée, ou sur toute une existence, sans qu'aucun rayon puisse les traverser; en un mot, l'espoir ne luisait pas dans son avenir; elle ne pouvait plus, elle ne devait plus aimer.

Ce n'est pas que souvent le souvenir de Louis Bernay ne lui eût apparu dans le passé lumineux.

Oui, elle se rappelait avec ravissement les quinze jours passés ensemble dans une douce intimité, son portrait fait en cachette, cet amour timide et muet, qui n'osait se trahir que par des sympathies artistiques et idéales; les regards échangés, les instans d'effusion involontaire, puis les petites bouderies inséparables de la passion et qui sont encore de la passion; elle aimait le jeune peintre, et cet amour deviné par Mme de Menil,— qui était mère, — avait été béni au lit de mort; mais Clémence avait une loyauté sublime, un peu exaltée peut-être; elle se considérait comme déshonorée par la tentative odieuse de Roger d'Ortot; elle pensait qu'une honnête femme ne doit pas même être calomniée; qu'il faut apporter à son mari une réputation sur laquelle pas une ombre n'a glissé. Or, Roger, ou M. de Verteuil, avait passé la nuit chez elle, voilà le fait; il n'en était sorti que le matin, et avait été vu par un de ses amis. Pouvait-elle nier ces choses, s'abaisserait-elle jamais à se défendre, si un jour elle venait à être accusée? Et lors même qu'elle dirait la vérité, serait-elle crue? Peut-être Louis Bernay ne l'avait-il pas oubliée, peut-être l'aimait-il encore; oui, c'était un cœur honnête et droit en qui elle avait foi; oui, elle était orpheline et maîtresse de ses actions; oui, en perdant sa fortune, en descendant quelques échelons de la société, elle s'était rapprochée de lui, elle était arrivée au niveau du bonheur rêvé, rien ne s'opposait donc en apparence à l'accomplissement des plus douces chimères; mais, un jour, au milieu des joies calmes d'une heureuse union, quand, confiante et charmée, elle aurait oublié le passé, tout à coup le front de son mari se rembrunirait, une ombre subite couvrirait toute cette lumière, le soupçon glacial se placerait entre elle et lui; la calomnie avec son souffle mortel flétrirait à jamais toutes les fleurs de l'âme... Non, l'honneur des femmes, ce n'est pas seulement la conscience qu'elles ont de leur sainteté, c'est bien plus encore la réputation qu'on leur fait; ce n'est pas seulement une lumière pure qu'elles portent en elles, c'est aussi une lumière qu'elles reçoivent. Etre soupçonnée et ne pouvoir se disculper, c'est être déshonorée.

Clémence essaya donc d'oublier Louis Bernay. Obligée, pour toucher son mince revenu de deux mille francs, de revenir à Paris, elle résolut de choisir un quartier isolé ; les projets de M. Marius, son tuteur, la décidèrent pour le quartier du Panthéon, et nous l'avons vue s'installer rue des Fossés-Saint-Victor, dans une maison calme, proprette et décente, appartenant à un M. Boisset, employé retraité, qui habitait le rez-de-chaussée, en compagnie d'un gros chat aux yeux jaunes, d'un petit chien jappeur, d'un baromètre infaillible, et d'une femme qui ne l'était pas moins.

L'appartement qu'occupa Clémence était fort restreint ; toutefois, il se trouva meublé avec une certaine richesse, richesse surannée, mais pleine d'harmonie et de souvenirs. Ces meubles étaient une partie de ceux que M. de Menil avait laissés à Paris. Les plus précieux avaient été vendus pour acquitter quelques unes des lourdes dettes que le baron s'était vu dans l'impossibilité d'éteindre. M. Marius, le tuteur, prit possession au deuxième étage d'une petite chambre mansardée, ornée d'un papier bleu à rosaces jaunes, passées au soleil, laquelle tenture fut, deux jours après, métamorphosée en une muraille de bouquins raccornis, grimaçans, dont les dos étaient d'un ton rôti, et mieux que rôti, grillé, et faisant plaisir à voir.

De la fenêtre de Clémence, l'œil embrassait un horizon large, toute une moitié de la coupole du ciel. A gauche et à droite, de vieilles maisons noires, aux rares fenêtres impitoyablement grillées et aux murailles tachetées, s'élevaient comme les baguettes d'un cadre sombre où le tableau ressortait plus riant, plus rayonnant encore. Les premiers plans, s'affaissant par pentes douces, étaient remplis de feuillages, de chants d'oiseaux, d'arbres fruitiers, aux feuilles marquetées d'or, de folles treilles aux pousses roussâtres.

Au pied de la maison, une étroite terrasse, trois giroflées, quatre statues de plâtre, vingt pots de faïence bleue et blanche, un jardin parisien en un mot.

Après, et séparée seulement par un petit mur que des lierres et des jasmins escaladaient sans aucun respect pour la propriété, s'étendait une vaste pépinière où les pommiers en fleurs et les poiriers déjà touffus semblaient rire à côté des massifs austères et moroses des pins, des cèdres et des thuyas.

Seulement, au bas de ce petit mur et sous la fenêtre de Clémence, s'étalaient sottement de vulgaires plates-bandes de légumes.

Plus loin, des carrés de quarantaines, de roses du roi, — des rosiers-noisette empanachés de fleurs, des cloches de verre enfouies dans la verdure comme des perles éparses sur un monceau d'émeraudes, — puis des serres étincelantes au soleil, et dans tout cela du mouvement, de la vie, des jardiniers hâlés laissant tomber d'un arrosoir une poussière de diamant.

A droite, un vieux pavillon qui, dépourvu de rideaux, semblait inhabité.

Aux confins de la pépinière, les maisons de la rue Saint-Victor, vues par derrière, jetées pêle-mêle, sans symétrie, et où le soleil formait des jeux bizarres de lumière se découpant à vif sur des pans d'ombres violettes.

Au dessus, le dôme moscovite, en ardoises bleues, de la Salpétrière, flanqué du petit pignon grotesque de la Pitié.

Tout au fond, à l'horizon, les douces et molles ondulations des collines de Ménil-Montant, le Père-la-Chaise, qui de loin semble un vaste tapis de velours vert cousu de paillettes d'ivoire.

Puis enfin, sur la droite tout à fait, une vaste étendue chaude, poudreuse, grisâtre, le faubourg Saint-Antoine; au delà, quelques festons de verdure à peine indiqués.

Il semblait que le calme le plus parfait dût être l'hôte de cette poétique demeure et qu'on ne pût y craindre, pour le silence des nuits, que les chants des rossignols amoureux, — si de pareils chants sont à craindre.

Il n'en fut pas ainsi pourtant. La première nuit de son séjour dans cette maison, qui se donnait des faux semblans de thébaïde, Clémence ne put trouver une heure de sommeil. Des chants bruyans, assez rapprochés d'elle, mêlés de cris étranges et de bruits de verre, la tinrent éveillée jusqu'à ce que le jour parût.

Le tumulte et les chants s'échappaient du petit pavillon Louis XV qui s'élevait à l'un des coins de la pépinière et qui, portes et fenêtres ouvertes, irradiait, dans l'obscurité et le silence, de confuses rumeurs, et les grandes traînées rougeâtres des lumières dont il était intérieurement éclairé.

Dans la matinée du lendemain, M. Marius descendit d'un air officiel pour demander à M. Boisset, le propriétaire, la cause de ce tapage.

— Ah ! je sais, répondit le vieil employé. C'est chez le voisin. Presque toutes les nuits ils font ce bruit-là. Oh ! mon Dieu ! vous vous y accoutumerez facilement. Ils sont là un tas de bandits qui passent d'ordinaire la nuit à boire, à chanter, à crier, à faire une vie d'enfer... des artistes, monsieur, des artistes...

M. Marius secoua la tête avec assentiment et d'une façon qui voulait dire : des gueux !

— Le jardinier, continua M. Boisset, le jardinier qui loue ce pavillon à l'un d'eux n'entend rien, lui. Il loge tout au fond du jardin. D'ailleurs, ces gens-là ont un sommeil de pierre. Aussi quand on a été se plaindre à lui, il s'est mis à rire bêtement. Oh ! mais ce n'est rien, vous vous y accoutumerez. Tenez, ma femme et moi, nous n'y pensons plus. Ça ne fait pas même aboyer Finette... Vous vous y accoutumerez.

Cette assurance rassura fort médiocrement Clémence, à qui M. Marius rendit compte des résultats de son ambassade. Sur une semaine, elle passa encore deux nuits d'insomnie, et elle se demandait déjà quel parti il fallait prendre, lorsqu'un jour en se mettant à la fenêtre elle vit se promener, dans l'étroite allée de la pépinière qui longeait la terrasse de la maison, un jeune homme vêtu d'une robe de chambre orientale, chaussé de babouches rouges et fumant dans une pipe digne d'un harem par sa longueur tout à fait insolite.

Se doutant que ce jeune homme était l'habitant légèrement sauvage du pavillon Louis XV, elle détourna la tête sans affectation et s'empressa de se retirer ; mais, en dépit de sa précipitation, elle fut vue par le promeneur.

Quelques instans après, Louis Bernay, tenant en main le portrait de Mme la baronne de Menil se présenta chez Clémence; il vous souvient sans doute que c'est Louis Bernay, le jeune peintre, qui loge chez le jardinier. Il avait reconnu celle qu'il aimait, il l'avait vue vêtue de deuil, et, le cœur troublé de crainte et d'espoir, il était accouru. Mais, devinant que Mme de Menil était morte et voulant ménager la douleur de Clémence, il laissa le portrait dans l'antichambre.

Mlle Annette l'introduisit dans un petit salon où la jeune fille assise brodait près de M. Marius, qui collationnait deux éditions d'Ovide, tout en ajoutant au texte, par forme de commentaire, des constellations de grains de tabac.

Pâle, les jambes fléchissantes, Louis Bernay resta sur le seuil, la bouche entr'ouverte et sans trouver une parole, les yeux voilés par un nuage, même par quelques larmes... il ne put donc voir le trouble de la jeune fille qui se leva pour le recevoir et, en le reconnaissant, rougit subitement et porta la main à sa poitrine comme pour y contenir l'émotion qui allait déborder.

Ce fut elle qui, la première, reprit un peu de calme, et elle put dire d'une voix tremblante, il est vrai, mais jouant parfaitement l'étonnement et l'indifférence :

— Monsieur Bernay, je crois?...

Le jeune peintre fut atterré par ce sang-froid. Puis, apercevant M. Marius, le tuteur, qui, un livre à chaque main, levait vers lui un nez fort étrange et très irrégulier, il comprit que la jeune fille devait feindre de le connaître à peine ; la joie inonda son cœur ; il retrouva quelque peu d'assurance et répondit :

— Je pensais trouver M. le baron de Menil...

— Je l'ai perdu, monsieur, balbutia Clémence en pâlissant, et ses yeux se remplirent de larmes.

Il y eut un moment de silence pénible pendant lequel Louis Bernay se dit : Mais elle est donc orpheline !... Si la baronne vivait encore, elle serait là... Et son amour lui inspira une charmante délicatesse.

— M. de Menil, reprit-il, sans s'arrêter à exprimer des regrets qui n'eussent fait que réveiller la douleur de la jeune fille, M. de Menil, vous le savez, mademoiselle, m'avait chargé de faire le portrait de Mme la baronne. Ce portrait, je dus le reprendre afin de retoucher certaines parties, et...

— Je comprends, s'écria Clémence avec sécheresse, et le prix ne vous en a pas été payé.

Louis Bernay blessé au cœur jeta un regard triste à la jeune fille, et répondit :

— Vous vous trompez, mademoiselle. M. de Menil me le paya avant de partir pour Schinznach ; mais comme je n'avais pas encore terminé mes retouches, il ne put l'emporter.

Clémence fut profondément touchée de ces quelques mots, qu'elle savait être un mensonge. En effet, comme quelques jours avant la mort du baron elle lui avait parlé du portrait de sa mère, celui-ci lui avait répondu : Hélas ! ma pauvre enfant, tu n'auras pas même la douloureuse consolation d'avoir sous tes yeux les traits de ta mère chérie. Le jeune peintre qui a fait ce portrait, au moment de me le livrer, n'a pas voulu en accepter le prix ; ou plutôt le prix qu'il en demandait, ce n'était pas de l'argent... c'était... M. de Menil n'avait pas achevé cette partie de sa révélation, puis il avait ajouté : Tu comprends que je ne pouvais pas accepter un présent de cet inconnu... L'accepter, c'eût été prendre un engagement téméraire... insensé... Je n'ai plus voulu entendre parler de ce jeune fou...

Ce mensonge délicat, disions-nous, émut le cœur de Clémence, et cependant elle éprouva comme un sentiment de tristesse et de regret. Elle eût préféré trouver Louis Bernay semblable aux autres hommes, oublieux de l'amour, avide d'argent et sans âme. En le revoyant tel qu'elle l'avait toujours rêvé, une crainte vague passa dans son âme ; elle sentit s'éveiller en elle je ne sais quels doux souvenirs du passé et quelles suaves espérances qu'elle croyait avoir étouffés pour jamais. Sa fierté naturelle se révolta ; elle se rappela les paroles de son père et se dit qu'accepter ce mensonge ce serait en quelque sorte encourager un amour auquel elle devait au contraire ôter tout espoir... Mais, comme elle allait refuser, Louis Bernay, qui avait été prendre le portrait, le lui présenta découvert...

En revoyant devant elle cette tendre mère qu'elle avait tant aimée, belle comme au temps où la vie vacillante errait encore sur ses lèvres, souriante et parée comme aux jours de bonheur, avec ses yeux bleus, doux, limpides, rayonnans et laissant voir la pensée, avec son teint diaphane et rosé ; quand elle la revit, sa mère, telle qu'elle était dans la dernière année, languissante et coquette et affectueuse, penchée dans sa bergère et près du feu dont la flamme vive jetait une animation mobile sur ses traits, tout son cœur se brisa, ses sanglots jusque alors contenus s'échappèrent, elle couvrit le portrait d'ardens baisers, elle fut prise comme d'un délire d'amour et de douleur; elle oublia et sa juste réserve et Louis Bernay et tout au monde, et elle ne put que s'écrier d'une voix étouffée :

— Ma mère !... oh ! ma mère !...

CHAPITRE VII.

M. Marius.

Le bon M. Marius, le tuteur de Clémence, laissa tomber d'émotion un des livres qu'il tenait, et Louis Bernay, debout devant elle et calme en apparence, ne put retenir deux larmes qui coulèrent sur ses joues.

Quand Clémence eut retrouvé un peu de calme, elle ne pensa plus, allez, aux fières susceptibilités qui l'alarmaient si fort l'instant d'auparavant ; elle ne pouvait plus se séparer de ce portrait... Elle n'hésita plus un moment. Que son père l'eût payé ou non, que lui importait ! C'était le portrait de sa mère, il lui appartenait à elle seule au monde ! Qu'y pouvaient prétendre les autres ?

Cependant Louis Bernay espérait que M. Marius et Mlle Annette, la gouvernante, finiraient par se retirer, mais ce fut un vain espoir : ni l'un ni l'autre ne faisaient mine de bouger. Clémence ne pouvait le congédier tout brusquement après ce qui venait de se passer ; elle le pria donc de s'asseoir et le jeune artiste essaya de revenir à ces conversations idéales grâce auxquelles, chez Mme la baronne de Menil, les deux amans parvenaient à échanger leurs pensées et à se comprendre à merveille.

Mais la jeune fille n'écoutait pas ou feignait de ne pas écouter. Elle était abîmée dans la contemplation du portrait de sa mère ; son sein palpitait, une adorable langueur noyait ses yeux, mais sans doute c'était là une émotion toute filiale et le souvenir de l'amour passé n'y entrait pour rien.

Ce fut donc M. Marius qui tint la conversation, non pas dans ces sphères nuageuses, car il l'en faisait descendre à tout moment pour raconter des historiettes et des anas qu'il avait l'art de souder les uns aux autres par de perfides transitions.

Louis Bernay se disait toujours tout bas : Elle n'est pas libre..... Ce monsieur est sans doute un de ses parens, son tuteur peut-être... Si je pouvais un instant me trouver seul près d'elle, je saurais si elle m'aime encore... Je lui rappellerais avec tant d'éloquence nos belles journées d'autrefois !... elle n'a pu les oublier ainsi... Oh ! les femmes ! elles sont toutes dissimulées. Je la quitte et nous nous aimons, je la retrouve et nous nous connaissons à peine ! — Puis une pensée lui vint, comme une révélation. Sans doute, pensa-t-il, elle m'a reconnu dans le jardin, bien qu'elle n'ait pas tourné les yeux de mon côté... car les jeunes filles voient sans regarder... Et le tapage des dernières nuits, elle l'aura entendu !... J'ai peut-être troublé son sommeil... Insensé ! brute que je suis !..... Je m'étourdissais pour l'oublier, et elle était là, près de moi !... et je ne devinais pas sa présence !...

Pendant que ces réflexions passaient rapides et assez tristes dans l'esprit du pauvre artiste, les voix intérieures parlaient aussi à Clémence dont la pensée hésitait entre cent anxiétés.

Elle songeait que le jeune peintre ne pouvait garder son portrait à elle, ce portrait qu'elle lui avait laissé par étourderie, car certainement ce n'était pas par amour (du moins elle aurait bien voulu se le persuader). Ne pas le redemander, c'était encourager la passion de Louis Bernay, renouer l'avenir au passé, c'était faire un aveu ! Mais aussi comment le lui reprendre, quand elle le lui avait donné.

Et c'était pitié, je vous assure, que de voir ces deux pauvres enfans, orphelins tous deux, indépendans tous deux, s'éloigner fatalement l'un et l'autre de leur bonheur, marcher tous deux dans le même chemin, séparés par les broussailles pleines d'épines qu'on nomme préjugés, quand ils n'avaient qu'à faire un pas pour se rejoindre, pour lire dans leur pensée, pour se jeter dans les bras l'un de l'autre et s'aimer ouvertement comme ils s'aimaient en secret.

Au moment où Louis Bernay, exaspéré contre l'inoffensif M. Marius et l'impassible Mlle Annette, se levait pour partir, Clémence retrouva tout son cruel courage et lui dit :

— Je pense que vous avez aussi fini les retouches qui vous restaient à faire à mon portrait... Désirant l'envoyer à une de mes cousines, je serai heureuse de l'avoir bientôt.

Louis Bernay resta altéré, les yeux hagards, la tête pleine de vertiges... Il crut avoir mal entendu, il interrogea le regard de Clémence, mais le trouva calme, impassible, impénétrable.

— Votre portrait! répondit-il d'une voix sourde, étranglée, il est fini en effet... vous pourrez le faire reprendre... Vous indiquerez le jour... Le jour que vous choisirez sera le mien... On viendra chez moi... Personne ne s'opposera à ce qu'on l'emporte... personne...

Et il sortit brusquement, laissant Clémence épouvantée par ces paroles dont elle ne comprenait que trop bien le sens.

Louis Bernay, rentré chez lui, s'abandonna d'abord à un désespoir insensé. Il n'était plus aimé! Cet amour si puissant qui, deux fois le poussant dans l'abîme, avait attaché à son esprit comme de blanches ailes et l'avait élevé dans les sphères du bien, de l'honnête et du beau, cet amour venant à lui manquer, il retombait de toute cette hauteur dans la fange et dans le désespoir. Pourtant, il ne perdit pas tout à fait courage, et croyant que Clémence n'ignorait pas qu'il fût l'hôte du pavillon, il pensa que la jeune fille s'était effrayée du scandale de la vie qu'il menait, que pour être sévère elle ne l'en aimait pas moins... Une fois engagé dans le chemin fleuri des hypothèses, la confiance lui revint. Si elle ne m'aime plus, se dit-il, elle enverra reprendre son portrait...

Et Clémence n'envoya pas reprendre le portrait, par une raison qui nous dispenserait de toutes les autres, c'est qu'elle ignorait la demeure de Louis Bernay; et, l'eût-elle connue, le courage lui eût peut-être fait défaut.

D'ailleurs, elle resta à ce sujet dans une parfaite ignorance, d'abord parce qu'elle n'eut plus jamais occasion de reparler, à M. Boisset, de l'hôte du pavillon, attendu qu'à compter du jour de son entrevue avec Louis Bernay, les tapages nocturnes, les chansons bachiques, les bruits d'orgie cessèrent complétement; ensuite parce qu'elle ne revit plus une seule fois le promeneur en robe de chambre orientale et en babouches rouges, que le premier jour elle n'avait pas eu le temps de reconnaître.

Si bien qu'elle en vint à croire que le pavillon Louis XV était inhabité, ce dont elle éprouva une joie bien vive; car au moins elle pouvait jouir de son cher paysage, monde muet et inanimé, mais où elle se plaisait à trouver une image de son existence. En effet, là, tout auprès d'elle, du printemps, de la jeunesse et des fleurs; et là-bas au fond, à l'horizon, les blanches tombes du cimetière, vues de loin, en harmonie avec sa tristesse, hélas! et son avenir perdu et son espérance morte!

Malgré l'isolement et l'incertitude des jours futurs, elle eût été heureuse, dans ce petit ménage de jeune fille, où régnaient l'ordre et la propreté; elle eût été heureuse en compagnie de M. Marius et de Mlle Annette, sa gouvernante; car une amitié profonde l'attachait à ces deux personnes, seuls amis qu'elle eût au monde, et qui, dans les conditions ordinaires de la vie, se fussent trouvés, l'un pédant grotesque et sauvage, l'autre simple servante, si éloignée de l'intimité d'une jeune fille née pour être riche et tenir un certain rang; oui, sa vie eût été douce si le souvenir de Schinznach n'était venu jeter dans son cœur des alarmes toujours renaissantes.

Dans son ignorance et dans sa simplicité, elle se demandait quel motif de haine pouvait avoir eu contre elle M. de Verteuil; que lui avait-elle fait dont il eût à se venger? Tout le jour cette pensée lui serrait le cœur, et la nuit elle avait des cauchemars étranges, terribles. Nous l'avons dit, cette douleur l'avait vieillie de dix ans par la pensée, et certes elle ne désirait pas revoir cet homme ; il lui semblait qu'elle dût tomber morte en sa présence ; pourtant je ne sais quelle voix lui disait qu'elle le reverrait un jour ; un ressentiment sourd, un ressentiment innocent, il est vrai, comme celui d'un ange, emplissait son cœur ; elle le haïssait pour ses espérances enfuies, pour son bonheur anéanti... pour l'amour de Louis Bernay qu'il fallait perdre !...

Sans cesse la même pensée... ses doigts erraient oublieux sur les touches du piano ou sur la broderie inachevée ; elle restait plongée dans de longues préoccupations, les yeux fixés sur le vide, n'écoutant ou ne voyant rien; ou bien, le soir, penchée à sa fenêtre, devant le ciel scintillant d'étoiles, se plaisant à entendre le chant lugubre de l'engoulevent.

Un changement avait été fait dans la pépinière. La vulgaire plate-bande de plantes potagères qui s'étalait sous sa fenêtre avait disparu. A sa place s'arrondissait un charmant petit parterre, tout planté de rosiers blancs, fleuris, au milieu desquels s'élevaient tristement quelques tiges de scabieuses. Ce fut pour elle une charmante surprise et une joie d'enfant, car elle y vit un symbole parfumé de sa vie pleine de deuil.

Mais voilà tout. Elle attribua du reste au jardinier cette fantaisie toute poétique.

Louis Bernay, qui avait à expier un passé scandaleux, ne se montra plus ; mais un berceau de vignes fort épais le conduisait, de la porte du pavillon et à une charmille de thuyas qui s'élevait devant la fenêtre de Clémence et à la faveur de laquelle il pouvait la contempler tout le jour sans être vu.

Il lui fallut bien, pendant quelque temps, se contenter de ce bonheur beaucoup trop séraphique.

La jeune fille vivait dans la solitude la plus profonde. Vers les premiers temps de son séjour à Paris, elle avait été voir quelques anciennes amies de sa mère. Froidement reçue, sa fierté fut blessée; elle se renferma dans sa tristesse et dans son abandon. Il lui restait bien une amie et cette amie c'était une cousine, Mlle Henriette d'Orneval, avec laquelle elle s'était trouvée en pension chez Mlle de Sers et dont elle avait, s'il vous en souvient, reçu une lettre à Schinznach, lettre qui fut dérobée par Camillo Sylva.

Mais sa famille s'était brouillée avec celle d'Henriette, de sorte que l'amitié des deux jeunes filles ne s'était éclose et épanouie qu'en secret. Elle ne pouvait donc aller voir Henriette qui était auprès de sa mère, ni lui écrire, parce que Mme d'Orneval, qui ne se serait pas fait scrupule de décacheter la lettre, ou ne l'aurait pas remis à sa fille, ou en aurait pris sujet pour la réprimander.

Elle se trouvait donc privée du seul adoucissement permis à sa douleur, c'est-à-dire les confidences dans le sein d'une amie, d'une compagne. Ces confidences, vous comprenez qu'elle ne pouvait les faire à M. Marius, et à ce propos le portrait de ce personnage ne sera peut-être pas déplacé.

M. Marius était un homme grand, sec et fluet, vêtu de noir des pieds à la tête, mais de ce noir grisâtre, terne, usé, évaporé, qui distingue les vêtemens d'un employé des pompes funèbres. Son pantalon sans sous-pieds laissait naïvement paraître les oreilles recroquevillées de ses souliers grimaçans, ainsi que des bas chinés aussi mal tirés que possible. Son habit, aigu de formes et luisant aux coutures, montrait dans ses plis et dans son allure générale toutes sortes d'habitudes vicieuses. Un chapeau bas, à larges bords et au poil roussâtre, surmontait le tout. Nous sommes obligé de reconnaître qu'en M. Marius la nature, comme partout, se montrait bien supérieure à l'art. Toutes les grimaces et la laideur de son accoutrement ne pouvaient lutter avec la laideur et les grimaces de son visage.

Toutefois, on pouvait s'habituer à cette franche laideur qui produisait tout d'abord son effet le plus désagréable, et ne pouvait que gagner à être étudiée. M. Marius, qui alors comptait à peine quarante ans, n'avait pas en effet la laideur morale, cette laideur cachée que recèlent souvent les plus beaux visages et qui, l'âge venant, apparaît et se dessine avec les rides. Cet homme, au contraire, qui n'avait jamais eu de jeunesse, ne pouvait que devenir moins laid en vieillissant. Tout ce qui est ravage pour les autres, devait être beauté pour lui. Le temps, en éteignant l'animation de son visage, en dégarnissant son front, en semant ses cheveux de fils argentés, en imprimant sur ses traits les traces austères du travail, lui ferait sans doute une tête respectable de vieillard. C'est qu'aussi, M. Marius n'était venu au monde que pour être vieux; à quinze ans il l'était déjà. En un mot, on s'accoutumait à ce que sa tête offrait de répulsif au premier aspect; et de même que le soleil, lorsqu'il frappe d'aplomb sur une montagne aride, en fait disparaître les aspérités sous une poussière lumineuse, de même l'intelligence et la bonté en éclairant son visage, adoucissaient ce qui s'y trouvait de trop abrupte.

M. Marius était une des victimes nombreuses de l'enseignement universitaire. Son père, pauvre et honnête cultivateur qui signait avec une simple croix son nom païen, fit donner à Antoine Marius une éducation libérale. Le pauvre garçon mordit à belles dents au grec et au latin, si bien que lorsqu'il eut vingt ans, il ne fut absolument bon à quoi que ce soit. Protégé par M. le baron de Menil, il fut admis dans l'administration. il devint l'homme-lige du baron ; il se dévoua à lui corps et âme, il fit en quelque sorte les commissions de la maison, alla chercher Clémence à sa pension, aux jours de sortie, fut chargé de mille petits détails qui faisaient de lui quelque chose entre un ami et un intendant.

Il y avait dix ans à peu près qu'un mariage fort avantageux s'était offert à lui ; s'il se fût trouvé en possession, ne fût-ce que par suite d'un prêt, d'une somme de vingt ou trente mille francs, ce mariage eut pu se conclure.

M. Marius n'eut pas même l'idée d'avoir recours à M. de Menil.

Celui-ci, mis indirectement au fait de l'embarras de son protégé, n'eut pas même l'idée de lui offrir la somme.

Quelques jours après, il prêtait quarante mille francs à un intrigant.

Car M. Marius était de ces hommes dont on se sert mais qu'on ne protége pas. D'abord, il était fort laid, partant peu intéressant. Puis il avait une timidité enfantine; il n'osait point demander. Son dévoûment pour le baron ne s'en altéra pas le moins du monde ; il ignorait lui-même qu'il fût nécessaire et qu'il eût droit à quelque reconnaissance. Il ne se maria pas, voilà tout.

Au fait, de même qu'il avait été créé pour être vieux, il l'était aussi pour rester célibataire.

Quand M. de Menil donna sa démission, M. Marius en fit autant. Le baron eut beau lui représenter qu'un employé subalterne ne donne pas sa démission, il n'en voulut pas démordre et déclara que si son dévoûment était agréé il suivrait son protecteur à Schinznach, et vivrait désormais selon ses goûts, c'est-à-dire de l'enseignement des langues.

Il avait bien fallu accepter le fait accompli sur lequel d'ailleurs il eût été difficile de revenir ; Marius ferma les yeux de M. de Menil au lit de mort, et se voua tout entier à l'avenir de Clémence.

Quelques répétitions qu'il obtint dans les institutions éparses autour du collége Henri IV, motivèrent le choix du logement dans le quartier Saint-Victor.

Vous devez comprendre parfaitement que si M. Marius pouvait représenter un tuteur fort respectable et raisonnablement laid, il n'y avait pas en lui l'étoffe d'un confident. Ignorant absolument tout ce qui était affaire de cœur, il ne pouvait point aller au devant des aveux, s'alarmer des rêveries trop longues, interroger la pensée dans le regard avec cette sollicitude paternelle que possèdent seuls les hommes qui ont aimé.

L'existence de Mlle de Menil était triste mais calme, et pleine de quiétude en apparence, lorsqu'elle commença à sentir les atteintes du malheur.

On se rappelle peut-être qu'elle n'avait pour toute fortune que les intérêts annuels d'une somme de quarante mille francs, jadis prêtée par son père à un M. Hubertot, agent d'affaires ; intérêts qui, pendant quelque temps, furent exactement servis. Mais les premiers jours du mois de juin s'écoulèrent sans qu'elle vît paraître, comme d'habitude, le domestique de M. Hubertot. C'est un retard, pensa-t-elle, et d'abord elle ne s'en inquiéta pas davantage. Cependant la quinzaine passa, puis le mois, le mois entier, bien long et bien rapide à la fois, mais bien cruel surtout ! La délicatesse de Mlle de Menil s'alarmait à la seule pensée d'une démarche qui pût trahir de sa part la plus légère méfiance. Pourtant, les jours s'enchaînaient aux jours, et la gêne l'enserrait dans un cercle de plus en plus étouffant, et le soupçon grandissait dans son âme ! La vente secrète de quelques bijoux fit face aux premiers besoins et ajourna les cruelles morsures de ce loup affamé qu'on nomme la misère.

Vers ce temps, Camillo Sylva se présenta chez la jeune fille toujours sous le nom de Gauthier, attendu que pour quitter ce pseudonyme il eût fallu entamer un chapitre d'explications fort embarrassantes.

A ce nom qui éveillait un si terrible souvenir, Clémence éprouva comme une sensation glaciale dans le cœur; elle pâlit, elle eut peur, et sa première pensée fut de ne pas recevoir M. Gauthier ; puis vint la réflexion ; peut-être apportait-il quelque réparation... en tout cas, c'était un homme à craindre, et qu'il fallait ménager; innocente jeune fille, c'était un complice pour elle... ce pouvait être un témoin, un accusateur.

Elle le reçut donc et avec une telle sérénité du regard, une telle autorité de candeur, que Camillo Sylva en resta quelque peu déconcerté.

Le but apparent de sa visite fut d'offrir à M. Marius des répétitions auprès du fils d'un haut personnage qui, ajouta-t-il, avait la plus grande estime pour le professeur.

M. Marius, flatté dans son orgueil et alléché dans sa pauvreté, accepta avec empressement, et se mit, en témoignage de joie, à raconter quelques menues anecdotes.

Clémence comprenait bien que c'était là seulement le prétexte de la démarche de M. Gauthier ; mais c'est en vain qu'elle cherchait à en deviner le véritable sens.

Entre autres anecdotes, M. Marius en avait une à conter sur Schinznach, un souvenir historique à propos de nous ne savons quelle ruine de la vallée. Mais on ne parlait pas de Schinznach. Le digne répétiteur était homme à faire une sortie désespérée, quand le réseau de l'entretien ne lui offrait pas une seule maille rompue par où glisser l'historiette, — aussi lança-t-il lui-même dans la conversation ce terrible mot de Schinznach que Clémence ne pouvait entendre sans être frappée au cœur.

M. Gauthier ne parut pas éviter ce sujet, mais il le détourna avec une habileté inouïe; trois fois il interrompit M. Marius au moment où celui-ci lançait le harpon sur son souvenir historique. Camillo n'y mit pas d'affectation, il se montra adroit, plein de délicatesse ; il y eut même dans son entretien je ne sais quel ton triste et respectueux à la fois, dont Clémence lui sut gré. Elle se reprocha de l'avoir mal jugé, et bien qu'il n'eût pas prononcé un seul mot qui eût trait au passé, elle n'en resta pas moins convaincue qu'il la croyait innocente, qu'il éprouvait une douce pitié pour son malheur, que c'était enfin pour elle un ami sûr et dévoué.

Aussi, quand il partit, eut-elle pour lui un regard plein d'aménité et de confiance.

Cependant, point de nouvelle de M. Hubertot. Il fallut bien tout révéler à Marius qui courut chez l'homme d'affaires. Il passa toute la journée hors du logis et ne rentra que le soir, pâle, harassé, ébouriffé, bouleversé, crotté ; aux questions pleines d'anxiété de la jeune fille, il répondit simplement : M. Hubertot n'était pas chez lui ; j'y retournerai demain.

Le lendemain, Marius renouvela ses démarches, mais également sans succès. Pendant huit jours il courut ainsi tout Paris, comme un insensé; mais ce fut en vain, et Mlle de Menil dut enfin apprendre l'affreuse vérité : Hubertot avait disparu.

Clémence était ruinée.

CHAPITRE VIII.

Confidences d'une Jeune Femme.

Ruinée et seule au monde ! Que faire ? Elle pauvre enfant gâtée qui à peine savait coudre ! Elle jeune fille indolente qui, ainsi que toutes les organisations poétiques, avait pensé bien plus qu'elle n'avait travaillé ! Elle qui n'avait appris l'aquarelle et le piano que par boutades et par caprices, par lassitude, sans amour ni méthode, et qui ne pouvait songer à les enseigner aux autres. Déjà son orgueil avait été déchiré par quelques uns de ces détails flétrissans, fourmillant d'épines, que la misère amène. Il avait fallu faire des dettes et subir les regards méprisans du propriétaire, dont l'estime, thermomètre très impressionnable, montait ou descendait sous l'influence de l'état de fortune de ses locataires. Clémence était presque folle. La honte exerçait d'effrayans ravages dans cette âme où l'honneur avait toujours été comme un culte.

Le dévoûment de Marius fut inaltérable. Le pauvre homme redoubla de soins et de touchantes attentions pour Clémence. Le soir, il revenait toujours avec complaisance sur son travail de la journée. Pas un instant n'en était perdu, disait-il. Les leçons se trouvaient habilement échelonnées ; il avait des promesses d'augmentation ; ses élèves faisaient des progrès surprenans ; il les nommait à Clémence, les plus travailleurs, s'entend; la jeune fille les connaissait tous; il lui contait leurs succès, leurs malices, leurs gentillesses. L'époque du grand concours approchait, M. Marius en aurait toute la gloire ; il n'en dormait pas, il n'en mangeait pas ! (peut-être par économie !) Enfin, ajoutait-il, à la rentrée de l'année scolaire il se ferait largement trois mille francs.

Clémence secouait la tête et l'écoutait avec un sourire triste.

Un jour que Marius remettait dix francs en cachette à la vieille gouvernante, en lui disant : Annette, il faut que l'argent ait l'air de durer bien long-temps ; dites que vous faites des économies, mademoiselle vous croira plutôt que moi.

— Ah ! mon cher monsieur, répondit celle-ci, cette pauvre mademoiselle n'est en état de s'apercevoir de rien ; elle est soucieuse, elle gémit tout le jour. Tenez, hier, j'étais dans la salle à manger; je l'entendais parler tout haut dans sa chambre. Je n'ai pas compris ce qu'elle disait ; mais elle a quelque mauvais projet, voyez-vous ! Il y a autre chose là-dessous que vous ne savez pas. Cette enfant se confine dans son mal ; elle aurait besoin de distraction. Tenez, si je savais écrire, j'aurais déjà écrit à sa cousine Mlle Henriette d'Orneval, qu'est mariée... que nous avons reçu il y a deux mois un billet de faire-part. Enfin c'est sa cousine ; elles ont été en pension ensemble, c'est toujours quelque chose à tenter.

Huit jours après cette conversation, Clémence reçut de sa cousine une lettre où tous les voiles de la plus ingénieuse délicatesse cachaient une offre généreuse.

Voici cette lettre :

« Ma chère Clémence,

» Sais-tu que voici bientôt six ans que nous ne nous sommes vues!... depuis ta sortie du pensionnat de notre terrible Mlle de Sers... Et nous nous étions juré, tu le sais, de nous écrire toutes les semaines. Hélas! tu me connais pour paresseuse par excellence. Je dois être juste : j'ai un soupçon que c'est moi qui ai seule enfreint le traité en cessant de t'écrire. Pourquoi et comment ai-je été si oublieuse? Le sais-je? Tu le sais, toi, je parie, toi qui m'as toujours vue folle, étourdie, évaporée. Une parure nouvelle, un bijou, voilà de quoi me faire perdre la tête. Ah! comme vous devinez bien, mademoiselle.

» Là, vraiment, j'ai eu des remords de temps en temps. Si bien que je t'ai même écrit, une fois, à l'adresse du pays fabuleux pour lequel tu es partie. Je t'ai écrit à ma sortie de pension, car j'étais encore chez Mlle de Sers à vingt ans; si ce n'est pas affreux!

» Est-ce pour me punir de mon long silence que tu ne m'as pas répondu? Ou bien ma lettre ne te serait-elle pas parvenue, ou bien as-tu eu peur en m'écrivant de mécontenter Mme d'Orneval ma mère?..... Mais pardonne-moi; je soupçonne que mes absurdes bavardages te sont arrivés au milieu d'une de ces poignantes douleurs qui ne t'ont pas été épargnées. Pauvre amie, ma sotte gaîté t'aura involontairement froissée.

» Maintenant, tu es seule au monde; pourquoi me gardes-tu rancune?

» Moi, je te l'avouerai, je t'ai oubliée un peu; je suis allée avec ma mère à notre vilain Langres. Dieu! le maussade pays! J'apprends, par parenthèse, que le vieux papa Villot, ton oncle, est plus laid, plus renfrogné, plus cloîtré, plus avare que jamais, et qu'il porte toujours des rubans gorge de pigeon autour de son bonnet de coton, dit-on. Oh! Dieu! si ma mère lisait cette phrase!

» D'abord, je te dirai... Ah! c'est là le grand mot et il eût peut-être été plus habile de le faire attendre davantage... je te dirai... tu ne devines pas?... Tiens! je te vois d'ici avec ton calme superbe, et tes grands yeux noirs, lire d'un air froid et compassé toutes ces divagations et murmurer tout bas : cette Henriette, elle sera donc toujours folle! Allons je ne veux pas abuser de ta patience. Je te sais assez forte pour comprendre un livre mystique ou une discussion politique, mais profondément incapable de saisir le mot de la plus simple énigme. Eh bien! ma belle, je suis mariée!

» Ah! Dieu, est-ce bien possible? être mariée! Ai-je jamais songé à cela que je suis mariée! Avoir toujours, là, devant soi, un mari tout de noir habillé et devant lequel on ne peut pas rire; qui prétend lire sérieusement de grands articles noirs de journal, qui discute! qui calcule, qui gronde peut-être!

» Et voilà que j'oublie qu'on a dû t'envoyer un billet de faire-part. A toi, un billet de faire-part! Oh! me pardonneras-tu cela? Enfin, je te reviens repentante, griffonnante et plus bavarde que jamais! Et ce qu'il y a d'odieux dans mon retour vers toi, c'est que j'ai besoin de toi!

» Connais-tu bien le caractère de Mme d'Orneval? Tu n'as pu que le deviner dans la lettre que je t'ai écrite quelques jours après être revenue chez elle... (c'était cette lettre que Camillo Sylva avait dérobée, et dont il tira profit, comme on le verra). Ma mère observe, tu le sais, avec la plus grande sévérité, les pratiques de la religion. Elle demeure toujours à l'Abbaye-aux-Bois, et Florine, sa petite chienne jaune, vit encore. Tu te rappelles qu'à la pension je sortais deux fois l'année, à la fête de ma mère et à Noël. Arrivée à l'Abbaye, la vicomtesse m'embrassait bien froidement sur le front, puis on me mettait dans un coin du salon, et là, je n'osais ni bouger, ni lever la tête de tout le jour. C'était avec joie, moi, pauvre recluse, que je sortais de la pension; tous mes sentimens aimans s'épanouissaient pendant le trajet. Un seul regard les flétrissait et je rentrais chez Mlle de Sers avec une joie plus grande que celle éprouvée au départ. Devenue jeune fille, rien n'a changé pour moi. Ç'a toujours été chez Mme d'Orneval la même froideur, et dans mon cœur les mêmes appréhensions à son aspect, au seul son de sa voix.

» Je te le dis bien entre nous, Clémence, ma mère ne m'a jamais aimée.

» Un jour Mme d'Orneval me fit venir dans sa chambre et m'apprit que j'allais me marier. Mon futur était venu quelquefois chez ma mère, le soir. Il m'avait à peine adressé la parole, avait joué aux échecs avec l'abbé Doucet, notre directeur, et s'était gagné les bonnes grâces de Florine.

» Aucun état ne pouvait m'être plus insupportable que le mien. Avec ma mère je n'aurais jamais osé faire d'objection; mais eussé-je eu cette audace, je te l'avoue, je n'en aurais pas fait.

» Mme d'Orneval ajouta que je ne devais pas espérer qu'elle vécût auprès de nous; une belle-mère apportant presque toujours le trouble dans un ménage, sa présence était donc peu désirable. D'ailleurs, elle voulait ne plus s'occuper que de son salut. Là-dessus, la vicomtesse me congédia d'un air impérieux, sans seulement attendre ma réponse.

» Eh bien! tu comprendras, ma Clémence, que je suis seule au monde, que je n'ai pas un cœur à qui me confier. Tiens! tranchons le mot... j'ai des peines... je ne suis pas heureuse!... Et pourtant quel mot affreux je te dis-là. Ne suis-je pas trop exigeante? Ai-je bien compris le monde et ses lois! Ne me suis-je point fait un idéal impossible dont je ne puis trouver la réalité? Oh! mais, vois-tu bien, que mes souffrances viennent de moi ou de *lui*, il me faut quelqu'un à qui les dire. Il m'aurait fallu une mère, tu me comprends... A défaut d'une mère, j'ai besoin d'une amie.

» Et j'ai songé à toi. »

Ici Henriette entrait dans de longues considérations sur les dangers de l'isolement où se trouvait Clémence. Elle n'en abordait que le côté burlesque, enfant étourdie et rieuse qu'elle était. Si, au moment où elle écrivait cette lettre, une vague tristesse et plus encore, un malheur avait passé sur son âme comme un nuage et assombri quelques passages, la gaîté, ce rayon lumineux, n'avait pas tardé à percer, à dissiper ces ombres. Henriette était de ces jeunes filles nées pour être heureuses, dont la bouche ne s'est épanouie que pour le sourire et l'amour, dont le regard, sans profondeur, scintille à toute lueur qui passe, et dont les cheveux blonds et naturellement bouclés semblent ne devoir jamais être touchés que par des brises caressantes. Mais, sous ces argumens scintillans de moquerie, apparaissaient des raisonnemens graves, sérieux, dont Clémence elle-même s'était souvent préoccupée.

Enfin, la jeune femme terminait sa lettre par ces mots :

« Je t'attends à la Roche (c'était le nom du château loué par son mari dans la vallée de Chevreuse). Le crédit que m'alloue mon seigneur et maître pour le chapitre de la coquetterie (quel style parlementaire!) est trois fois plus élevé que je ne pourrais le désirer. Il suffira pour nous deux. Je veux que nous ayons toujours une mise pareille, comme deux sœurs. Quant à ton revenu, tu l'amasseras comme une avare, tu t'en feras une dot, ma belle, et nous te marierons.... »

C'était, dans cette lettre si délicatement adroite, la seule allusion qu'eût faite Henriette à la position de sa cousine. Elle y trouvait moyen d'y lever ses scrupules, tout en paraissant ignorer sa ruine.

Toute lettre de femme porte un *post-scriptum* ; celle-ci ne faisait pas défaut à la règle. On y lisait ceci :

« Amène-nous M. Marius, au moins pour les vacances; il n'a rien à faire pendant le mois de septembre. Il s'est montré pour toi admirable de dévoûment ; c'est ton tuteur, ton ami... Nous voulons l'avoir à la

Roche. Adieu, chère Clémence, à bientôt ! — Toujours pas de nouvelles de mon frère. »

Quand Mlle de Menil, dans sa détresse, reçut cette lettre pleine de consolation, elle ne se dissimula pas les dangers que pouvait cacher une offre si séduisante ; elle n'ignorait point le monde, ni son égoïsme ; non pas qu'elle le connût par expérience; mais grâce à sa sagacité profonde elle le devinait. Son âme fière ne se résigna pas sans luttes à l'humiliation que recèle toujours la charité, cette fleur à la corolle brillante et veloutée, au calice amer. Mais que faire? elle était sans ressources. Nous ne vous conterons pas toutes ses tentatives désespérées et vaines. Dans une maison où elle essaya d'obtenir quelques ouvrages d'aiguille, on n'osa point lui en confier, parce qu'on la trouva trop bien mise pour n'être pas une aventurière. Ailleurs, dans les pensionnats, on lui demandait des connaissances qu'elle n'avait pas ; enfin toutes ses démarches avaient été infructueuses.

D'un autre côté, devait-elle vivre aux dépens d'un pauvre homme qui n'était pas même son parent?

Elle se résigna donc à congédier sa bonne et fidèle gouvernante, — ce fut une séparation douloureuse, — et à se rendre à l'invitation d'Henriette.

D'ailleurs, elle n'avait pas perdu tout espoir. Ignorant la première tentative faite par son père auprès de M. Villot, de Langres, elle lui écrivit et lui peignit sa détresse avec une noble dignité.

En attendant la réponse qui, pensait-elle, ne pouvait qu'être favorable, elle n'avait rien de mieux à faire que d'aller à la Roche.

Un jour donc, on était au commencement de septembre, un jour que Louis Bernay passait dans la rue des Fossés-Saint-Victor, devant la maison de Clémence, — et vous vous doutez qu'il y passait bien souvent, — il vit avec surprise, avec terreur que la porte en était grande ouverte et qu'une foule inaccoutumée allait et venait sur ce seuil d'ordinaire toujours clos, silencieux comme son amour.

Plein d'anxiété, il s'informa de la cause qui attirait tout ce monde.

— Il y a une vente dans la maison, lui répondit-on.

Il entra le cœur serré, et rencontrant M. Boisset, le propriétaire, il lui demanda d'un air insensé ce que c'était que cette vente.

— Eh bien, c'est une vente, lui répondit le vieil employé ; et il ajouta avec la malice d'un rentier qui s'adresse à un pauvre diable : Avez-vous quelque chose à y acheter ?

— Une vente !

— Oui, si vous voulez faire monter les enchères, mon jeune ami, il faut vous dépêcher.

Et M. Boisset aspira une prise avec un clignement d'yeux et certain rayonnement sournois de physionomie dont l'illuminait tout l'esprit qu'il se trouvait.

— Une vente! reprit l'artiste; mais qui?...

— Mlle de Menil qui demeurait ici... mon ancienne locataire... Elle est partie pour la province et elle fait vendre ses meubles, voilà...

— Mais savez-vous pourquoi elle est partie et où elle va ?

— Ah ! mon Dieu, non, répondit le digne rentier d'un air finaud et diplomatique, et en tapotant sa tabatière. Je sais seulement qu'elle va chez une de ses cousines ; mais où? je l'ignore.

Le vieux bureaucrate s'applaudit fort, intérieurement, de n'avoir pas mis sur la trace de Mlle de Menil cet écervelé d'artiste qui d'ailleurs paraissait aux trois quarts fou, et de plus avait un feutre gris à larges bords, bien fait pour s'attirer la haine d'un honnête bourgeois.

Louis Bernay allait se retirer désespéré, lorsqu'il vit sortir Mlle Annette suivie d'un commissionnaire chargé de cartons. Un espoir soudain lui passa par la tête, il les suivit et arriva avec eux à la voiture de Chevreuse.

— Pour Mlle de Menil, dit la gouvernante.

— A quelle heure part-elle ? demanda la dame du bureau.

— A quatre heures.

— En ce cas, les nouveaux paquets ne peuvent partir avec elle. Cette demoiselle en a déjà beaucoup trop.

— Comment faire?

— Ils seront envoyés demain. — Mettez dessus le nom, bien exactement.

C'est ce que fit Mlle Annette, et elle ajouta l'adresse de l'amie de Clémence.

Louis Bernay s'approcha d'un air indifférent et ne put réprimer un vif mouvement de surprise, presque de joie. Il retint immédiatement une place pour la voiture qui partait à deux heures et courut chez un de ses amis, Frédéric Gernon, dont il savait que la sœur était femme du percepteur de Chevreuse.

Le soir du même jour, la voiture de Chevreuse descendait au galop la route sinueuse et fraîche qui s'enfonce dans la vallée entre des coteaux couverts de bois et hérissés de roches grisâtres.

La portière de droite du coupé, dont la glace était baissée, encadrait une ravissante tête de jeune fille, sérieuse et triste, et qui paraissait pourtant puiser un peu de calme dans la douce sérénité du paysage. Auprès d'elle, dans une sorte de pénombre, se dessinait comme un de ces profils fantastiques et grimaçans qui se tordent aux gargouilles de nos vieilles cathédrales. Ce profil appartenait à M. Marius. Grâce aux sinuosités du chemin, le regard de Clémence pouvait embrasser et la colline abrupte, sablonneuse, déchirée qui commande Chevreuse, colline au front de laquelle se dressent, comme un lourd panache gris, les ruines du château; — et les flots bruns des toits de la petite ville d'où, semblable à un mât de navire, s'élance un clocher aigu; et enfin, sur la droite, à travers une gigantesque grille de peupliers ébranchés jusqu'à la cime, les échappées molles et bleuâtres de la vallée qui mène à Dampierre.

A l'auberge où la voiture s'arrêta, Clémence de Menil se trouva, en descendant du coupé, devant une jeune femme auprès de laquelle se tenait un domestique en livrée.

Il y eut entre cette jeune femme et Clémence comme un moment d'hésitation; elles ne se reconnaissaient qu'à peine. Puis enfin, elles s'élancèrent dans les bras l'une de l'autre et restèrent long-temps embrassées.

Ce premier moment passé, l'étrangère salua M. Marius avec grâce, tout en réprimant du mieux qu'elle le put un irrésistible sourire, et elle lui dit :

— Monsieur, vous êtes l'ami de Clémence, vous serez le nôtre.

M. Marius répondit par une fort étrange grimace, car l'excellent homme ne devenait jamais si laid que lorsqu'il était touché.

Et alors ce furent entre les deux amies mille mots entrecoupés, des pleurs, des sourires, des exclamations incohérentes que leur abondance même fit cesser; un silence plein d'émotion y succéda.

Dans leur trouble, elles ne remarquèrent ni l'une ni l'autre un jeune homme qui les regardait à distance et avec attendrissement. C'était Louis Bernay.

La jeune femme prit le bras de Clémence, et toutes deux suivirent, s'élançant en avant, la route délicieuse qui, entre des peupliers, des saules, des collines fourmillant de roches fantasques et les bords sinueux de l'Yvette, conduit au royal château des ducs de Luynes.

Elles arrivèrent, la nuit se trouvant déjà close, devant une grille que la jeune femme poussa. Elles traversèrent une cour encadrée des deux côtés par des massifs d'arbres sombres. Au milieu s'arrondissait une verte pelouse, brodée de dahlias aux coins. A la lueur de la lune,

Clémence put apercevoir au bout de cette pelouse un corps de bâtiment qui avait toute la tournure d'un château. Elles montèrent un antique perron et entrèrent, au rez-de-chaussée, dans un riche salon, éclairé par des candelabres chargés de bougies, et où se trouvaient deux personnes assises près d'un feu mourant.

— Ma chère Clémence, je te présente mon mari, dit Henriette en conduisant Mlle de Menil vers un homme jeune encore qui s'avança sournoisement vers elle. Monsieur, ajouta-t-elle en s'adressant à son mari, c'est notre cousine.

Mlle de Menil leva les yeux et se sentit frappée au cœur ; mais elle réprima et dissimula sa terreur avec un sang-froid admirable et une merveilleuse adresse.

Elle avait reconnu, dans le mari de sa cousine, celui qui avait jusque alors porté pour elle le nom d'Alphonse de Verteuil, — le vicomte Roger d'Ortot.

A côté de lui se tenait son ami M. Gauthier, — Camillo Sylva.

CHAPITRE IX.

Sous l'Allée des Marronniers.

Du reste, ni Roger d'Ortot ni Camillo Sylva ne parurent reconnaître Clémence de Menil. Comme il arrive d'ordinaire après une forte émotion vaincue, ses forces l'abandonnèrent, les objets tournaient autour d'elle avec mille éblouissemens ; les dorures des glaces et des panneaux, le scintillement des bougies, tout se confondait et se heurtait, jaillissant d'éclairs ; des pensées tumultueuses bourdonnaient dans sa tête ; et comme elle voyait tous les regards se fixer sur elle, son trouble, au lieu de se calmer, augmentait, lorsqu'un domestique parut à la porte du salon et annonça :

— M. Frémyn.

M. Frémyn était connu dans le monde pour être le mari de Mme Herminie Frémyn, la dame qui, s'il vous en souvient, habitait le pavillon solitaire de la ruelle des Rosiers, au Plessis-Piquet.

— Eh quoi! mon bon, s'écria Roger d'Ortot en s'avançant vers ce personnage, vous nous venez seul?

— Oui, ma femme n'a pu venir. Elle a encore sa migraine, cette pauvre Herminie.

— Cette chère amie est d'une santé bien délicate, dit Henriette d'Ortot avec un sentiment d'intérêt.

Roger jeta à sa femme un regard inquisiteur et sévère que celle-ci para pour ainsi dire avec un sourire du regard, puis elle vint s'asseoir follement auprès de Clémence.

Camillo Sylva avait profité d'un instant où il se trouvait seul auprès de M. Marius, pour lui dire à voix basse :

— Monsieur, nous nous connaissons peu, mais ici nous devons faire comme si nous nous voyions pour la première fois. Plus tard je vous expliquerai les motifs... et d'abord ne vous étonnez de rien...

M. Marius fut stupéfait ; il n'avait jamais connu, en fait de mystère, que quelques textes obscurs d'auteurs grecs qu'il était habile à commenter ; quant au texte embrouillé de la vie humaine, il n'y comprenait rien ; et d'ailleurs il s'abstint d'autant mieux de toute réflexion que M. Gauthier était pour lui un protecteur, un homme qui lui avait donné pour élève le fils d'un duc, et qui pour le moins méritait une statue.

Un instant après, le domestique annonça M. et Mme Verdel, le percepteur des contributions, personnage fort insignifiant, et sa femme une toute blonde, toute souriante, toute volage et toute grassouillette personne, fine comme une parisienne, curieuse comme une provinciale, et qui décochait de temps en temps des épigrammes avec les façons les plus calines du monde. Mme Verdet était la sœur de Frédéric Gernon, le jeune artiste ami intime de Louis Bernay.

Roger d'Ortot se montra d'une réserve glaciale pour la charmante Mme Verdet; la soirée, du reste fort calme, paraissait peu le divertir; un incommensurable ennui se peignait sur son front, il allait et venait avec une sorte d'impatience fébrile. Une fois son regard rencontra celui de Clémence; il y eut comme un choc, de l'ironie chez l'un, de la fermeté et de la dignité chez l'autre; puis Roger détourna les yeux avec affectation, comme s'il eût voulu dire : Que m'importe ce qui s'est passé! j'ai oublié tout cela, oubliez-le de même.

Dix heures sonnèrent. Mme d'Ortot jeta à la dérobée un regard sur le cadran de la pendule et son visage parut s'éclairer d'une secrète joie.

Mais, au même instant presque, son mari disparut du salon.

Camillo observait les événemens avec un sang-froid inaltérable.

Henriette était assise sur une causeuse, les yeux vaguement fixés sur le fond du salon, le visage immobile; il semblait qu'elle ne dût s'apercevoir de rien, mais aucun des détails de cette scène en apparence si simple ne lui échappait. Les larmes qu'elle retenait lui descendaient intérieurement âcres et brûlantes sur le cœur. Au moment où son mari sortit, elle se prit à rire aux éclats d'un mot que lui disait la femme du percepteur.

— A la bonne heure, dit Mme Verdet quand Roger eut quitté le salon. Votre rire l'aura blessé. Du courage, chère belle, nous le ramènerons. Dites donc, si vous couchiez notre pensionnaire, j'ai tout plein de choses sérieuses et nouvelles à vous conter, des événemens.

Mme d'Ortot s'approcha de Clémence et lui dit :

— Peut-être es-tu fatiguée du voyage?...

— Oh! oui, s'écria Mlle de Menil avec précipitation, car c'était pour elle un affreux supplice de paraître indifférente, souriante et heureuse, quand mille pensées se heurtaient pleines de trouble dans son cerveau, quand d'affreux pressentimens lui serraient le cœur, quand elle avait besoin de solitude et de recueillement.

Henriette la conduisit à sa chambre. C'était une chambre charmante, simplement mais élégamment meublée, tendue de cotonnade bleue dont les draperies étaient relevées par des torsades de soie bleue et blanche; un moelleux tapis à fond blanc couvrait le parquet; un feu clair dansait et bruissait dans la cheminée.

— Je te laisse, dit-elle, tu as besoin de repos. Demain nous causerons.

— Oh! ma bonne Henriette, s'écria la jeune fille, je pense toujours à ces mots de ta lettre : « Je ne suis pas heureuse... » Hélas! j'ai déjà tout compris!

Mme d'Ortot l'embrassa tendrement, puis elle lui dit : — Si tu as besoin de quelque chose, tu n'as qu'à sonner. Cette sonnette donne chez Stéphanie, ma femme de chambre, qui est aussi la tienne; une excellente fille qui m'est toute dévouée. Bonsoir, il faut que je redescende au salon.

Pendant l'absence fort courte de Mme d'Ortot, Camillo Sylva, qui jouait aux cartes avec l'inoffensif M. Verdet, commit distractions sur distractions; mais quand Henriette reparut, son front se rasséréna, et il eut la gracieuseté de demander au percepteur, qui pourtant le gagnait, une romance nouvelle.

Car, entre autres défauts, M. Verdet avait celui de chanter la romance.

Henriette et Mme Verdet eurent ensemble un long entretien qui fut plus d'une fois l'objet des préoccupations de Camillo. N'en pouvant rien surprendre, il essaya au moins de l'interrompre en faisant l'empressé auprès de la femme du percepteur, qui le renvoya bientôt avec une toute perfide épigramme sur sa curiosité.

Il n'entendit donc que ces mots : *vraiment*! *oh*! *quel bonheur*! prononcés par Henriette; puis encore ces autres mots : *C'est dangereux* ! Il était difficile de bâtir une hypothèse sur cette base assez vague, et la révélation était un peu trop incomplète; la plus fine sagacité du monde ne pouvait même en tirer une simple induction.

Mlle de Menil restée seule, le corps plein de frissons, la tête brûlante, ouvrit la fenêtre de sa chambre qui donnait sur le parc. Une brise fraîche et parfumée l'enveloppa de ses douces caresses. Devant elle, baignée par les molles et blanchâtres clartés de la lune, et bordée de deux épaisses allées d'arbres où se découpaient des arcades pleines d'ombre, s'enfuyait une vaste prairie que la rosée semblait couvrir d'une mousseline blanchâtre.

L'âme en proie aux pensées les plus folles, ébranlée au choc de passions diverses, tour à tour faible et anéantie, forte et hardie, hésitant entre un oubli dédaigneux et la haine, Clémence, quand le calme fut un peu rentré dans son cœur sous l'influence mystérieuse de cette belle nuit sereine, Clémence, au fond de l'abîme où elle était tombée, vit avec terreur, dans tout ce qui s'était passé, une constante, une inexorable fatalité.

Qu'Henriette l'eût appelée près d'elle, il n'y avait rien là que de très simple ; elle ignorait tout. Mais que Roger, après ce qui s'était passé à Schinznach, n'eût mis aucun obstacle au désir que témoignait sa femme, voilà ce qui était étrange, incompréhensible, effrayant. Avait-il oublié le nom de Clémence de Menil ? C'était impossible.

Quel était donc son but? qu'espérait-il? Pourquoi celui qui, à Schinznach, se nommait Alphonse de Verteuil, était-il ici Roger d'Ortot? Et jusqu'à M. Gauthier, cet homme en qui elle croyait avoir trouvé un ami, qui ne s'appelait pas Gauthier, mais Camillo Sylva. L'intérêt qu'il lui avait témoigné, ses démarches, ses offres de service en faveur de M. Marius, ce n'était donc qu'un piége où devait se prendre son inexpérience. Elle eut peur, elle dont l'existence jusque alors avait été calme, sinon heureuse, elle eut peur de toutes ces intrigues qui se croisaient autour d'elle, au premier pas qu'elle faisait dans la vie réelle. Si Roger d'Ortot savait que la cousine de sa femme était la jeune fille qu'à Schinznach il avait voulu perdre, pourquoi avait-il consenti à se retrouver près d'elle, vivant sous le même toit, d'une vie commune ? Etait-ce indifférence profonde ? non ; car les souvenirs du passé devaient jeter comme une ombre funeste sur les relations du présent. Etait-ce encore de la haine ? Et pourquoi de la haine? A supposer même un motif à cette haine, n'était-elle pas cruellement satisfaite. C'était donc de l'amour ? Tout ce qu'il y avait en elle de noble et de généreux s'éveilla plein d'alarmes à cette pensée. De l'amour, grand Dieu ! Si c'était de l'amour, sa seule présence à la Roche était un crime. Faible, lorsqu'elle était seule pour lutter avec la misère, elle se trouva forte pour la combattre avec l'arme du dévoûment. C'était du repos et du bonheur d'Henriette qu'il s'agissait, et elle résolut, quoi qu'il dût lui en coûter, de tout révéler à la jeune femme et de quitter le château dès le lendemain. En restant, elle flattait en quelque sorte une passion qui était la douleur et l'abandon pour la jeune femme; en restant, elle s'exposait elle-même à une de ces tentatives audacieuses devant lesquelles Roger d'Ortot ne reculait pas; et puis, il eût été odieux de devoir une hospitalité fastueuse à celui qui, pour jamais, avait flétri sa vie; la charité est un fruit qu'on ne doit pas ramasser dans la fange.

Comme elle était dans toute l'exaltation du dévoûment, Mlle Stéphanie, une des femmes d'Henriette, vint frapper à la porte de la chambre d'une façon discrète, et dit à la jeune fille que sa maîtresse l'attendait dans le parc, sous l'allée des marronniers, à droite.

— C'est singulier, pensa Clémence ; Henriette avait remis les confidences à demain ; il sera arrivé quelque chose.

Comme elle jetait une écharpe sur ses épaules, un soupçon lui vint : si c'était, se dit-elle, M. d'Ortot qui sous ce prétexte... mais une pensée la rassura. Roger n'était pas au château.

Elle descendit donc. L'escalier qui menait à sa chambre était un escalier de service.

Au contraire, pour se rendre à l'appartement de Mme d'Ortot, il fallait prendre le grand escalier. Cependant un long couloir qui régnait dans tout le premier étage pouvait conduire de l'appartement d'Henriette à la chambre de Clémence.

La lune s'était couchée. Des nuages épais, d'un gris de fer, couvraient le ciel. La nuit était profondément noire. C'est à grand'peine que Mlle de Menil put trouver l'allée de marronniers qui, partant du château, entourait la prairie.

Cependant ses yeux s'accoutumant à l'obscurité parvinrent à distinguer les masses sombres du feuillage; mais une fois entrée dans l'allée, elle se trouva enveloppée d'une nuit plus épaisse encore.

Elle errait donc au hasard, les mains tendues en avant, lorsqu'elle entendit tout près d'elle un léger bruit de pas sur le sable.

— Henriette! dit-elle déjà, toute inquiète.

— Rassurez-vous, répondit une voix qui n'était pas celle de la jeune femme.

— Ciel! qui êtes-vous? Qui est là? s'écria Clémence folle de terreur.

— Un de vos amis. Ne reconnaissez-vous pas ma voix?

— M. Gauthier!

— Camillo Sylva.

— Mais Henriette?

— Pardonnez-moi cette ruse, dit Camillo. Il fallait que j'eusse un entretien avec vous ce soir même.

— Un entretien, monsieur, à cette heure, y pensez-vous? Et que me voulez-vous?

— Pardon, encore une fois, mademoiselle. Je n'avais pas songé à l'effroi que vous deviez éprouver en me trouvant ici au lieu de Mme d'Ortot. J'étais dominé seulement par cette pensée que pour le bonheur et la tranquillité d'Henriette, pour votre bonheur et votre tranquillité à vous-même, certaines révélations devaient vous être faites ce soir et non pas demain...

Ces paroles furent dites avec un doux accent et presque des larmes dans la voix. Clémence reprit un peu d'assurance et dit :

— En vérité, monsieur, voilà bien des mystères. Je vous avoue que pour ma part je veux n'y être mêlée en rien. Dès demain, je repars du château ; ainsi, vous voyez que toutes les explications qu'on pourrait me donner me seraient parfaitement inutiles, et je dois ajouter qu'elles me trouveraient indifférente.

— Vous voulez partir, dit Camillo avec calme, c'est impossible.

— Impossible! s'écria la jeune fille qui, prête à quitter l'allée des marronniers, resta immobile et comme brisée sous ce mot.

— Ecoutez, reprit Sylva, j'ai besoin que vous croyiez à mon amitié...

— Si je n'y croyais pas, dit Clémence, je serais bien ingrate et bien oublieuse. N'avez-vous pas rendu service à M. Marius, mon unique ami, mon protecteur, mon tuteur, mon père aujourd'hui ?

La jeune fille se servait avec habileté du nom de M. Marius, pour se protéger contre le dévoûment quelque peu vif qu'on lui montrait.

— Mais, ajouta-t-elle, cessons, je vous en prie, un entretien fort étrange pour l'heure et pour le lieu, entretien qui peut me compromettre, qui m'a compromise déjà aux yeux d'une femme de chambre, et c'est une chose à laquelle vous auriez dû songer peut-être, monsieur, dans votre dévoûment pour moi.

— Je n'ai songé qu'au prix du temps, aux dangers que vous couriez...

Tenez, je vais vous parler avec franchise. Je sais que je m'adresse à une âme grande, noble et fière. Vous êtes ruinée. L'homme qui possédait votre fortune a disparu...

— Mais comment savez-vous ?...

— Ne vous ai-je pas dit que je suis votre ami ? Puis-je ignorer quelque chose de ce qui vous touche ? Qui, si ce n'est moi, serait dans le secret de vos peines ? On a souvent ainsi des amis qu'on ne connaît pas, que peut-être on ne doit jamais connaître et qui veillent sur vous de loin, dans l'ombre... Il ne faut pas me demander comment cette amitié m'est venue... Ne vous ai-je pas vue à Schinznach, auprès de votre mère mourante, l'entourant de fleurs et d'espoir, douce, pieuse, isolée, ignorante encore du malheur ? Et quel cœur n'eût pas été ému devant tant d'innocence, de candeur, de bonté et d'infortune ! Oh ! je n'ai pas cessé d'épier tous vos pas, avec une constante sollicitude, avec discrétion et dans une seule pensée de dévoûment... S'il avait été possible de retrouver la trace de cet homme qui disparaissait avec votre fortune, n'y serais-je pas parvenu plutôt que cet excellent M. Marius, votre ami, votre tuteur, votre père, et qui se laisse prendre à des ruses d'écolier et ne connaît pas le monde ?

— Quoi ! monsieur...

— Je sais tout, allez. Il n'est pas de démarches que je n'aie tentées, moi qui n'ignore aucun des secrets de la vie parisienne. Un mois avant que le soupçon fût même entré dans votre pensée, je surveillais le misérable qui vous a ruinée. Mais aucun recours contre lui ! on ne pouvait s'adresser qu'à sa probité... c'est-à-dire qu'il n'y avait rien à faire. Pourquoi ai-je introduit M. Marius chez le duc d'A**. Pensez-vous que ce soit pour rendre service à cet homme que je ne connais pas ? Que m'importe M. Marius, je vous le demande ? Donc, vous êtes ruinée... J'ai suivi vos démarches, j'ai été témoin de votre lutte courageuse avec la misère, de vos tentatives désespérées pour trouver une noble ressource dans le travail... J'aurais pu vous aider, je ne l'ai pas fait, et vous m'en saurez gré...

— Mais, monsieur, je n'ai pas perdu toute espérance...

— Oh ! je sais, vous avez écrit à M. Villot, votre oncle ; vous avez cherché à l'intéresser à votre malheur...

— Mais vous savez donc tout ! s'écria Clémence épouvantée et comme fascinée par cette étrange lucidité d'esprit qui traversait à jour toute son existence.

Il y eut un moment de silence, Camillo semblait jouir de la surprise de Clémence ; puis il reprit :

— Votre père lui a écrit deux fois... Poursuivi par d'avides créanciers, il était à la veille de se voir traduit devant les tribunaux. Ce parent en qui vous espérez aujourd'hui, deux fois votre père l'a imploré au nom de l'honneur de la famille, en votre nom à vous... Des lettres déchirantes enfin, écrites presque au lit de mort ! et elles sont restées sans réponse !...

Clémence baissa la tête et garda le silence.

— Vous parlez de partir, continua Camillo ; — je n'essaierai pas de vous faire comprendre les misères et les souffrances odieuses qui vous attendent. Que voulez-vous ? Que pouvez-vous faire ? Il y a dans Paris mille jeunes filles élevées comme vous pour le monde, la richesse et les doux loisirs, et qui sollicitent vainement le travail que vous pensez pouvoir trouver. Enfin, pourquoi voulez-vous partir... Je vous éviterai la réponse, je vous parle en ami et ne chercherai pas de vains détours : parce que Roger vous a aimée.

Mlle de Menil, qui comprit le sens que Camillo donnait à ces mots, se redressa avec indignation et allait protester de son innocence, mais sa fierté la retint ; elle se dit : — Pourquoi me défendre, puisque je ne le puis ? N'a-t-il pas raison de m'accuser ? n'est-il pas témoin de ma honte ? Qu'est-ce qu'une protestation sans preuve? une lâcheté. Suis-je donc accusée, et cet homme est-il mon juge ? Que lui dirais-je ? de vaines paroles qu'il aurait l'air de croire par politesse. Ce serait plus humiliant encore.

Ces pensées illuminèrent son esprit d'une lumière vive et rapide comme celle de l'éclair, et elle ne répondit pas.

CHAPITRE X.

La petite Porte.

Clémence ne songeait plus à s'éloigner. Eperdue, elle écoutait cet homme dont le regard avait si profondément pénétré sa vie et ses pensées, qu'elle en était blessée dans ce sentiment intime et vague qu'on pourrait appeler la pudeur de l'âme.

— Mme d'Ortot, continua Camillo avec une voix pleine de respect et de tendresse, Mme d'Ortot ne sait rien... ne soupçonne rien. Henriette... vous la connaissez, est une femme étourdie, rieuse, légère... Il semble que le malheur, en passant sur elle, devrait tout au plus l'effleurer.... Eh bien ! il la tuerait. Une fois le désespoir entré dans cette âme, ce sera fini !...

— Oh ! oui ! s'écria Mlle de Menil, oui, je le crois comme vous !

— Je n'ai pas à vous expliquer pourquoi Roger, depuis quelques mois, lui témoigne une profonde indifférence... Il fut un temps où il avait plus d'empressement... plus d'amour en apparence... car, au fond, il ne l'a jamais aimée... Une femme coquette et dangereuse, permettez-moi de vous dire ces choses, a exercé jadis sur M. d'Ortot un empire absolu que j'étais parvenue à lui arracher et qu'elle a ressaisi. Or, vous voulez partir! Un pareil départ le lendemain même de votre arrivée n'est pas naturel. Quelle raison prétendiez-vous donner de cette brusque résolution ? Cette raison, je la devine. Henriette vous a peut-être écrit qu'elle est malheureuse, abandonnée par son mari... et qu'elle le hait comme toute femme hait celui qui la délaisse... Vous auriez cru cette haine bien profonde, bien vraie... et la rupture définitive... Vous n'auriez vu aucun danger à révéler la seule, la véritable raison de votre départ... enfin ce qui s'est passé à Schinznach... chose épouvantable! Eh bien ! ce terrible mot prononcé, tout bonheur eût été impossible pour Henriette, car elle aime encore son mari.

— Son bonheur, dites-vous, et que peut-elle espérer ?

— Elle s'est aperçue de la froideur de Roger, je le sais. Sa tristesse, sa pâleur, ses larmes furtives me l'ont appris. Mais elle croit avoir été aimée ; elle croit aux trois ou quatre mois de bonheur calme qu'elle a eus. Et pour elle tout est là ! Elle n'ignore pas que Roger aime une autre femme ; son cœur en est affligé, mais non désespéré. C'est un nuage qui passe dans son ciel ; mais le soleil existe pour elle, pardonnez-moi l'image, amour voilé et pouvant reparaître. Qui sait si au fond,—je ne suis pas dans sa confidence, mais je crois connaître le cœur des femmes, — qui sait si elle ne se fait pas de muets reproches, si elle ne craint pas d'avoir été trop aimante et trop peu coquette. Il m'a aimé, pense-t-elle, donc il me reviendra. Mais si, comme je le redoutais, Mme d'Ortot se fût trouvée ici, ce soir, avec vous, dans ce jardin, et qu'elle eût entendu votre aveu, et qu'elle eût appris que Roger vous a aimée, la vérité lui serait apparue tout-à-coup, chassant à jamais pour elle tout calme et tout repos. Elle se fût dit : Il l'aimait ! il l'aimait ! A la lueur de cette terrible conviction, mille détails à peine entrevus jusqu'alors par elle se fussent trouvés soudain éclairés d'une façon sinistre ; elle n'aurait pas eu de peine à comprendre que jamais elle n'a régné sur le cœur de son mari ; que les charmans enfantillages, les touchantes attentions des premiers temps du mariage n'avaient point été de l'amour. Le jour où vous lui ferez une semblable révélation, son beau rêve s'évanouira. Il n'y a pas de fadeur à vous dire que vous lui paraîtrez une rivale redoutable : elle est jolie, et, permettez-moi de m'exprimer en toute liberté comme un vieil ami, vous, vous êtes belle. Elle a un regard plein de joyeux éclairs, une bouche fine et rieuse ; mais votre réserve, votre dignité émeuvent. Elle comprendra, n'en doutez pas, que vous devez plutôt qu'elle inspirer une passion durable : elle calculera le court espace de temps écoulé entre le jour où Roger vous a vue pour la dernière fois et le jour où il a été présenté à sa mère, — à peu près le temps qu'il faut pour se rendre de Schinznach à Paris... Elle se dira que dans ces quelques jours Roger n'a pu vous oublier... Elle se rappellera mille distractions, mille petits faits qui tous la blesseront au cœur... Enfin, elle arrivera à cette douloureuse conviction que Roger ne l'a pas un seul instant aimée et qu'il l'a épousée pour sa richesse.

— J'ai suivi votre raisonnement, monsieur; il me semble spécieux. Vous me demandez un sacrifice, et ce n'est pas au nom du bonheur d'Henriette, mais au nom d'une chimère, d'une illusion... Si, comme vous le dites, M. d'Ortot ne l'a jamais aimée, à quoi bon pour elle conserver une croyance dans le passé dont elle fait une espérance pour l'avenir, espérance qui ne doit pas se réaliser et qui lui prépare des regrets plus poignans et de plus vives souffrances?

— Non, il y a quelque chose de plus; la dignité du cœur respectée. Est-il impossible que Roger se lasse d'une ancienne passion qui d'ailleurs a déserté son cœur depuis long-temps et n'y règne plus que comme les rois absens, par le pouvoir de l'habitude? Est-il impossible qu'un jour il s'aperçoive des trésors de grâce et de beauté jusque alors dédaignés? Et ce jour-là, s'il arrivait, l'existence d'Henriette ne pourrait-elle pas encore être heureuse? Les légèretés de cœur sont de ces choses qu'on oublie en ménage et qu'on peut pardonner... Mais on n'oublie ni ne pardonne le mépris.

— Tenez, monsieur, je ne suis qu'une simple jeune fille, seule au monde, sans appui, sans conseil, n'ayant pour me guider que les inspirations du vulgaire bon sens, et je vous le dis avec franchise, moi aussi, toutes vos raisons n'ont rien changé à ma détermination qui est irrévocable. Vous l'avez deviné tout à l'heure, j'avouerai tout à Henriette, ce qui s'est passé à Schinznach, et je le lui dirai sans rougir, car je n'ai point à rougir, car mon honneur a été calomnié et non flétri ; je lui dirai tout sans crainte, ni pour moi, ni pour elle ; sans crainte pour moi, parce que ma conscience est pure ; sans crainte pour elle, sans crainte pour son bonheur, parce que ma conviction, à moi, c'est qu'elle a épousé un misérable, un lâche, un homme qui n'a pas de cœur, et que ce serait en vain qu'elle lui demanderait de l'amour, l'amour étant un sentiment noble qu'il est incapable de ressentir. Peut-être porterai-je le désespoir dans son âme, mais ce sera un désespoir salutaire et qui la préservera de plus amères douleurs. Je m'étonne que vous ayez peur des révélations que je puis lui faire. Vous paraissez attacher beaucoup d'importance à ce qu'elle croie avoir été aimée dans les premiers mois de son mariage... Mais cette liaison dont vous parliez, cette liaison pour laquelle M. d'Ortot la délaisse, vous l'avez dit vous-même, elle est ancienne, elle est antérieure au mariage d'Henriette... C'est un fait qu'elle peut découvrir d'un instant à l'autre, que moi-même je lui apprendrais, croyant en cela lui rendre service... Car je vous le répète, et c'est bien là ma pensée, le jour où elle pourra étouffer le peu d'amour qu'elle ressent encore pour cet homme, ce jour-là seulement elle sera forte et dominera le malheur, ce jour-là seulement elle sera sauvée. Quant à moi, que la misère m'attende, je l'accepte ; que ma démarche auprès de M. Villot reste infructueuse, je veux bien le croire; mais vous comprenez que je ne puis vivre sous le même toit que M. d'Ortot, que c'est là une chose impossible' monstrueuse; que tous les mots, que tous les regards seraient d'horribles tortures, et que je demanderais l'aumône aux passans plutôt que d'accepter un bienfait de cet homme!

Camillo Sylva resta atterré sous ces foudroyantes paroles. Il avait fait preuve dans cet entretien d'une habileté merveilleuse; il avait côtoyé toutes les difficultés avec un art extrême. Son argumentation s'était servie des nuances les plus délicates du sentiment, de demi-teintes subtiles et fugaces; et comme il le disait lui-même, il connaissait le cœur des femmes et pensait enlacer la jeune fille dans les imperceptibles réseaux de cette adroite analyse; mais il ne savait pas trouver cette droite et saine logique et cette volonté toute virile.

Au moment où Clémence allait s'éloigner, il reprit toute son assurance, tout son sang-froid et s'écria :

— Arrêtez, vous ne m'avez pas compris! oui, toutes les raisons que je vous ai données sont futiles, oui, vous avez bien fait de les détruire une à une! mais grand Dieu! ne m'en voulez pas si j'ose vous révéler toute la vérité, je n'étais pas venu pour cela, je voulais imposer silence à mon cœur, j'attendais tout du temps et de mon dévoûment pour vous ; mais enfin, c'est vous qui me forcez à parler... Eh bien! ce départ est impossible parce que je vous aime.

— Vous!... vous m'aimez! s'écria la jeune fille épouvantée...

— Ecoutez! reprit Camillo Silva, après un moment de silence ; il y a long-temps déjà... Ce fut du premier jour où je vous vis... pâle et désespérée et feignant la joie, si touchante, si dévouée auprès de votre mère mourante... Oh! je n'aurais jamais osé vous parler de cet amour!... Je respectais trop votre douleur! Je gardais le silence, heureux seulement de comprendre toute la noblesse et toute la poésie de votre âme. Un jour, un homme que chacun *croit* mon ami et que je hais... plus que vous ne le haïssez vous-même... un jour, cet homme a osé prononcer votre nom avec légèreté... Comme je prenais votre défense, il a voulu me convaincre...Vous savez ce qui s'en est suivi?...Moi, je n'ai pas cru les preuves mêmes... ou plutôt j'ai cru à un piége, à une horrible ruse... à la violence!..... J'ai souffert, oh! j'ai bien souffert, mais je n'ai pas cessé d'aimer.

Clémence fut intérieurement touchée de ces paroles, mais elle n'en témoigna rien ; — elle répondit seulement :

— Je vous remercie de ne m'avoir pas condamnée sur la calomnie, d'avoir douté... Quant à cet amour dont vous me parliez, il est sans espoir... et je dois partir!...

— Non, car, si je veux, M. d'Ortot se jettera à vos genoux pour implorer votre pardon; car, si je veux, il avouera que tout ce qu'il a pu dire sur vous n'est qu'un infâme mensonge, qu'il a passé la nuit caché comme un voleur dans votre antichambre et n'osant bouger... Ce que vous voudrez, je le lui ferai dire... (Il ne savait pas toucher de si près la vérité.) Il vous suppliera avec des larmes, il rampera à vos pieds... et ce jour-là vous pourrez vous venger de lui... et l'oubli et la générosité seront encore une vengeance!...

— Que dites-vous?...

— M. d'Ortot est dans mes mains, à ma discrétion... je puis le perdre enfin, je n'ai qu'à vouloir, mais il faut que vous vouliez aussi, vous.

En cet instant on entendit au loin un bruit de pas sur le sable de l'allée, un craquement de feuilles mortes.

— Quelqu'un vient! s'écria Mlle de Menil avec anxiété.

— Non, je n'entends rien, répondit Camillo... Répondez-moi... C'est votre nom... c'est votre honneur que je vous rends.

— Ecoutez! écoutez! le bruit se rapproche... C'est de ce côté.

Et la jeune fille s'enfuit vers le château, tout effrayée et honteuse en même temps, au fond de l'âme, d'être obligée de se cacher comme si elle eût été coupable.

Quant à Camillo, se trouvant seul, il prit à la hâte un petit sentier qui, entre deux bosquets d'aubépine et de lilas, partait de l'allée des marronniers pour aller se perdre dans les dédales verdoyans d'un petit jardin anglais, véritable archipel de carrés, de triangles, de losanges, dont chacun formait comme une petite île entourée, pour tout rescif, des bordures à pic du buis, et des grèves embaumées de la violette.

Il se prit à réfléchir sur la scène précédente et conclut qu'il eût été imprudent d'exiger une décision immédiate; aussi, après maints détours, finit-il par bénir l'interruption ou l'interrupteur et par rentrer au château.

L'allée des marronniers, nous l'avons dit, entourait de sa verte guirlande tout le parc de la Roche; cette magnifique arcade horizontale touchait vers le milieu de son cintre le mur de clôture de la propriété. A cet endroit même était percée une petite porte qui s'ouvrait sur un chemin communal.

Le personnage dont le pas avait été entendu dans l'allée était entré par cette porte.

Roger d'Ortot, — car c'était lui, — crut distinguer de loin, dans une des entailles lumineuses découpées par les arcades de l'allée, au sein de l'obscurité, comme deux ombres, deux formes humaines.

Etrangement surpris, il hâta le pas et pensa avoir été le jouet d'une illusion nocturne.

Cependant, rentré au château, Roger, contre son habitude, se rendit à l'appartement de sa femme.

Cet appartement se trouvait séparé du sien par une longue galerie qui jadis, aux jours de prospérité, avait dû être ornée de portraits de famille, mais pour le moment en était réduite à jouer le rôle humiliant de simple corridor.

M. d'Ortot entra dans la chambre d'Henriette sans frapper. Stéphanie, la femme de chambre de la vicomtesse, était assise auprès du feu, dans une bergère, la tête renversée sur l'épaule et les bras abandonnés; elle dormait.

Grâce aux épais tapis qui couvraient le parquet, Roger put s'avancer dans la chambre sans réveiller cette fille; il eut besoin, tant sa stupéfaction était profonde, d'y regarder à deux fois pour bien s'assurer que la vicomtesse était absente.

La pendule marquait minuit et demi.

Une lampe recouverte d'un abat-jour de velours bleu n'éclairait qu'un rayon très limité de la chambre et laissait toutes les autres parties plongées dans un sombre crépuscule. Les rideaux de soie des fenêtres étaient scrupuleusement fermés.

— Sans doute, se dit Roger en remarquant ce détail, il ne fallait pas qu'en passant dans le parc je pusse découvrir qu'il y avait de la lumière chez elle. Mais plutôt non, c'est un excès de précaution; elle ignore que je sors par le parc, sans cela, elle n'eût pas suivi l'allée des marronniers.

Le lit n'était pas défait et, — chose singulière, — sur une petite table à ouvrage au pourtour d'ivoire sculpté, et sous la clarté de la lampe, un livre se trouvait ouvert. Roger s'approcha doucement; ce livre, c'était la Bible.

M. d'Ortot, dans cette petite visite domiciliaire et conjugale, conserva beaucoup de calme; il paraissait éprouver plus d'étonnement que de fureur. Seulement son visage était pâle, ses yeux fixes, ses lèvres serrées et frémissantes. Il ne négligea pourtant pas un seul instant la précaution qu'il était obligé de prendre pour ne point troubler le sommeil de la femme de chambre, et il se retira sur la pointe du pied en retenant son souffle pour ainsi dire.

Cependant Clémence en quittant l'allée des marronniers s'était dirigée (du moins le croyait-elle) vers le château, pensant pouvoir reprendre aisément le chemin qu'elle avait suivi pour venir; mais la nuit était si obscure qu'à peine elle pouvait distinguer à trois pas d'elle, dans une nébuleuse clarté, les massifs noirs des arbres et des bosquets.

Après avoir marché pendant près de cinq minutes, elle reconnut qu'elle s'était perdue. Que faire? Ne connaissant pas le parc, le plus sage eût été de retourner sur ses pas et de regagner, comme elle le pourrait, l'allée des marronniers; elle n'en fit rien pourtant, dans la persuasion qu'elle avait réellement entendu un bruit de pas, et elle se dit : je trouverai toujours bien le mur du parc; en le suivant je dois arriver au château.

C'était une singulière et embarrassante position que la sienne.

Le soir même de son arrivée, être là, passé minuit, errante, à travers buissons et prairies. Il fallait pourtant bien regagner sa chambre et surtout faire en sorte de n'être point vue. Il était déjà assez odieux de se trouver fatalement à la discrétion d'une femme de chambre qui devait interpréter d'une étrange manière le rendez-vous obtenu par Camillo Sylva.

Clémence, hélas! avait déjà fait l'épreuve de la calomnie, et son âme était assez forte pour dédaigner profondément les caquets d'une servante. Mais elle ne voulait pas, de gaîté de cœur, donner prise aux méchans bruits. Elle s'en gardait comme on se garde des épines, voilà tout. Car pour elle, il n'en pouvait résulter qu'une piqûre et non rien de vénéneux ni de mortel. Elle était courageuse et fière.

Mlle de Menil se trouva complétement égarée dans le petit jardin anglais que nous vous avons décrit. Ce fut, grâce à son ignorance des lieux, et grâce à la nuit, un véritable labyrinthe pour elle.

Enfin elle parvint à en sortir, et suivit une petite allée entre deux parterres. De là, elle put sur la gauche, à travers les découpures du feuillage plus rare, découvrir la ligne continue, sombre et précise du mur d'enceinte.

Elle avait dépassé le château, et se trouvait dans la partie du jardin qui formait comme une sorte de cour.

La jeune fille reconnut son erreur en apercevant de chaque côté du chemin une balustrade de bois peinte en gris et servant à protéger les parterres contre les écarts des roues de voiture.

Elle allait retourner sur ses pas, lorsqu'elle entendit tout près d'elle une voix de femme qui prononçait ces mots.

— Adieu donc... à demain!

— A demain! répondit une voix d'homme.

— Tu viendras, n'est-ce pas?

— Oui...

— C'est à neuf heures.

— A neuf heures.

Puis une porte, une petite porte bâtarde ménagée auprès de la grille, se referma tout doucement.

Clémence eut le temps de se cacher derrière une charmille de tilleuls qui bordait le chemin, et de là, elle vit passer tout près d'elle une jeune femme.

Elle reconnut Henriette.

Enfin, après tant de traverses, Mlle de Menil put rentrer au château. Mais elle ne trouva pas le calme et le sommeil dont elle avait tant besoin. Mille images fantasques passaient rougeâtres sur le fond sombre de sa nuit.

CHAPITRE XI.

Plus de Hasard que d'Intrigue.

Le lendemain, dès qu'une teinte blanchâtre de jour eut vaguement éclairé les objets, Mme d'Ortot entendit frapper doucement à sa porte.

Elle se leva, passa un peignoir, parut un instant chercher à maîtriser son trouble, puis ouvrit et se trouva en face de son mari.

—Vous, monsieur ! s'écria-t-elle avec une ironie souriante. Eh! grand Dieu ! qui vous attendait ! Je pensais ouvrir à Clémence. Vous auriez dû me faire prévenir. Vous me voyez dans un désordre de toilette qui me rend toute confuse.

Cela était dit avec une apparence merveilleuse de surprise. Il n'était pas difficile de comprendre que Mme d'Ortot regardait et traitait son mari comme un étranger. Elle y mettait un petit air cérémonieux et alarmé d'autant plus piquant qu'il s'y mêlait je ne sais quel ton dégagé et coquet, jouant à ravir l'indifférence.

Quant à Roger, il fut un instant déconcerté. Il pensait trouver de l'effroi, un visage pâlissant, des yeux hagards, au moins un mouvement de terreur mal dissimulé; au lieu de cela, c'était un regard fin, un sourire charmant, des airs de comédie.

Elle ne se doute de rien, pensa-t-il, et il lui dit avec un accent sévère :

— J'ai à vous entretenir de choses sérieuses, madame.

— Oh! mon Dieu ! à moi, des choses sérieuses ! On voit bien que vous me connaissez mal. Sont-ce par hasard des affaires d'argent ? Je n'en veux point entendre parler. S'agit-il d'un malheur à apprendre? Epargnez-moi de grâce toute fâcheuse nouvelle. C'est vrai, je me sens aujourd'hui légère, contente, heureuse, et vous venez d'un air tragique suspendre sur ma tête ces horribles mots : des choses sérieuses !

— Les nuits d'automne sont froides et sombres, madame.

— Ah ! voilà un point sur lequel je puis tomber d'accord avec vous. Eh bien ! puisque vous avez eu cette bonne idée de venir me rendre visite, c'est cela, causons tout bourgeoisement du temps qu'il fait. Vous disiez donc que les nuits d'automne sont froides et sombres; c'est une vérité que je ne fais aucune difficulté de reconnaître. Mais asseyez-vous donc, monsieur ; tenez, je crois qu'il y a encore des braises allumées dans ces cendres. Ayez la bonté de sonner Stéphanie pour qu'elle ranime le feu. Car si vous avancez cette proposition que les nuits d'automne sont froides et sombres, vous me permettrez d'ajouter que les matinées d'automne sont sombres et froides. Eh! vraiment! vos choses sérieuses m'ont donné le frisson.

Décidément, se dit, à part lui, M. d'Ortot, c'est elle que j'ai vue dans le parc. Ce sang-froid railleur n'est point naturel. Je ne la croyais pas si hardie. Et il ajouta tout haut :

— Inutile de sonner Stéphanie. Savez-vous bien, madame, que je suis venu hier, à onze heures et demie pour avoir avec vous un moment d'entretien... je ne sais plus, ma foi ! à quel propos...

— Vraiment ! Et vous ne m'avez pas trouvée...

— Votre femme de chambre était là, près du feu... endormie sur une bergère... Où vous étiez, je l'ignore. Votre femme de chambre ne s'est point éveillée, de sorte que, malheureusement pour vous, elle n'a pu vous prévenir de ma visite.

— Mais vous auriez pu laisser votre carte, monsieur.

— Vous êtes aujourd'hui en humeur railleuse...

— Et vous, monsieur, il vous a pris depuis hier une terrible fureur de rendre des visites... A onze heures du soir et à huit heures du matin !... C'est inoui. Sans compter les visites que vous faites tous les soirs entre neuf et dix... à qui ? Je n'en sais rien... Vos heures sont singulières tout au moins.

— Vous avez beaucoup d'esprit, madame... beaucoup !... C'est une justice à vous rendre. Mais maintenant je vous parle sérieusement, bien que vous paraissiez avoir horreur de ce qui est sérieux. Où étiez-vous hier, à près de minuit ?

— Mais au château apparemment, attendu que les chevaux n'ont pas bougé de l'écurie et que, pour m'envoler par la fenêtre, je ne suis pas encore d'âge à être sorcière.

— Je vous répète, madame, et vous devriez vous en apercevoir, que vos plaisanteries lassent ma patience. N'essayez pas de cacher votre trouble sous un faux air de moquerie. Où étiez-vous ?

— Et que vous importe ?... D'où vous vient cette idée de vous informer de ce que je fais ? Quel intérêt pouvez-vous y avoir ? Ne m'avez-vous pas laissée jusqu'à présent parfaitement libre de toutes mes actions ?

— Il me plaît aujourd'hui de vous en demander compte.

— Oh ! est-ce que vous seriez jaloux ! Fi donc ! Dieu merci, je ne vous crois pas ce défaut. Eh bien ! est-ce qu'il ne m'est plus permis d'avoir mes migraines et de prendre l'air dans le parc ? Mais, monsieur, c'est une horrible tyrannie que de vouloir ôter à une femme jeune et peut-être jolie le privilége des migraines. Voudriez-vous donc que j'eusse une santé de robuste paysanne, une santé vulgaire ! Je tiens à mes migraines, il faut me les laisser. Mme Frémyn a bien les siennes.

— Pour être la fille d'une dévote, madame, vous en savez beaucoup... où avez-vous appris toutes ces jolies ruses ?

— Eh ! monsieur, en êtes-vous à ignorer qu'en toutes choses, en toutes choses, entendez-vous, les femmes n'ont pas besoin d'apprendre... elles devinent...

Et Mme d'Ortot regarda son mari avec un sourire ironique qui complétait parfaitement sa pensée.

Roger fit deux ou trois tours dans la chambre à coucher, puis venant se poser devant sa femme, les lèvres serrées et menaçantes, il lui dit :

— Vous n'espérez pas que je croie à votre migraine d'hier.

— Et pourquoi n'y croiriez-vous pas ? Du reste, je vous ai donné ce motif comme un de ceux qui auraient pu expliquer ma promenade d'hier au soir. Vous n'y croyez pas ! Ah ! vraiment ! Et si je ne voulais pas vous en donner d'autres, il faudrait bien pourtant vous en contenter. Avoir la migraine, cela n'a rien d'invraisemblable, ce me semble. C'est une raison très admissible à laquelle un mari n'a rien à reprendre. Ce n'était pas ma raison hier, soit ! mais je réserve mes droits ; ce pourrait-être ma raison demain.

— Bien vous en a pris, madame, de ne pas vous en servir pour aujourd'hui...

— Eh ! pourquoi ?

— Parce que vous n'étiez pas seule dans le parc.

— La plaisante idée que vous avez de me dire cela. Ne le sais-je pas mieux que vous.

En faisant cette réponse, Mme d'Ortot interrogeait à la dérobée les yeux de son mari, comme pour y lire sa pensée ; mais le regard de Roger restait froid et impassible.

— Malheureusement, ajouta M. d'Ortot avec ironie, vous avez été aussi maladroite cette nuit que vous êtes adroite ce matin. Il ne fallait pas fuir avec tant de précipitation quand vous avez entendu mon pas dans l'allée des marronniers ; c'était vous trahir et vous auriez dû le comprendre. Je n'ai pas essayé, bien entendu, de vous suivre dans le dédale du jardin anglais, vous auriez eu le temps de m'échapper. Je suis allé chez vous par le plus court chemin...

L'allée des marronniers, le jardin anglais... Que veut-il dire ? pensa

Henriette. Décidément, ou il n'a rien vu, ou il y a dans tout ceci un quiproquo fort singulier. Nous ne nous sommes pas promenés de ce côté du parc. Au fait, tout s'arrange parfaitement; qu'il ait des soupçons, à merveille! c'est ce que je désire. Mais quant à la certitude, elle arriverait trop tôt.

— Eh! monsieur, ajouta-t-elle tout haut, vous en parlez avec un sang-froid charmant. Deux jeunes femmes se promènent à onze heures passées dans un parc, elles entendent un bruit de pas et elles se sauvent... C'est bien naturel. Vous auriez porté écrit sur votre chapeau : C'est moi qui suis Roger, seigneur de ce château, que nous aurions tout de même pris la fuite, attendu qu'il nous eût été impossible de lire ce salutaire avertissement et que la meilleure idée qu'on pouvait avoir de vous en ce moment c'est que vous étiez un voleur.

— Deux femmes? dites-vous.

— Eh! sans doute, Clémence et moi. Avec qui donc par hasard imaginiez-vous que je me trouvais.

— Prenez garde, madame, je vais savoir la vérité.

— C'est un soin parfaitement inutile, puisque je vous la dis.

— Vous êtes bien sûre que c'était Mlle de Menil qui se promenait dans le parc avec vous.

— Ah! vraiment, la plaisanterie dure depuis trop long-temps, monsieur. Croyez ce que vous voudrez, peu m'importe. Et n'allez pas penser que je vous réponde maintenant.

En ce moment, on entendit un bruit de cloche.

— Voici la cloche du déjeûner, dit M. d'Ortot. Vous allez avoir la bonté de descendre avec moi; je ne vous laisserai pas le temps de transmettre à votre cousine quelque avis charitable. Je découvrirai facilement la vérité, soyez-en persuadée... Mlle de Menil, interrogée et n'étant pas prévenue, se troublera infailliblement... Alors vous reconnaîtrez peut-être, madame, qu'il n'était pas opportun de prendre avec moi ce ton railleur, cet air dégagé, ces manières de grande coquette.

— Je croyais, monsieur, qu'une des choses que vous désiriez éviter avec le plus de soin, c'est le ridicule.

— Allons, madame, je vous attends.

— Vous pensez bien que je ne vais pas descendre en peignoir.

— Pourquoi pas?

— Vous êtes fou, je crois. Et Mme d'Ortot s'avança vers la sonnette.

— Si vous appelez votre femme de chambre, je la renvoie.

— Ah! vous craignez que cette fille ne soit d'intelligence avec moi. Nous ne sommes plus au temps des soubrettes, monsieur.

— Vous ne verrez personne avant de descendre.

— Eh bien! alors, laissez-moi seule, monsieur, je m'habillerai.

Roger accepta l'épigramme et tourna le dos avec indifférence.

Tout en passant une douillette, Mme d'Ortot se disait : c'est bien imprudent! Jolis débuts! Il est évident que Clémence va se troubler, rougir, balbutier... Pas moyen de l'avertir... Ce sera une scène terrible.

Quand elle fut prête, elle s'écria avec gaîté :

— Eh bien! monsieur, descendons... car j'ai hâte de voir cesser pour vous le rôle absurde que vous jouez.

Lorsque M. et Mme d'Ortot entrèrent dans la salle à manger, Camillo Sylva et M. Marius s'y trouvaient déjà; un instant après Clémence parut.

Elle était pâle; ses yeux noirs étaient fixes et brûlans; une expression triste et sérieuse se peignait sur ses traits; jamais peut-être elle n'avait été plus belle de cette beauté noble, altière et souveraine, que le malheur et la résignation, au lieu de flétrir, idéalisent encore.

Il se fit un moment de silence, mais dans ce silence que de pensées!

Camillo Sylva connaissait assez Mlle de Menil pour redouter un éclat. Il savait que, résolue à partir, elle ne craindrait pas de dire tout haut les motifs de son départ, d'accuser M. d'Ortot et lui, ouvertement, en face, avec toute la dignité et toute l'audace de l'innocence.

Roger,—chose étrange, — tremblait aussi. Sans doute, il avait négligé sa femme, sans doute il s'était montré grossièrement aveugle pour la beauté fraîche et naïve, les grâces charmantes, l'esprit délicat et fin d'Henriette; — non seulement il ne l'aimait point, mais il la haïssait même à cause de cette supériorité d'intelligence qu'il reconnaissait involontairement, et sous laquelle il se sentait abaissé, humilié. — Et pour qui l'avait-il délaissée? pour une femme dont la jeunesse s'était depuis long-temps enfuie, et dont la beauté commençait à prendre le même chemin; pour une femme qui n'avait que de l'astuce et était sans esprit, — car l'astuce et l'esprit ce n'est pas même chose.— Eh bien! Roger était jaloux de la pire des jalousies, la jalousie sans amour; il était jaloux... Non pas qu'il craignît de perdre le cœur de la jeune femme, car en vérité c'était un trésor qu'il avait méconnu; mais il craignait le ridicule plus que le déshonneur... sa morale au fond était peu sévère; la voix de la conscience n'était pas tout à fait muette dans son âme, mais elle bégayait pour ainsi dire, et ses résolutions n'avaient pas toujours le temps de l'écouter. Quelques honnêtes gens tenaient M. d'Ortot pour un homme de probité légèrement douteuse; il ne l'ignorait pas, et que lui importait! Mais, à l'endroit du ridicule, sa susceptibilité était excessivement vive, car dans un certain monde souvent l'improbité fait vivre, mais le ridicule tue toujours.

Henriette était franchement effrayée, mais elle eut la force de conserver jusqu'à la fin son sourire, comme un masque impénétrable.

Quant à Clémence, elle était calme; elle échangea un regard, un seul regard avec sa cousine et sa pensée fut celle-ci: elle est coupable.

M. d'Ortot s'avança vers Mlle de Menil et lui dit avec un ton d'intérêt et d'ironie à la fois:

— Vous vous êtes couchée bien tard, belle cousine, vous qui, hier soir, vous trouviez si fatiguée du voyage.

Camille Sylva, pour cacher son trouble, se pencha vers Mme d'Ortot et lui dit en souriant:

— M. Marius commence à s'ennuyer. Il a sur la poitrine une anecdote qui l'étouffe. N'aurez-vous pas pitié de lui?

— C'est vrai, monsieur, répondit Clémence à Roger. Mais j'avais la migraine et ne pouvant dormir je me suis promenée dans le parc.

Ce fut un coup de théâtre, et à ce mot de migraine Mme d'Ortot, en dépit de ses craintes fut obligée de se pincer les lèvres pour ne pas éclater de rire.

— Vous vous êtes promenée seule dans le parc, que vous ne connaissiez pas? reprit Roger d'un air incrédule...

— Mais j'étais avec Henriette, répondit Clémence avec un sang-froid dédaigneux.

— A propos de promenade nocturne, s'écria M. Marius, ceci me rappelle que Mme de Valentinois, — c'était sous Louis XIV,— Mme de Valentinois qui était charmante et galante à l'avenant, comme dit St-Simon, se promenait dans son parc en compagnie... ce n'était pas en compagnie d'une cousine...

— Allons, messieurs, déjeûnons, dit Mme d'Ortot en interrompant M. Marius.

— Il se trouva que M. de Monaco...

— M. Marius, s'écria Camille Sylva, vous devez savoir quelque chose de l'histoire des ducs de Chevreuse... Nous irons voir les ruines de leur château aujourd'hui...

— Oui, les ducs de Chevreuse descendent...

— Mais M. Marius, dit à son tour Roger d'Ortot, contait une anecdote qui m'intéresse... Mme de Valentinois...

— Ah ! Mme de Valentinois, qui était fille de M. le Grand... M. le Grand..

— Vous disiez qu'elle se promenait dans son parc...

— En effet, M. de Monaco qui avait quelque amourette dans le voisinage et qui du reste ne brillait pas par l'esprit...

Cette fois, ce fut M. d'Ortot qui interrompit le professeur en disant :

— C'est une excellente idée que tu as, Camille ; nous mènerons M. Marius à Chevreuse.

L'histoire de Mme de Valentinois et de son escapade nocturne, qui lui valut un petit exil dans la principauté de son mari, en resta là, du consentement de tous les convives qui étaient au supplice.

Le déjeûner finit au milieu d'un silence assez embarrassant. Mme d'Ortot vint prendre le bras de Clémence et l'entraîna dans le parc.

CHAPITRE VII.

Négociations diplomatiques.

Quand le détour d'une allée les eut dérobées aux regards.

— Ah çà ! s'écria Henriette, je suis stupéfaite, anéantie ! vingt fois j'ai failli me trahir pendant le déjeûner, en te sautant au cou. Comment as-tu pu comprendre le piége que cachaient les paroles de Roger ? Qui a pu inspirer ta réponse ? C'est merveilleux ! c'est inconcevable ! Ton premier mot c'est la migraine ! La migraine justement, moi qui le matin lui avais fait un cours superbe à ce sujet ! Ce que tu as dit, c'est sublime ! Je te l'aurais soufflé que ce ne serait pas mieux ! Mais comment as-tu deviné ?...

— J'avais la migraine en effet, dit Clémence avec sévérité, et j'étais dans le parc, hier au soir...

— Tiens ! c'est singulier ! tu as osé descendre, comme cela, toute seule ?

— Qu'avais-je à craindre ?

— Rien... mais...

— La maison est bien close, je le pense, et je ne pouvais rencontrer que des gens du château.

— Alors, tranchons le mot, s'écria Henriette en souriant, tu m'as vue dans le parc ?

— C'était donc toi ? dit Clémence d'un ton douloureux.

Pour le coup, Mme d'Ortot partit d'un éclat de rire irrésistible, entraînant, folle lueur de gaîté qui brillait d'autant plus que le visage de sa cousine allait s'assombrissant.

— Eh bien ! voyons, dit Henriette quand ses phrases, sans cesse coupées par ce rire incisif, purent se relier convenablement, j'avais l'air d'être à un rendez-vous, n'est-ce pas ?

— Mais...

— Sois franche !

— Je n'ai pas cru...

— C'est la pensée qui t'est venue. Avoue-le.

— Je te connais trop...

— Oh ! l'hypocrite ! Une jeune femme seule, la nuit, dans un parc, avec un jeune homme, car c'est un jeune homme... peut-être n'as-tu pas reconnu que c'était un jeune homme... une taille charmante, des allures gracieuses ; un cavalier tout à fait séduisant : enfin tu m'as crue coupable, c'est tout simple ! toi si réservée, si sainte, si puritaine, quel spectacle ! grand Dieu !... tiens ! je t'aimais bien déjà, et je t'aime plus encore, non pas parce que tu as douté si facilement de ta cousine... pour cela je devrais t'en vouloir... mais malgré ton rigorisme et la majestueuse sévérité de tes principes, tu as été charitable, plus que charitable, adroite; tu as osé commettre un mensonge pour moi, tu m'as sauvée...

— Que signifient, Henriette, ces paroles légères, qui m'affligent?...

— Voici la cloche du déjeûner, me disait Roger, vous descendrez avec moi... Oh! je ne vous laisserai pas le temps d'avertir votre cousine... Mlle de Menil interrogée, et n'étant pas prévenue, se troublera infailliblement... Je te le répète, tu m'as sauvée. Mais ris donc avec moi! A quoi songes-tu?

— A ceci : que tu as toujours été folle et étourdie, ma bonne Henriette, et qu'il est des choses graves, dangereuses, qu'il ne faut pas oser. Tu viens de le dire toi-même : J'avais l'air d'être à un rendez-vous. Eh bien! c'est une terrible apparence que celle-là. Pour de simples apparences, ont été sacrifiés souvent le bonheur et la réputation d'une femme. Prends garde, je te le répète.

— Mais ce n'était point une apparence; c'était bien un véritable rendez-vous.

— Henriette, tu plaisantes toujours.

— Je plaisante si peu, que ce soir nous irons toutes deux à la fête du Tremblay, — car c'est la fête aujourd'hui, — nous irons seules, c'est-à-dire avec ton grand magister en guise d'épouvantail aux moineaux, et cela précisément pour voir le jeune homme du rendez-vous.

— Henriette, ne compte pas que je t'accompagne, dit Mlle de Menil froidement. Je te crois plus imprudente que coupable, mais...

— Ah! ah! ah! s'écria Mme d'Ortot que son rire reprit, plus imprudente que coupable! Cette bonne Clémence!... Tiens, tu me rappelles Mlle de Sers, notre maîtresse de pension, avec ses bouts de manche et sa guimpe de mousseline. Plus imprudente que coupable! Le mot est joli, ravissant!

— Enfin, explique-toi, dit Clémence impatientée.

Les deux amies étaient arrivées à l'extrémité du parc et le visage de la jeune femme prit tout-à-coup une expression de tristesse.

Elles se trouvaient devant une petite porte pratiquée dans le mur, à côté d'un saut de loup par lequel on apercevait un chemin couvert de mousses rases et veloutées, qu'on eût pu prendre pour une pelouse, n'eût été quelques traces d'ornières et deux ou trois petits sentiers où la mousse usée par les pieds de quelques rares passans laissait reparaître l'or du terrain sablonneux. Un bois de haute futaie, habité par quelques roches fantastiques, bordait ce chemin.

Au bas de la porte dont nous avons parlé se trouvait tracé sur le sable de l'allée un quart de cercle produit par le frottement de cette porte, qui, en s'ouvrant, avait égratigné le sol et formé une raie de feuilles mortes amoncelées.

— Regarde, dit Mme d'Ortot avec mélancolie; c'est par là que Roger sort tous les soirs. Dans le jour, j'amasse quelques feuilles mortes devant cette porte; le lendemain, quand je les retrouve ainsi, je me dis : C'est encore chez elle qu'il a été hier!

— Eh quoi! c'est donc vrai, ce que j'avais cru comprendre... Roger...

— Roger ne m'aime plus. Une femme... une coquette qui est vieille... qui est laide... C'est elle... Je n'en ai pas la preuve, car tu comprends bien que si je l'avais cette preuve, je m'en servirais... Mais on ne se trompe pas là-dessus. Oh! sa maison est par là, au bout de ce sentier... La campagne est déserte... le mari est bonhomme... sa femme a la migraine... Tout le monde a la migraine ici, reprit Mme d'Ortot en souriant.

Car la douleur passait sur elle comme l'ombre d'un nuage sur un lac scintillant et pur.

— Voilà que tu reprends ton incompréhensible gaîté, dit Clémence. Je t'aimais mieux comme tu étais tout à l'heure, triste et sérieuse.

— Moi, pleurer, moi, me désespérer! tu n'y songes pas. Les larmes et la douleur ne font pas revenir celui qui s'est lassé du bonheur et du sourire...

— Mais, continua Mlle de Menil, qui malgré elle revenait toujours à la scène de la veille, crois-tu donc que les soupçons et la haine ravivent l'amour?

— Quoi! tu veux parler de ce rendez-vous d'hier, s'écria Mme d'Ortot, qui avait repris sa folle et spirituelle ironie, son regard plein d'éclairs et ces fines contractions des lèvres dont les replis cachaient tant de malice; eh bien! Roger est jaloux. Je le sais maintenant, j'en suis sûre. Il ne m'aime plus, soit! mais il est jaloux! c'est un petit défaut que nous cultiverons. — La jalousie, vois-tu, c'est encore de l'amour. Si tu l'avais vu ce matin, il était pâle, il tremblait; ses mains se serraient convulsivement, son regard était terrible!... S'il avait découvert la vérité, tout eût été perdu... J'étais folle de terreur!... Mais tu ne t'es pas laissée surprendre, toi. Oh! quand deux femmes s'entendent et sont amies, qui leur résisterait?... Je ne sais, j'ai dans l'idée que pour cette autre femme il n'eût pas été ainsi... Je souffrais de sa souffrance, et cette souffrance, je l'irritais à force de sarcasmes... J'étais d'une audace effrayante, car enfin, si tu avais balbutié seulement, si tu avais rougi, il eût fallu tout lui dire... C'était à jamais fini entre lui et moi... J'étais perdue!...

— Mais ce jeune homme... tu ne le reverras pas, tu me le promets... c'était d'une imprudence inouïe...

— Ce jeune homme? Ah! oui, ce jeune homme! Mais tu n'as donc pas encore compris? Je t'ai pourtant bien souvent parlé de lui. C'est...

En ce moment, Camillo Sylva parut au bout de l'allée comme amené par le hasard. Du reste, il n'avait pu rien entendre de l'entretien des deux amies.

—Nous ne sommes plus seules, dit Henriette tout bas à Clémence, en lui pressant le bras pour l'avertir de la présence de Camillo; à plus tard les explications.

La jeune femme tenait à la main un chapeau de paille et elle ajouta:

—Tiens, Clémence, si tu n'étais pas nu-tête, nous irions par cette porte chez Mme Verdet... C'est beaucoup plus court et il faut que je la voie avant ce soir.

— Oh! ma belle, je ne t'accompagnerai point, répondit Mlle de Menil, je suis encore souffrante.

— Je reconduirai mademoiselle au château, dit Camillo, si madame l'abandonne ainsi. On peut se perdre dans le parc.

— En plein jour, je ne le pense pas, observa Clémence avec calme.

Henriette parut hésiter; mais elle trouva un instant pour dire tout bas à la jeune fille:

— Pas un mot imprudent devant lui! Prends garde! c'est un homme à craindre.

Puis elle partit.

Quand Clémence et Camillo se retrouvèrent seuls en présence, celui-ci eut d'abord la pensée de protester de nouveau de son amour, mais le regard froid de la jeune fille l'arrêta; il pâlit et s'écria en balbutiant:

— Vous quittez La Roche?

— Non, je reste.

Cette réponse, un homme moins habile que Camillo eût pu la prendre, après ce qui s'était passé, pour un aveu, ou tout au moins pour une parole d'espoir; mais lui ne s'y trompa pas. Le ton sec et dédaigneux dont elle fut dite lui fit comprendre qu'un remercîment, même du regard, eût été une insolence; que ce n'était pas pour lui que Mlle de Menil restait; aussi jugea-t-il plus prudent de s'envelopper dans sa modestie et de voiler le rayonnement de sa joie.

Elle restait, c'était tout pour lui. Si Clémence, à Paris, lorsqu'elle essaya de lutter avec la misère, n'avait pu trouver place dans un pensionnat, pas même chez Mlle de Sers où elle avait été élevée, si, dans les maisons de commerce où elle implora du travail, elle s'était vue partout éconduire sans qu'on eût même pris la peine de jeter sur ces refus de vaines promesses, fleurs qui ne produisent jamais rien, mais que l'espérance cultive et arrose de larmes ; si partout où elle posait son pied le chemin lui avait manqué, si elle avait vu la faim hideuse rôder sur le seuil de sa porte, c'est que partout la calomnie l'avait précédée ou suivie de près sans qu'elle le sût, c'est que Camillo Sylva, pour tout dire enfin, avait voulu la réduire à n'avoir plus d'autre asile que la maison de sa cousine.

Il avait même été plus loin. Parvenu à surprendre le secret de quelques opérations hasardées de M. Hubertot, l'homme d'affaires à qui était confiée la fortune de Mlle de Menil, il le menaça de révélations scandaleuses, il le poursuivit les preuves en main.

Or, M. Hubertot, qui tenait beaucoup à sa réputation de probité, car sa réputation était un fonds, M. Hubertot avait, comme on le sait, continué de payer exactement à Clémence les intérêts de la somme prêtée par le baron de Menil. Est-ce qu'il eût voulu s'exposer à un procès pour une misérable somme annuelle de deux mille francs? Non certes, la chose n'en valait pas la peine; ce paiement lui rapportait plus qu'il ne lui coûtait. Chacun disait : M. Hubertot est un parfait honnête homme. Ne paie-t-il pas à Mlle de Menil une dette qu'il pourrait lui nier, puisque le capital a été prêté sans garantie?

Mais quand Camillo s'acharna à la perte de l'intègre dépositaire, quand il fut à même de prouver que cette probité de vétilles cachait une large et audacieuse improbité, que ces quelques fleurs de droiture et de désintéressement couvraient un gouffre fort dangereux, M. Hubertot crut le moment venu de voyager à l'étranger; or, ce n'est pas quand on va se mettre en voyage qu'on restitue une somme de quarante mille francs; puis l'homme d'affaires ne tenait plus à sa réputation ; c'était un logis ruiné que la pioche du scandale allait mettre à jour et abattre.

Si Camillo avait tant fait pour amener Mlle de Ménil au château de la Roche, ce n'était pas, vous le pensez bien, pour l'en laisser partir aussi sottement. Il eût tout osé au contraire pour l'y retenir, tout!... Et pour Camillo ce mot comprend ce qui est possible et d'autres choses encore.

Mais les grands moyens lui répugnaient. Il avait voulu d'abord essayer de la persuasion ; la persuasion avait peu réussi. Ce fut alors la passion qu'il mit en jeu, et quelle passion ! Comme elle était grande et sublime ! Il avait vu sortir Roger d'Ortot de chez Mlle de Menil ; s'il ne la croyait pas coupable, elle, la pauvre fille, du moins la croyait-il victime d'un horrible guet-apens, — car Roger, comme on peut le croire, n'avait pas raconté à son ami les détails de cette nuit fort peu glorieuse pour lui, — eh bien ! malgré ce passé, il l'aimait encore; il avait beaucoup compté, s'il faut le dire, sur cette preuve inouïe d'amour; il s'était dit : Clémence ne peut pas se marier et je l'épouse ; elle est déshonorée et je lui rends l'honneur... Or, une si magnifique abnégation avait-elle touché la jeune fille? Nous l'avons dit, Camillo avait trop de perspicacité pour le croire, et surtout pour laisser deviner qu'il le croyait. A ce mot inattendu : *Je reste*, il retint un mouvement de surprise et de joie, et les yeux baissés il garda le silence.

Mlle de Menil restait:

Malgré sa haine pour Roger d'Ortot,

Malgré l'amour de Camillo!..

Elle restait !

Une révolution s'était opérée dans son âme; toute hésitation avait cessé, le tourbillon des pensées s'était calmé tout-à-coup, comme on dit que les fantômes des nuits s'enfuient et s'effacent aux premières lueurs du jour; c'est qu'une révolution puissante et rayonnante avait soudain surgi dans son esprit.

Elle prit le bras de Camillo et lui dit :

— J'ai beaucoup réfléchi à vos paroles d'hier soir; et je vous le répète, je reste. Il me souvient que vous disiez à propos de M. d'Ortot : Cet homme que chacun croit mon ami, et que je hais... Vous le haïssez donc?...

— Je le hais, puisque je vous aime, s'écria Camillo avec transport.

— Permettez-moi de vous dire que ceci sent un peu le marivaudage. Vous le haïssez, voilà la meilleure preuve d'amitié que vous puissiez me donner. Puisque nous sommes amis, vous devez me parler avec franchise... Comment s'est fait le mariage d'Henriette et de Roger? Je ne vous ne demande pas comment il a été présenté, ce qu'il a pu dire qui ait charmé, ni l'histoire de la cour assidue qu'il a faite... Ce sont tous détails que je saurais de ma cousine. Ce qu'elle ne me dira pas, ce qu'elle ne peut savoir, c'est la raison des choses, ce sont les moyens employés, c'est, pour me servir d'une expression vulgaire mais juste, le dessous des cartes; voilà ce que je vous demande...

Camillo croyait avoir à jouer la passion éplorée, à parler de son amour fatal, à dire je vous aime et de temps en temps je t'aime de toutes les forces de mon âme, etc. Il préféra beaucoup voir prendre à la conversation ce ton calme et diplomatique, et, interrogé par la jeune fille, il ne vit pas de danger à se donner le mérite d'une franchise extrême.

— Roger, répondit-il, quand vous l'avez vu à Schinznach, était à peu près ruiné et de plus brouillé avec sa mère. Je l'entraînai à Bade où le jeu ne lui fut pas favorable. En somme, sa santé était remise, mais sa fortune était défunte; je réussis à le ramener à Paris. J'avais résolu de lui faire faire un riche mariage et de le réconcilier avec Mme d'Ortot.

— Votre haine était bien généreuse... ce me semble.

— Non, il ne s'agissait pas alors de ma haine... je songeais seulement à le séparer de vous. Je l'éloignai de Schinznach d'abord, mais ce n'était pas assez. Je voulais qu'un obstacle infranchissable vous séparât..... Ce n'était pas encore de la vengeance... je ne pensais qu'à mon amour.

Je menai Roger assidument pendant quelque temps à la chapelle de l'Abbaye-aux-Bois. Là, où il n'y a guère que des femmes, un jeune homme est sûr d'être remarqué; puis je le fis présenter ainsi que moi chez Mme d'Orneval, la mère d'Henriette, qui, vous le savez, demeure à l'Abbaye.

— Vous connaissiez cette dame.

— Indirectement. Je fis sonder adroitement les intentions de Mme d'Ortot, qui, je le savais, désirait ardemment voir marier son fils. Mme d'Ortot, heureuse d'entendre parler d'un si sage projet, promit six mille francs de pension.

Roger ne voulait pas de la pension. Du reste, il se tint parfaitement pendant plusieurs mois, il vint faire la partie d'échecs régulièrement, tous les soirs, chez Mme d'Orneval, en compagnie de l'abbé Doucet, le directeur, qui le gagnait.

Il sut s'attirer les bonnes grâces de Florine, la petite chienne, et de plus, après maintes questions sournoises sur divers points de doctrine fort délicats, il fut jugé *qu'il pensait bien*. De ce moment tout fut dit; un jeune homme qui pense bien, c'est si rare.

Mme d'Orneval, heureuse de marier sa fille qu'elle abhorre, n'en demanda pas davantage.

D'autre part, et grâce à moi, Roger revit sa mère et se montra plein de touchantes attentions pour elle. Il se mit à sa disposition pour les promenades au Bois, pour les visites, les courses d'emplettes. Il n'était pas reconnaissable; de sorte que Mme d'Ortot, pleinement convaincue de la sincérité d'un changement auquel je croyais moi-même, consentit à remplacer, par cent vingt mille francs donnés d'un coup, la pension de six mille francs qu'elle avait promise.

C'est ce que voulait Roger.

— Ainsi ce n'a été qu'un mariage d'argent.

— Pas autre chose.

— Cependant Henriette est assez jolie pour inspirer de l'amour, et tout en admettant qu'il ne l'ait épousée que pour sa fortune, on peut encore aimer une femme qui vous enrichit.

— Pourtant Roger n'a jamais aimé Henriette... C'est un mystère qu'il me serait difficile de vous expliquer. Quelque temps après son mariage il revit une femme...

— Qui se nomme ?

— Mme Herminie Frémyn. Il l'avait aimée jadis, mais j'étais parvenu à le soustraire à cet amour, moitié par ruse, moitié par violence...

— Cette femme est vieille, dit-on, et n'est plus belle.... Henriette est jeune et charmante...

— Sans doute, mais je vous l'ai dit, Mme Frémyn possède sur lui un empire immense, absolu ; loin d'elle il ne l'aime plus, mais il la craint et lui revient toujours soumis, terrassé... Près d'elle sa passion insensée renaît dans toute sa force... un regard le met à ses pieds...

— C'est étrange ! — Vous comprenez, monsieur, que je désire tout savoir. M. d'Ortot est un ennemi pour moi ; vous-même vous avez, dites-vous, des motifs de haine contre lui ; nous devons nous entendre. Assez ignorante des choses de la vie, je puis me tromper dans mes calculs ; mais il me semble qu'il mène un train auquel sa fortune ne doit pas suffire. En se mariant, que pouvait-il avoir avec la dot d'Henriette, quinze mille livres de rentes ?

— Non, il avait trois cent mille francs, c'est-à-dire le bonheur depuis si long-temps rêvé, de quoi vivre pendant trois ans peut-être, largement, avec splendeur, de quoi gaspiller pour toutes les folies, enfin trois ans d'une existence de prince ou d'agent de change. Trois ans, pour lui, mais cela ne finit pas : trois ans, c'est un horizon immense, il ne voit pas plus loin !

— Pauvre Henriette ! mais après ce temps ?...

— Oh ! si quelquefois son esprit, par excès de prévoyance, arrive jusqu'à ce terme fatal, jusqu'au seuil de cette vie fastueuse, où se tient la ruine nouvelle et irréparable qui l'attend, que lui importe ?

— Mais que compte-t-il faire alors ?

— Il me l'a dit vingt fois, il se tuera.

— C'est de la folie !

— Il a dépensé quarante mille francs pour l'ameublement de La Roche, où d'abord il a voulu jouer à la vie de château. Mais il a dédaigné ses anciens amis de bal masqué qui seraient venus volontiers ici chasser avec sa meute et courir les bois sur ses chevaux ; il a mieux aimé faire des avances à quelques nobles familles du voisinage qui toutes, je ne sais comment cela s'est fait, se sont tenues sur la réserve. De sorte qu'il s'est vu réduit à la société de Mme Frémyn et de Mme Verdet, car je ne parle pas de leurs maris. Ces refus, dont quelques uns ne furent pas même voilés de politesse, ont exaspéré Roger qui attend l'hiver avec impatience et compte étourdir tout Paris de son luxe.

— Ainsi la fortune d'Henriette est compromise.

— Pas encore ; il faut qu'elle consente à se laisser dépouiller. Vienne une réconciliation, elle signera tout ce qu'on voudra.

Clémence ne répondit pas. Elle paraissait absorbée dans ses pensées. La tête penchée, la main posée sous le menton, le regard fixe, elle était magnifique ainsi. On eût dit une reine avec son premier ministre. Camille lui-même que la beauté, la candeur et la grâce touchaient peu, se sentit pris d'un certain intérêt pour cette organisation forte, à la réflexion nette, positive, pénétrante. Il se savait bien supérieur en habileté à cette ignorante jeune fille, mais il se disait pourtant : il y a de l'étoffe dans cette intelligence énergique; avec une telle femme on peut être ambitieux.

C'est qu'en effet toutes les questions de Mlle de Menil révélaient une décision arrêtée fermement, un but vers lequel elle s'avançait avec persistance et que Camillo croyait deviner.

— Encore un mot, ajouta Clèmence au moment de rentrer au château; vous avez dit hier : M. d'Ortot est dans mes mains, à ma discrétion...

— Oui, si vous le voulez, votre vengeance est sûre et sera terrible.

— Qui vous a dit que je veuille me venger? répondit la jeune fille avec noblesse.

— Quoi !... mais j'avais compris... vos paroles de tout à l'heure...

— Avez-vous oublié que celui qui m'a offensé est le mari d'Henriette? L'oubli et le pardon, voilà ma seule vengeance. Seulement, si un jour j'avais à me défendre contre de nouvelles insultes ou à protéger ma cousine, peut-être alors me souviendrais-je que vous vous êtes dit mon ami et l'ennemi de M. d'Ortot, peut-être vous demanderais-je ces preuves que vous avez contre lui... Jusque-là je ne veux rien savoir.

Et Clémence s'éloigna, laissant Camillo stupéfait, anéanti, exaspéré.

Il avait compté sur une haine profonde, implacable, qui sacrifie tout à la vengeance, qui se tait pour mieux surprendre, qui rampe pour mieux se redresser, une haine italienne enfin comme la sienne, dont il eût été le complice, dont il eût flatté les secrets instincts; par cette aveugle passion, il croyait dominer la jeune fille en lui offrant la vengeance désirée, et dont il comprenait si bien le besoin farouche... Voilà pourquoi Clémence avait grandi à ses yeux, pourquoi il avait foulé aux pieds avec tant de cynisme sa feinte amitié pour Roger, pourquoi il avait parlé à cœur ouvert; mais cette abnégation évangélique, mais ce pardon lâche et inattendu brisait le réseau de ses intrigues; il voyait se relâcher et s'échapper peu à peu les fils si laborieusement croisés et sous lesquels il croyait avoir emprisonné l'avenir.

Comme il était encore sous le coup de cette vertueuse résolution de Clémence, la seule peut-être qu'il ne pouvait pas prévoir :

— Camillo, lui dit Roger, aussitôt la nuit venue, prends un cheval et rends-toi à la fête du Tremblay.

— A la fête du Tremblay...

— Henriette y sera ainsi que Mlle de Menil et M. Marius; elle en a témoigné le désir et il ne me convenait pas d'y mettre le moindre empêchement. Seulement je soupçonne qu'il s'y trouvera une autre personne.

— Que veux-tu dire?

— Je n'ai pas cru, tu le penses bien, à la promenade nocturne de Mme d'Ortot et de Clémence, ni à leurs deux migraines simultanées... Henriette a un amant. Mme Verdet et Mlle de Menil sont de connivence avec elle... cette fête du Tremblay est un rendez-vous, j'en suis sûr... Je n'irai pas moi; je ne voudrais pas me donner ce ridicule, mais tu iras, tu les épieras... La foule est grande et tu pourras voir sans être vu.

Camillo promit et se garda bien de faire la remarque qu'il convenait à M. d'Ortot moins qu'à tout autre d'être jaloux.

Il semblait entendre un ciel couvert de nuages reprocher au fleuve de les refléter.

CHAPITRE XIII.

La Fête du Tremblay.

Certes s'il est un spectacle tout à fait inattendu et bizarre, c'est celui qu'offre la fête du Tremblay.

Si, à la nuit tombante, vous quittez la route monotone de Versailles à Rambouillet, un peu au dessus du hameau de l'Agiot, vous ne tardez pas à voir la plaine s'affaisser tout à coup sous vos pieds et s'enfuir en une verte et luxuriante vallée que domine, avec des airs de suzeraine, la petite ville de Neauphle-le-Château. Tout est silence, parfum et mystère autour de vous. Près de vous s'élève mélancolique, avec son manteau sombre de lierre, la tour de Maurepas dont il ne reste qu'un seul pan encore troué de meurtrières,—silhouette noire qui s'ébrèche sur le ciel—et où l'on n'entend que les sourds frôlemens d'aile des oiseaux de nuit. En face de vous s'ouvre une magnifique vallée, comme un océan de verdure, où les cimes des noyers et des saules s'entassent ainsi que des vagues houleuses. Dans le lointain, ces splendides masses de feuillage se baignent en des lueurs bleuâtres. Le couchant est envahi par de folles nuées grises, déchiquetées, bouleversées, et qui semblent une troupe de démons en déroute; peut-être quelque nuage embrasé par le soleil et formant une raie lumineuse traverse-t-il ces ténébreuses bandes comme une épée foudroyante et vengeresse.

Rien, du reste, que cette vallée envahie par l'ombre et que le ciel qui s'éteint et dont l'azur prend des tons d'un vert d'opale. Pas un bruit, pas une lumière même lointaine dans cette plage assombrie. Rien qu'un vague bruissement de feuilles, que les cris du grillon et les plaintes lugubres de l'engoulevent, rien que les doux soupirs de la brise, que de suaves parfums, et que le silence murmurant de la nature, qui semble parler de Dieu. Si vous êtes assez expérimenté pour oser prendre les chemins de traverse, après avoir passé par plusieurs de ces étangs à sec si nombreux dans le pays, vous vous trouvez suivre entre deux tertres élevés, couronnés de haies de sureaux et d'aubépines, un sentier creux agréablement semé de petits rochers, sous prétexte de cailloux.

Tout-à-coup vous entendez une lointaine rumeur, et vous voyez le ciel se colorer d'une clarté rougeâtre au milieu de laquelle s'élance comme un peuplier aigu. Ce peuplier, c'est un clocher.

Au bout d'un instant, vous vous trouvez dans une rue de village, au milieu d'une fête qui d'abord ne vous paraît offrir rien de bien remarquable. Comme partout, ce sont des boutiques en grosse toile étalant toutes leurs séductions sous forme de bonshommes en pain d'épice, de mirlitons plus ou moins enroulés de devises, de loteries ornées de verres sur le premier plan, sur le second de soupières tachées de rouge, de jaune et de bleu,— ce qui figure des fleurs,—et sur le troisième de petits miroirs et d'images encadrées, violemment coloriées, riches de jeunes gens agenouillés en pantalons blancs et en toupets noirs, de jeunes femmes en robes rouges et de bosquets fleuris de roses et de pivoines.

Mais si vous suivez la foule qui se dirige sur la droite, vous ne tardez pas à trouver une fête peu champêtre, disons-le tout d'abord, mais qui a son côté étrange et féerique.

Vous sortez de la solitude et de la nuit pour entrer dans le tumulte et la cohue. Devant vous se presse une multitude inouïe, toute grouillante dans une douteuse clarté. Une illumination singulière, et dont vous avez peine d'abord à comprendre le capricieux dessin, se prolonge devant vous à perte de vue. Ce sont des bruits de voix, des rumeurs, des cris, des piétinemens sur l'herbe, auxquels se mêlent des sons discordans de violons et de flageolets, sons qui partent de tous les côtés et vous apportent des lambeaux d'air qui hurlent de se trouver ensemble; c'est le cas ou jamais d'employer cette expression de l'antique et naïve rhétorique. Par ici le Postillon de Longjumeau, par là le Choral de Luther, plus loin le Rocher de Saint-Malo, ce qui produit en vérité un amalgame attendrissant. On se croirait dans une salle d'études d'une musique de régiment.

Après quelques instans d'incertitude et d'étourdissement, on arrive à se rendre un peu compte de tout ce désordre. La fête se donne sur une immense pelouse, au milieu d'un parc. Toute la partie éclairée se détache dans un cadre sombre, où s'élèvent de vagues massifs et d'où s'enfuient des chemins pleins d'ombre et de mystère. Un immense cordon de lanternes en papier, bleues, rouges, blanches et jaunes, soutenu çà et là par des perches, dessine sur la pelouse sept ou huit vastes carrés dont chacun a son orchestre : — un tréteau en planches, deux violons, un flageolet, qui tapent du pied à qui mieux mieux comme pour tuer tout à fait la mesure sous leurs semelles, et qui sont flanqués d'un nombre raisonnable de verres et de bouteilles.

Entassés dans ce vaste espace, deux ou trois mille paysans sautent et dansent, les garçons en pantalons blancs et en manches de chemise, les filles en robes blanches et en bonnets ronds. Çà et là, sur la lisière de la fête, apparaissent quelques rares bourgeois qui se hasardent à rogner un coin extrême de la pelouse pour y danser sérieusement en gants blancs et en bottes vernies ; mais en réalité le bourgeois ne compte pas.

Au dessus de la pelouse s'élève, déployant ses deux ailes d'un air tout à fait seigneurial, un magnifique château dont les fenêtres sont éclairées et laissent voir çà et là quelques portraits de famille, quelque jeune et antique aïeule en Diane chasseresse, quelque noble seigneur poudré et brodé, qui tous semblent sourire à cette joie tumultueuse.

L'illumination ne réussit guère à éclairer toute cette vaste étendue. Il y règne une clarté mystérieuse qui n'est pas sans charme. Vous vous risquez dans la foule pressée, et voilà qu'après bien des gros visages, épatés, hâlés, barbus quoique féminins, troués de petits yeux ronds et d'énormes bouches, ô surprise ! dans la lumière vague et indécise, vous voyez apparaître quelque profil charmant, délicat, de grands yeux noirs, un front uni, frais et satiné, une bouche mignonne, un sourire ravissant, une délicieuse jeune fille dans une simple toilette d'ailleurs, avec une robe de mousseline, un tablier de taffetas rose, un bonnet de tulle, des cheveux en boucles aplaties sur les tempes, une croix d'or... Cette jeune fille, vous voulez la suivre, mais déjà elle a disparu dans la foule... Vous vous élancez à sa poursuite, impossible de la retrouver... L'instant d'après autre apparition ! la première vous plaisait par sa grâce, son air mutin, son nez retroussé, sa bouche souriante ; celle-ci vous séduit par l'exquise pureté de ses traits, la ligne antique de son visage, l'ampleur magnifique et robuste de sa taille... Mais les orchestres donnent un signal de danse, la foule se mêle, se croise, s'embrouille d'une façon inextricable, vous voilà séparé de votre nouvelle passion et comme la première fois vos recherches seront vaines. Quoi de plus poétique que le souvenir tout indécis de ces jolis visages à peine entrevus au milieu des lueurs vacillantes.

Camillo errait depuis quelque temps dans l'allée qui enlace la pelouse comme une large ceinture d'or, lorsqu'il se trouva tout à coup en face de Mme Verdet, qui donnait le bras à un jeune homme fort élégant et de très bonne tournure.

Du reste, pas la moindre trace du mari.

— Oh ! oh ! se dit Camillo. Et il se dit d'autant mieux oh ! oh ! que la femme du percepteur avait laissé échapper en le voyant un mouvement involontaire de surprise et de vive contrariété.

Enfin, pensa-t-il, je ne représente pas ici M. Verdet...

Après un instant, il se sentit prendre le bras tout doucement par Mme Verdet, qui fit la câline et la boudeuse, et lui dit avec une petite moue charmante :

— Peut-être vouliez-vous être seul, monsieur Camillo ? Il faut pourtant que vous vous embarrassiez de moi pendant un quart d'heure, car le jeune homme avec qui j'étais a voulu danser avec une petite villageoise qui lui a tourné la tête, et je lui ai donné sa liberté.

— C'est cela ! pensa Camillo ; elle a peur que je bavarde ; elle veut me donner des explications, me prouver que l'ai vue se promener avec Mme d'Ortot peut-être... Qui sait? Et il répondit avec une galanterie légèrement mêlée d'ironie.

Il s'agissait de continuer la conversation d'une façon naturelle ; aussi entamèrent-ils le chapitre de la médisance; c'était ce qu'ils pouvaient trouver de plus naturel au monde.

Après quelques escarmouches de paroles :

— Savez-vous, dit Mme Verdet, que Mme Frémyn a été vue ce matin au marché au beurre, toute couverte de diamans ?

— Oh ! mon Dieu ! lui répondit Camille, ce pauvre Roger n'a jamais pu lui faire comprendre la véritable élégance.

La réponse était quelque peu brutale. Jamais entre Mme Verdet et Camille il n'avait été touché un mot des relations de Roger et de Mme Frémyn, et ceci était une allusion on ne peut plus directe.

La femme du percepteur ne pouvait raisonnablement feindre de ne pas comprendre, aussi se crut-elle obligée de pousser un soupir et de dire : — Cette pauvre Henriette !

L'entretien se trouvait engagé sur un terrain plein d'embûches et de fondrières.

— Oui, pauvre Henriette, reprit Camille; et elle n'a rien à se reprocher, elle !

— Est-ce que ceci serait une épigramme pour moi, pensa Mme Verdet; et elle ajouta tout haut : Etes-vous bien sûr qu'elle n'ait rien à se reprocher? Peut-être n'a-t-elle pas été assez coquette?

— Oui, mais il est si difficile de garder la mesure entre être assez coquette et l'être trop.

— Décidément le trait est à mon adresse, se dit la femme du percepteur. Ecoutez, reprit-elle avec une sorte d'abandon, je vous parlerai franchement, sans employer de plus longs détours. J'ai été désolée de vous voir ici...

— Eh ! qu'a donc de si terrible ma présence?

— Enfin elle peut déranger certains complots... En face d'un si terrible adversaire que vous, la dissimulation serait un enfantillage... Vous êtes l'ami de Roger ; nous ne vous demandons pas de vous joindre à nous ; ce sera beaucoup déjà si vous voulez nous promettre la neutralité.

— Qui sait ? J'ai peut-être moi-même besoin, non pas de votre neutralité, mais de votre secours...

— Vrai !... j'en serais charmée. Eh bien ! ce jeune homme que vous avez vu à mon bras, à l'instant... c'est le frère d'Henriette.

— Et voilà cet épouvantable secret que vous craigniez de me voir découvrir !

— Oui et que je préfère vous révéler. Henriette aime son frère d'une amitié profonde, et depuis l'enfance elle s'en est vue séparée, vous le savez. Ce serait un protecteur pour elle, si sa naissance fâcheuse ne lui ôtait toute l'autorité nécessaire... En tout cas, c'est son meilleur ami ; elle l'aime de tout l'amour qu'elle aurait eu pour sa mère, si Mme d'Orneval avait voulu être aimée... Or, elle désire vivre plus près de lui, elle voudrait même qu'il fût reçu au château. C'est la chose la plus simple du monde, n'est-ce pas? Il s'agirait tout uniment d'en parler à M. d'Ortot qui, sans aucun doute, saisirait avec empressement cette occasion d'être agréable à sa femme. Il n'y a personne de si galant pour les menus détails de la vie que les maris infidèles. Mais les femmes, vous savez, aiment passionnément le mystère; elles en mettent en tout Henriette voudrait, c'est un caprice singulier sans doute, que son frère fût présenté au château sous un autre nom que le sien... comme ami, comme cousin... enfin je ne sais quel prétexte on pourrait trouver, ni quels sont ses motifs. Peut-être craint-elle que M. d'Ortot n'ait gardé quelque prévention, contre son frère ou bien encore qu'il ne voie en lui un censeur de sa conduite, dont l'amitié trop vive et trop chaleureuse pourrait être incommode... En un mot, quelles que soient ses raisons, c'est une fantaisie qu'elle a... Roger n'a jamais vu ce jeune homme et personne ne sera là pour révéler la vérité... que vous, si vous voulez nous trahir...

— Et pourquoi? Votre projet n'a rien que de très innocent. S'il offre du danger ce n'est pas pour d'Ortot.

— Et pour qui donc?

— Puisqu'il est le frère d'Henriette.

Mme Verdet commença à deviner que Camillo interprétait d'une façon toute particulière l'intérêt qu'elle prenait dans cette plaisanterie et peut-être aussi sa présence à la fête du Tremblay en compagnie de ce jeune homme; mais au lieu de s'alarmer de la supposition, elle se contenta d'en rire en elle-même et elle reprit:

— Il faut le dire, je ne pensais pas vous rencontrer ici. J'ai été franche avec vous... Vous auriez pu voir Henriette qui va venir... la surprendre au bras de son frère... Je sais qu'un galant homme comme vous ne s'en fie pas à de simples apparences pour laisser aller son esprit à des suppositions de certaine nature et surtout pour prononcer une seule parole capable d'éveiller des soupçons... mais le moindre doute serait déjà trop terrible... Je vous ai mis dans la confidence d'un enfantillage qui n'est imprudent que par la forme, et vous êtes d'ailleurs parfaitement libre de ne pas nous garder le secret, M. d'Ortot ne refusera sans doute pas de recevoir le frère de sa femme.

— Et si vous vous trompiez; s'il refusait.

— Pourquoi?

— Comme vous le disiez tout à l'heure, pour garder mieux chez lui cette indépendance qu'il aime, pour éviter les confidences de la sœur à son frère et tous autres petits désagrémens de famille...

— Alors Henriette se résignerait...

Mais aussi, pourquoi me traiter comme un ennemi et n'avoir pas plus confiance en moi? Votre projet m'intéresse et loin de vous trahir je prétends vous servir.

— Ce serait charmant.

— Vous ne savez comment l'introduire au château, je parie? continua Camillo.

— C'est difficile, notre génie est à bout. Nous avions bien songé à une promenade en calèche.

— Eh! eh!

— Des chevaux qui s'abattent...

— Pas mal!

— Un jeune homme qui tout-à-coup s'élance au risque de sa vie.

— C'est entendu.

— Il veut échapper à notre reconnaissance...

— Comme un garçon bien appris. Et comment finissez-vous?

— Mais il s'évanouit dans nos bras.

— A merveille! Et vous ramenez au château votre sauveur?

— C'est cela.

— On fait venir le médecin qui ne trouve pas la moindre contusion.

— Le médecin est dans la confidence.

— Et le cocher?

— Dans la confidence aussi.

— Oh! très bien! il n'en parle qu'à la femme de chambre, qui sous le sceau du secret en dit un mot à un valet... Le valet...

— Vous êtes un homme terrible!

— Vous n'aviez pas d'autre moyen?

— Mais, non. Ah! Henriette a un cousin qui vient d'arriver à Paris... un M. Alfred Desprez.

— Un cousin? y pensez-vous: et qui se nomme Alfred!

— Mais quoi?

— Deux raisons pour ne pas le recevoir. Tenez, j'entre dans le complot.

— Ah! vraiment, vous serez des nôtres?

— Je ferai mes conditions...

— Et lesquelles?

— Je m'engage d'abord à présenter moi-même le frère de Mme d'Ortot.

— C'est merveilleux! Et comment ferez-vous?

— Laissez-moi le prestige du mystère. Non seulement il sera bien venu au château, mais on l'y retiendra, on l'y choiera, il y sera notre hôte.

— Vous êtes un homme admirable!

— Oh! nous gagnerons beaucoup à mieux nous connaître et à être unis.

— Mais ces conditions?

— Et dites-moi; vous êtes l'amie de Mme d'Ortot, son bonheur vous intéresse... Eh bien! quand je le voudrai, M. et Mme Frémyn quitteront Chevreuse pour n'y plus revenir.

— C'est effrayant!

— Or, le regard de Mme Herminie Frémyn est tout son pouvoir. Sous son regard, Roger fléchit et tremble: une fois loin d'elle, lettres ni menaces ne l'effraieront. Il sera libre et heureux d'être libre.

— Mais, s'écria Mme Verdet, puisque vous pouviez rendre le bonheur à Henriette, pourquoi avoir tant tardé?

— J'attendais.

Il y avait quelque chose de terrible dans ce simple mot: J'attendais. La femme du percepteur sentit la force de son adversaire et le regarda avec un mouvement involontaire de terreur.

Lui souriait.

— Voilà ce que je puis faire, ajouta-t-il après un moment de silence: je vous ai parlé de conditions; les voici: j'aime Mlle de Menil; je veux lui donner mon nom et le peu de fortune que je possède... Que Mme d'Ortot, que vous aussi, madame, daigniez me seconder...

— Oh! ce sera avec dévoûment, s'écria Mme Verdet dans un mouvement d'enthousiasme, car elle ignorait que Clémence eût au cœur un autre amour, et la demande de Camille lui parut d'un désintéressement sublime et de plus la preuve d'un amour profond, la jeune fille étant ruinée.

Vers neuf heures une calèche s'arrêta à l'entrée du village du Tremblay; Mme d'Ortot, Clémence et M. Marius en descendirent. Ce dernier, en mettant pied à terre, posa ce pied avec une lourdeur toute professorale sur celui d'Henriette, qui laissa échapper un léger cri de douleur. M. Marius se confondit en excuses et crut devoir saisir l'occasion pour raconter une de ces anecdotes qu'il plaçait toujours avec un à-propos merveilleux. Un jour le marquis de L***, cet élégant octogénaire qui portait un corset, montait à cheval, disait: Nous autres jeunes gens, et qui servit de type au *Ci-devant jeune Homme*, se trouvait conduire un leger tilbury qu'il arrêta avec prestesse devant la villa d'un de ses amis. Des dames se trouvaient sur la porte, et il s'agissait de descendre lestement et avec grâce. Mais quelque ressort du corset se brisa sans doute, et le pauvre gentleman tomba sur le sable, juste aux pieds d'une dame. Il se tourna vers elle aussitôt, et lui dit avec une présence d'esprit toute charmante et digne de la vieille cour: Madame, je suis à vos genoux.

Je laisse à deviner le rapport qu'il pouvait y avoir entre cette exquise galanterie et le brutal écrasement de M. Marius.

CHAPITRE XIV.

Croisade contre un Mari.

Après ce petit incident, les deux amies, suivies du professeur, entrèrent dans le parc et prirent l'allée qui côtoyait la pelouse.

Clémence était triste, rêveuse, préoccupée et ne répondait qu'avec distraction aux fines saillies d'Henriette.

Elle avait profondément réfléchi à sa position étrange et avait puisé dans son malheur même une résolution pleine de grandeur. Elle s'était dit : Que puis-je espérer, flétrie que je suis dans ma réputation, seule au monde, entourée d'ennemis? Si je revois Louis Bernay, lui qui m'aime, lui qui a foi en moi, que lui dirai-je, que ferai-je? Aurai-je le courage de lui révéler la vérité? Hélas! peut-être, malgré son amour, malgré sa confiance, me croira-t-il coupable. Et je le sens, méprisée par lui quoique injustement, j'en mourrai. Ou bien l'amour l'emportera pour un moment! il dira qu'importe l'opinion du monde si je connais son innocence, je serai fort contre la calomnie! Et, en disant cela, il sera de bonne foi, il croira pouvoir lutter contre elle ; cependant il en souffrira secrètement, il voudra me cacher sa souffrance, un nuage planera toujours sur notre bonheur... Ce n'est pas lui qui voudra vivre dans la solitude, tout entier à notre amour, car il aime la gloire, il aime le monde, et le monde l'accueillera partout avec le sourire de l'ironie, et les élans de son cœur seront toujours glacés par les souvenirs du passé... Si je me tais, — et ce serait déloyal et lâche, — si je me tais, peut-être pendant quelques mois parviendrai-je tellement à l'isoler dans mon amour que la calomnie ne pourra arriver jusqu'à lui... Oui, ce sera un court moment de bonheur toujours troublé pour moi par d'horribles transes... J'aurai toutes les craintes du coupable et de plus un remords poignant; ce secret se placera entre lui et moi comme un fantôme menaçant... tous les regards, toutes les paroles auront un double sens pour moi... toute lumière projettera son ombre sur mon âme... Je ne jouirai qu'en tremblant et avec amertume d'une félicité que je saurai passagère... Puis le fatal jour viendra où Louis apprendra ceci : qu'à Schinznach un homme à six heures du matin est sorti de ma chambre où il était entré le soir. Ce jour-là tout sera fini, tout sera brisé. Il sera bien temps alors de vouloir expliquer la chose! Quelles preuves apporterai-je? Que dirai-je! Que la nuit, je l'ai passée dans la chambre de ma mère... Oh! folie! Est-ce que cela est possible? dira-t-on.

C'est ainsi que la pauvre jeune fille creusait l'avenir et rencontrait partout un abîme et qu'elle arriva avec une abnégation sublime à faire le sacrifice de son bonheur, à vouloir oublier Louis Bernay, — comme si cela lui était possible, — à se dire que cette douce existence qu'elle avait entrevue ne serait qu'un rêve.

Aussi ne vous étonnez plus si elle résolut de rester à La Roche. Ailleurs d'abord, elle ne savait où trouver des moyens d'existence, et déjà elle avait eu à subir la dure expérience des espoirs déçus, des sollicitations repoussées; — et puis partout où elle irait, Louis Bernay saurait la suivre, et c'était déjà trop de l'oublier en ne le revoyant plus ; près de lui, c'eût été une lutte déchirante; chaque jour de cet amour mal arraché aurait repoussé quelque fleur.

Mais surtout une pensée généreuse l'animait ; son bonheur sacrifié, elle voulait se consacrer au bonheur d'Henriette, cette amie généreuse qui l'avait accueillie dans sa détresse et dans son abandon. En son cœur plein de débris, l'héroïsme se dressa de toute sa hauteur. Faible pour lutter avec sa passion, elle se trouva forte pour la briser avec l'arme du dévoûment. Oui, se disait-elle, je serai son ange gardien. Ce sera une noble vengeance contre cet homme que de lui rendre, pour l'opprobre et le malheur dont il m'a accablée, la paix de l'âme et le bonheur intérieur. Si mes efforts restent impuissans, si, comme je le crains, il n'a pas de cœur, alors il me restera encore un devoir à remplir : il me faudra préparer Henriette à l'affreuse vérité, adoucir sa douleur, appeler la résignation dans son âme, l'éclairer sur ses intérêts compromis, sauver sa fortune peut-être...

Ainsi Clémence trouvait, dans la sainte exaltation de ce dévoûment, et du courage et de l'oubli pour son malheur ; en restant à la Roche elle se voyait protégée contre l'amour de Louis Bernay et aussi contre son propre amour; car elle sentait bien que tout cet échafaudage de sages résolutions chancellerait le jour où elle le reverrait.

Les deux amies, toujours suivies de M. Marius, à qui l'illumination en lanternes de couleur rappelait une anecdote vénitienne, arrivèrent près du château à peu de distance d'un banc de jardin adossé à une épaisse charmille et où se trouvaient assises deux personnes, Mme Verdet et le jeune homme qu'elle avait abandonné lors de l'entretien avec Camillo.

— C'est lui, dit Mme d'Ortot qui précéda de quelques pas sa compagne et se jeta dans les bras de l'inconnu.

— Clémence, ajouta-t-elle en se retournant vers son amie, c'est mon frère.

Le frère de Mme d'Ortot, c'était Louis Bernay.

Ce fut un coup de foudre pour Mlle de Menil. Elle pâlit et chancela ; mais heureusement pour elle la nuit ne put révéler son trouble. Avec cette énergie et cette force de volonté dont elle avait donné déjà tant de preuves, elle dompta et sa surprise, et ce sentiment vague et puissant qui tenait à la fois de la joie et de l'épouvante, et, avec une voix légèrement émue, elle dit en s'efforçant de sourire :

— Je crois avoir eu le plaisir de voir monsieur chez mon père.

Indigné de tant d'assurance et de dissimulation, Louis Bernay allait éclater en reproches; car cet amour que Clémence semblait mépriser maintenant, autrefois elle ne s'était pas montrée pour lui si cruelle. Mais Mme d'Ortot devina ce qui se passait dans l'âme de son frère et elle lui dit à voix basse :

— Point de folie ! Elle t'aime, car sa voix était émue... Pas un mot !

Puis s'approchant de Clémence, dont elle prit le bras, elle murmura à son oreille :

— Fi ! la dissimulée... Tu trembles, c'est que tu l'aimes.

— Je ne te comprends pas, répondit Clémence avec calme.

— Une autre fois, sois moins maladroite. On ne croit pas avoir vu quelqu'un qui a fait votre portrait... On le reconnaît parfaitement.

Puis la folle jeune femme forçant la jeune fille à venir s'asseoir auprès d'elle sur le banc, s'écria en riant :

— Voilà donc, ma bonne Clémence, l'inconnu du rendez-vous qui éveillait si fort tes scrupules ! C'est mon frère dont nous parlions si souvent ensemble chez Mlle de Sers et que tu aimais sans le connaître. Maintenant, continua-t-elle avec un sang-froid comique, parlons de choses sérieuses. Je vous ai réunis pour vous faire part d'un terrible complot contre mon mari. Un complot contre les maris tu le sauras plus tard, Clémence, c'est une chose sainte, une véritable croisade.

Ce ton dégagé rendit un peu d'assurance à Mlle de Menil, qui répondit en souriant :

— Ta gaîté ne t'abandonne jamais.

— Roger, continua Mme d'Ortot, aime une autre femme que moi... Il me trompe, je le sais. Je vois cela dans son regard, dans son sourire, dans ses gracieusetés mêmes. Il a, dit-il, je ne sais quelle affaire à suivre, qui se trouve confiée aux mains du notaire de Chevreuse et le force à s'absenter tous les soirs... Un prétexte enfin... prétexte dont vous pensez bien que je ne suis pas la dupe.

— Qui te dit que c'est un prétexte? observa Clémence, bien que les révélations de Camillo lui eussent appris la vérité.

— Si c'était véritablement une affaire, répondit la jeune femme, Roger m'en aurait parlé une fois pour toutes et ne me répèterait pas si souvent cette ridicule raison.

— Prends garde pourtant... es-tu bien sûre?...

— Eh! si je n'en étais pas sûre, est-ce que je pourrais vous en parler en riant. Si c'était un malheur à craindre encore, je craindrais... je serais sous le coup terrible de l'attente... Pendant quinze jours j'ai douté, et pendant quinze jours je n'ai pas vécu. J'avais le délire! j'étais folle. Mais si aujourd'hui vous me voyez reprendre un peu de gaîté, c'est que je suis certaine de sa trahison. Le mot est un peu bourgeois, mais je n'en ai pas trouvé d'autres. Oui, je suis libre de ces soupçons qui me pesaient, de ces transes qui me déchiraient le cœur... Je sais qu'il s'est laissé entraîner à une autre passion, et maintenant je me sens presque joyeuse d'oublier mes terreurs pour ne plus éprouver que le désir de rappeler le passé. Oh! je ne suis pas de ces folles qui se tuent ou qui tuent leur mari, tous procédés qui me répugnent. Il me semble que c'est un rôle plus piquant de le faire revenir, contrit, pénaud, amoureux, et de lui pardonner. Roger ne me connaît pas encore! Il y avait, je l'avoue franchement, une raison pour qu'il me négligeât, c'est que je l'aimais et que je le lui ai laissé voir. Oui, j'ai été sottement et pastoralement aimante. Je n'y ai pas mis de finesse et il ne faut pas m'en vouloir, mais c'est une chose grave que je vous confie comme à mes meilleurs amis, un secret dangereux qu'il faut me garder scrupuleusement, car il y va plus que de ma vie, il y va de mon bonheur. Roger n'a vu en moi jusqu'à ce jour qu'une petite fille gentille, douce, timide, effrayée d'un regard, obéissant à un geste; mais il commence à peine à deviner la jeune femme coquette, légère, moqueuse, qui répond au courroux avec un sourire, aux reproches avec un sourire, qui se défendrait même des violences avec cet éternel sourire; en un mot, je veux qu'il soit jaloux et il le sera. D'abord, il témoigne de dispositions très heureuses.

— Jaloux! s'écria Clémence, mais s'il ne t'aime plus.

— Oh! ma chérie, que tu es simple avec tout ton esprit... et tu en as cent fois plus que moi! Mais, mon Dieu! les hommes sont ainsi. Ils n'aiment plus et prétendent bien être aimés. Ils s'éloignent d'un cœur comme d'un logis qu'on quitte momentanément pour un autre, mais dont on emporte la clé. Enfin l'idée est charmante, mais il faut être juste, c'est Mme Verdet qui me l'a soufflée, et c'est Louis qui la lui a inspirée, ajouta Henriette, en se tournant vers son frère.

— Moi! s'écria Bernay.

— Mon mari ne t'a jamais vu.

— Sans doute.

— Eh bien! je serai en coquetterie avec toi.

— Oh! ma sœur, je ne saurais jouer un tel rôle. Et, d'ailleurs, j'ai trop de sujets de tristesse pour me prêter à cette comédie.

— Mais si mon bonheur en dépend...

— Ce serait au dessus de mes forces.

— Tu seras au château, près de Clémence, ajouta-t-elle tout bas.

— Près d'elle! oh! oui, c'est vrai!

— Egoïste! va! reprit Mme d'Ortot en riant. J'ai levé ses scrupules. Oh! je réussirai. Si vous aviez vu avec quel air d'Othello Roger est entré le matin dans ma chambre pour me dire d'une voix formidable que la veille, à onze heures, il n'avait trouvé chez moi qu'une de mes femmes en compagnie d'un fauteuil.

— Mais s'il allait prendre la chose trop au sérieux? dit Clémence.

— Il sera toujours temps de le désabuser.

— Mais...

— Oh! la peureuse, avec tous ses mais. Seulement, comment présenterons-nous Louis au château? voilà toute la difficulté.

— La difficulté est résolue, dit Mme Verdet, et je ne puis m'expliquer davantage.

Elle ne voulait pas, devant Mlle de Menil, parler du prix que Camillo mettait à son dévoûment.

Il se faisait tard, et Mme d'Ortot donna le signal de la retraite en prenant le bras de Mme Verdet et en s'élançant en avant. Peut-être voulait-elle laisser Louis Bernay avec Clémence, mais celle-ci s'empara de M. Marius par forme de bouclier.

— Que voulez-vous dire, ma chère, avec cette difficulté résolue? s'écria Henriette quand elle se trouva seule avec Mme Verdet.

— M. Camillo était à la fête.

— Ciel! Et s'il nous a vues?

— En tout cas, il m'a vue au bras de votre frère.

— Tout est perdu.

— Je le pensais; aussi ai-je joué d'audace et tout révélé.

— Quelle imprudence!

— Il n'y avait pas autre chose à faire pour éviter de ridicules soupçons.

— Ainsi notre complot échoue avant d'avoir commencé.

— Non; car il l'approuve et veut nous y servir en présentant lui-même Louis Bernay.

— Lui! Mais c'est impossible!

— Et en éloignant Mme Frémyn et son mari.

— Mais c'est l'ami de Roger. Il y a quelque piége là-dessous! Comment expliquer sa conduite?

— Très naturellement: par l'intérêt.

— Quel intérêt?

— Il aime Clémence et veut l'épouser.

— Grand Dieu!

— Il compte sur notre concours.

— Et qu'avez-vous répondu?

— Je le lui ai promis.

— Mais vous ne savez pas que Louis aime Clémence, et qu'il en est aimé, et que mon rêve est de les marier tous deux.

— Oh! j'ignorais cela. J'ai tout promis.

— Que faire?

— Après tout, si Clémence ne veut pas de Camillo, je ne me suis pas engagée à forcer sa volonté.

— Oui, mais s'il découvre qu'ils s'aiment, s'il voit un rival dans mon frère, vous comprenez qu'il se gardera bien de le présenter au château.

— Oh! il est bien loin de soupçonner la vérité à cet égard. Je vous dirai même que certains mots me font penser qu'il voit, dans mon amitié pour vous, un intérêt tout autre...

— Expliquez-vous!

— Il croit que j'aime Louis Bernay et que j'en suis aimée.

— Alors nous sommes sauvées!

— Comment?

— Il vous en coûtera si peu de le lui laisser croire.

— Quoi, ma belle, vous voulez que votre frère joue l'amoureux en partie double, qu'il feigne de vous aimer pour rendre votre mari jaloux, et qu'il ne soit pas moins assidu auprès de moi, pour ne point donner l'éveil à Camillo, sans oublier qu'il lui faut être amoureux pour son propre compte.

— Pourquoi pas? Toutes deux nous lui parlerons de Clémence et il sera heureux.

— C'est une folie! — Louis Bernay, qui se chargeait déjà avec assez de mauvaise grâce d'être galant auprès de vous, — ce qui pour un frère est un rôle assez fade, — se révoltera sans doute à la seule pensée d'être tenu aux mêmes attentions vis-à-vis d'une personne qui lui est parfaitement indifférente... Il me fait l'effet de ces chevaliers du moyen-âge qu'on faisait passer par les plus rudes épreuves...

— Qui sait?... il acceptera peut-être ce rôle avec bonheur. Clémence l'aime... ce que Louis m'a révélé du passé m'en a convaincue... Mais je ne sais par quelle raison elle semble lutter contre cet amour; son accueil ce soir a été désespérant de froideur et peut-être que les alarmes de la jalousie désarmeront tout à coup cet orgueil farouche...

Mme d'Ortot et Mme Verdet se trouvaient arrivées au pied d'un chemin montant, en haut duquel était arrêtée la calèche. Les deux jeunes femmes attendirent Clémence qui n'avait pas quitté M. Marius. Celui-ci, trouvant Louis Bernay suffisamment silencieux, lui racontait des anecdotes que le pauvre artiste faisait semblant d'écouter.

— C'est ici que nous devons nous quitter, dit Henriette à son frère ; il ne faut pas que nos gens te voient avec nous ; puis, le prenant à part, elle ajouta : Nous te rendrons le cœur de Clémence, et dans quelques jours, je l'espère, tu viendras au château. Mais d'ici-là, tu peux voir M. Camillo qui peut-être cherchera à surprendre ta bonne foi. C'est un homme à craindre et qui pour le moment est notre ami. Prends garde à tes paroles, et surtout, pas un mot de ton amour pour Mlle de Menil, car M. Camillo est ton rival.

— Mais je le tuerai !

— Tu es fou. On ne tue plus les gens aujourd'hui, et surtout on ménage ses amis. Si par quelque adroite insinuation il semblait te donner à entendre qu'il te soupçonne d'aimer Mme Verdet, défends-toi, mais gauchement, de façon à le confirmer dans ce soupçon...

— Quoi! il faut que je feigne d'aimer Mme Verdet, maintenant.....

— Oh! mais tu es un véritable sauvage! Que t'importe!... nous en reparlerons... Enfin tu comprends... vous êtes rivaux!... Tout l'avantage sera de ton côté. Pour te présenter au châtelain,— et lui seul le peut,— il faut qu'il ne se défie pas de toi; — si au contraire tu vas crier ta passion sur les toits, il t'éloignera, il s'emparera de l'esprit de Clémence, il te calomniera, car rien ne lui coûte...

— Elle l'aime déjà peut-être?...

— Louis, l'amour te rend insensé. Je te dis que c'est toi qu'elle aime... Sa froideur n'est qu'une bouderie dont nous saurons la cause. Adieu, bon courage!

Et Mme d'Ortot remonta en voiture, en compagnie de Clémence et de M. Marius.

Un instant après, un léger cabriolet, filant avec rapidité sur la route sombre de Chevreuse et conduit par Louis Bernay, ramenait Mme Verdet à son mari confiant, qui dormait du sommeil du juste, pendant que la dame courait la campagne à onze heures du soir avec un jeune homme qui, il est vrai, s'alarmait à la seule pensée de lui dire un mot galant devant témoin et profitait de la solitude pour garder un silence obstiné.

Vers le milieu de la route, un homme à cheval passa près d'eux et leur envoya un bonsoir amical.

C'était Camillo.

CHAPITRE XV.

Une Heure d'Abandon.

Comment Louis Bernay se trouvait-il frère d'Henriette d'Orneval, devenue vicomtesse d'Ortot? Qu'on nous permette de jeter encore un regard sur le passé.

M. d'Orneval, père d'Henriette, — mort depuis long-temps, — était un officier d'aventure, en dépit de son titre de noblesse. Il s'était engagé comme simple soldat au commencement de l'empire, et, grâce à un courage sans bornes, à quelques défrichemens d'instruction, aux chances heureuses de la guerre, peu à peu il avait monté en grade et s'était vu nommer colonel.

C'était d'ailleurs un bel homme, de façon peu soldatesque, admirable sous l'uniforme, et qui savait se montrer également d'une rare élégance dans le monde et porter, comme un seigneur, les culottes courtes et les bas de soie.

Tant d'avantages réunis enflammèrent le cœur d'une grande et laide demoiselle appartenant à une ancienne famille, et qui, bien qu'elle eût été recherchée avec un empressement soutenu, pour les yeux dorés de sa cassette, avait laissé arriver la trentaine, sans daigner faire un choix dans la foule des soupirans, ou si vous l'aimez mieux, des aspirans.

L'union se fit.

Quelques années s'écoulèrent, pendant lesquelles Mme d'Orneval ne put se dissimuler l'indifférence de son mari. Dans son âme, à l'ardente jalousie de la jeune femme dédaignée se joignit l'esprit d'investigation de la vieille fille. Mme d'Orneval épia, fureta, surveilla et finit par découvrir ce qu'elle soupçonnait depuis long-temps déjà ; — son mari avait une maîtresse.

Ce qu'il y avait de désagréable dans une pareille découverte prit des teintes fort adoucies pour la jalouse dame, lorsqu'elle apprit que cette maîtresse se mourait d'une maladie de langueur.

Louise Bernay était une belle jeune fille que ses parens, pauvres cultivateurs, avaient placée à Paris chez une lingère. C'est là qu'elle avait connu le vicomte d'Orneval qui, avec tous les sermens les plus sacrés, lui promit de l'épouser. Puis vinrent, comme vous le pensez bien, obstacles sur obstacles. La famille du vicomte s'opposait à ce mariage; des raisons de fortune le forçaient à tenir compte, momentanément du moins, de ces cruelles résistances, etc., etc. Enfin, toute l'histoire des unions impossibles.

Cependant Louise eut un fils et le cœur de la pauvre mère en éprouva une joie profonde. Un fils, n'était-ce pas un contrat vivant qui l'unissait à son amant !

Comme elle était entourée de cet espoir lumineux, un hasard, — un de ces hasards affreux qui conduisent infailliblement au malheur comme les courans conduisent à un gouffre, — un hasard donc lui révéla que M. d'Orneval était marié. Cette nouvelle la frappa au cœur. Ce ne furent ni des sanglots, ni des cris, ni des fureurs ; ce fut en elle tout simplement une action dissolvante, un ravage muet et terrible. Ses joues se décolorèrent, ses yeux s'éteignirent, elle dépérit peu à peu. Depuis long-temps déjà il ne restait plus d'espoir de la sauver, lorsqu'un matin Mme d'Orneval se présenta chez elle.

Quel était son dessein? venait-elle pour se plaindre ou pour se venger ? nous l'ignorons. Ne voulait-elle pas plutôt s'assurer par elle-même de la mort prochaine de sa rivale? Quoi qu'il en soit, elle la vit si faible, si épuisée, si résignée, qu'elle n'eut pas la force de lui adresser des reproches ; elle comprit qu'elle pouvait impunément se montrer grande et généreuse; elle eut pour elle de douces paroles, une noble pitié, et, comme la pauvre mère touchée jusqu'aux larmes lui confiait ses craintes sur le sort de son enfant :

— Il sera le mien, répondit Mme d'Orneval.

Peu de temps après, Louise Bernay mourut, et comme elle l'avait promis, la vicomtesse, qui n'avait pas d'enfans, proposa à son mari d'adopter le fils de sa rivale.

Certes, s'il y avait quelque générosité au fond de cette offre, il faut ajouter qu'il s'y trouvait encore plus d'adresse. M. d'Orneval fut profondément ému par ce magnifique pardon; il se reprocha amèrement ses distractions conjugales et du mieux qu'il put, acclimatant son cœur à la laideur de sa femme, il vécut, ou peu s'en faut, en honnête mari.

Tout alla bien pendant près de dix-huit mois. Mais au bout de ce temps, bien qu'âgée de près de quarante ans, Mme d'Orneval eut l'espoir d'être mère. Dès lors tout prit une autre allure. Le petit Louis Bernay, dont la gentillesse et la douceur s'étaient gagné les bonnes grâces de sa mère adoptive, lui devint bientôt odieux. D'abord, ce fut une froideur glaciale, puis une haine injuste, incessante, pleine d'épines. Le pauvre enfant se sentant protégé par son père, se réfugia naturellement sous cet amour. Il s'ensuivit, entre les deux époux, des discussions pleines d'aigreur, puis d'âpres querelles; bientôt cet intérieur devint insupportable au colonel, qui de nouveau chercha des consolations extra-conjugales. Délaissée pour la seconde fois, Mme d'Orneval se jeta dans une dévotion outrée, intolérante, férocement austère, qui pourtant s'adoucit un peu à la naissance d'Henriette.

Mais il arriva qu'Henriette était, au moral et au physique, le portrait frappant de son père. C'est dire qu'elle fut jolie d'abord, — et de plus d'un caractère espiégle et tapageur, — un diable. La sévérité et les regards courroucés de Mme d'Orneval n'y purent rien. En vain une éducation rigide chercha-t-elle à contenir cette gaîté malséante, comme une fleur qu'on emprisonnerait; la folle fleur s'échappait toujours par quelque fente et s'épanouissait. Si bien que de tout ceci il resulta simplement qu'Henriette eut une peur terrible de sa mère et qu'elle ne l'aima jamais. Puis, comme les infortunes se cherchent et s'appuient l'une l'autre, elle se prit d'une amitié touchante pour son frère, Louis Bernay, qui n'avait que deux ans plus qu'elle. Tous les efforts de Mme d'Orneval pour troubler cette amitié demeurèrent inutiles. Cette dame reconnaissant que sa fille n'éprouvait aucune sympathie pour elle, s'en détacha petit à petit, et, de plus en plus, s'isola dans la haine des chose d'ici-bas et l'austérité de ses pratiques religieuses.

Henriette avait neuf ans et Louis Bernay près de douze ans lorsque le colonel d'Orneval mourut subitement. Sans fortune personnelle, étant, par son contrat de mariage, séparé de biens, il n'avait pu assurer l'avenir de son fils.

Mme d'Orneval se montra impitoyable, cynique dans sa vengeance. Elle ne tint aucun compte de l'opinion du monde, et plaça le jeune Louis Bernay en apprentissage chez un bijoutier.

En même temps elle mit sa fille en pension chez Mlle de Sers et donna des ordres très sévères pour que jamais le frère ne pût revoir sa sœur, clause d'autant plus facile à observer que l'institution de Mlle de Sers était cloîtrée comme un couvent.

Ce fut pour les deux enfans une séparation bien douloureuse; ils se gardèrent chacun une amitié inaltérable. Ajoutons qu'Henriette ne connaissait son frère que sous le nom de Louis; elle ignorait alors, elle ignora jusqu'à son mariage qu'ils ne fussent pas enfans de la même mère. Aussi lorsque, sous les tilleuls de la pension, elle parlait de son frère à Clémence, c'était toujours Louis d'Orneval qu'elle l'appelait.

Clémence ne pouvait donc avoir même un soupçon que Louis d'Orneval et Louis Bernay fussent le même personnage.

M. le baron de Menil, le père de Clémence, connaissait cette histoire; il avait appris en outre que Louis Bernay s'était fait un nom déjà célèbre dans l'art, et il éprouva le désir de connaître ce jeune homme, qu'un tel abandon rendait intéressant. Voilà pourquoi, sans rien révéler ni à Mme de Menil ni à Clémence, il fit venir Louis Bernay pour faire le portrait de sa femme.

Mais des renseignemens qu'il fit prendre sur l'existence du jeune artiste lui apportèrent des détails qu'il jugea fort scandaleux, et sans se donner la peine de rechercher si c'était simple fougue de jeunesse ou dépravation véritable, il crut prudent de rompre immédiatement toutes relations.

Enfin, Louis Bernay qui ignorait le mariage de sa sœur et la croyait encore sous la domination de Mme d'Orneval, n'avait pu tenter aucune démarche pour la revoir.

Voilà pourquoi Roger d'Ortot ne connaissait point le frère de sa femme, et pourquoi Clémence avait aimé sans le savoir le frère de sa cousine.

Le soir de la fête du Tremblay, quand Camillo arriva à la Roche, un domestique, qui semblait l'attendre, vint l'avertir que M. d'Ortot désirait lui parler.

Camillo se rendit à cette invitation et trouva Roger couché sur une ottomane, dans un petit salon de fumeur, délicieux réduit, aux parois incrustées de stuc blanc, et qui à lui seul avait coûté près de dix mille francs.

— Eh bien ? dit M. d'Ortot avec une sorte d'anxiété en apercevant Camillo.

— Ta femme était à la fête du Tremblay avec Clémence et M. Marius.

— Qu'avais-je dit ! Mais continue, je veux tout savoir !

— Quant au jeune homme du rendez-vous...

— Je ne m'étais donc pas trompé !

— Laisse-moi achever. Quant au jeune homme du rendez-vous, c'est son frère...

— Son frère.

— Louis Bernay !

— C'est une folie ! Tu te trompes ! Pourquoi tout ce mystère alors !

— C'est ce que je me demandais comme toi ; et comme toi je doutais. Mais caché derrière une charmille devant laquelle se trouve un banc où ils vinrent s'asseoir, j'ai entendu tout leur entretien, et ce jeune homme est bien son frère.

— Je n'y comprends rien.

— Tu vas comprendre... Il s'agit d'un complot contre toi. Ta femme, qui connait ta liaison avec Mme Frémyn...

— Je n'ai rien fait pour la cacher...

— Veut regagner ton amour. Elle n'a rien trouvé de mieux que d'essayer de te ramener par la jalousie.

— Je commence à saisir le sens de la scène qu'elle a jouée le matin.

— Il s'agit donc d'introduire au château ce Louis Bernay sous un faux nom...

— Diable !

— D'éveiller tes soupçons...

— Très bien ; elle avait déjà réussi...

— Enfin, on espère qu'au milieu de toutes les alarmes conjugales qu'on te suscitera il se trouvera un peu d'amour.

— Pas mal calculé ; si je pouvais l'aimer !

— Mme Verdet m'a confié une partie seulement de ce projet ; j'ai feint d'entrer dans le complot et promis de présenter moi-même Louis Bernay, de le faire recevoir comme un de mes amis...

— C'est avoir agi très sagement. Je t'avoue, mon cher Camillo, que je sentais déjà tous les tourmens de la jalousie. Non pas que j'aime cette femme, — car je te l'ai déjà dit cent fois, je ne puis l'aimer, — mais être trompé, être le jouet d'une coquette et d'un fat, la fable du monde, c'est un rôle que je n'accepte pas non plus...

— Ta susceptibilité sur ce point m'a toujours paru farouche.

— Quoi qu'il en soit, laissons-les jouer leur comédie.

— Quel est ton but ?

— Leur projet me sert. Il me ménage une réconciliation avec Henriette.

— Te laisserais-tu toucher enfin par son amour, par sa beauté, car elle est belle ! et jamais femme peut-être ne mérita mieux d'être aimée.

— Tu deviens tout à fait élégiaque. Non, mon cher, je ne me laisse pas toucher, et toi d'ordinaire si habile, je m'étonne que tu ne me comprennes pas à demi-mot. Je n'ai bientôt plus rien des cent vingt mille francs que ma respectable mère m'a donnés et je ne puis disposer de la dot de ma femme sans qu'elle veuille bien me le permettre. J'ai été d'avis que deux cent mille francs de dot valent bien une messe, mais cette messe ne me les a pas livrés tout à fait. Tant que j'ai eu de l'argent, j'ai été d'une rare imprudence; j'ai failli brûler mes vaisseaux en ne ménageant pas Henriette et si elle avait eu un amant, je me trouvais complétement perdu, comprends cela. Mais du moment qu'elle m'aime encore, il y faut prendre garde. Elle veut bien m'offrir elle-même l'occasion d'une réconciliation, je n'attends que cela. Laissons donc venir les choses. C'est quelque temps de contrainte à passer, mais après je serai libre. J'aurai tiré de ce mariage tout ce qu'il est possible d'en tirer; par conséquent, plus de ménagemens à garder. Deux cent mille francs, mon cher, j'en aurai encore pour long-temps. Avec deux cent mille francs devant soi, on peut faire quatre cent mille francs de dettes, si l'on veut ; j'ai dans l'idée, cet hiver, de jouer à la Bourse. Oh ! les temps de folie sont passés. Je ne prétends plus dépenser l'argent sottement. Tu verras.

— Ton ambition est ruineuse, mais en réalité les résultats sont bien puérils.

— Que veux-tu dire ? s'écria M. d'Ortot pâle de colère et frappant la table du poing.

— Tu sacrifies tout pour le monde et le monde te dédaigne.

— Pas un mot de cela devant moi, jamais, entends-tu, jamais !

— Si je ne t'en parle pas, qui t'en parlera ? Tes avances auprès des quelques nobles familles qui nous entourent ont été repoussées.

— Et qui te dit que si je veux la richesse, ce n'est pas pour me venger.

— Tu as tort. Souviens-toi de Hoffer. Avec le seul nom de cet homme, on te fera baisser la tête,

— Suis-je donc coupable de sa mort ?

— Non, mais tu en as profité. Tout le monde sait que tu lui devais des sommes énormes, et son fils est dans la misère !

— Vains bruits ! Il n'existe plus de preuve !

— Sans doute, car s'il en existait, ce ne serait plus le monde qui t'accuserait, mais la justice.

— Je suis stupéfait, en vérité, de l'aplomb avec lequel tu me débites cette sotte morale. Est-il une seule de ces insultes qui ne rejaillisse sur toi ?

— Non, la position n'est point la même.

— Ne devais-tu pas soixante mille francs à Hoffer ?

— Sans doute, mais c'était toi qui les avais empruntés et qui en avais répondu.

— Sottise que tout cela ! Tu les devais ! les as-tu remboursés à son fils ?

— Qui sait si je les devais ? Qui de nous deux Hoffer menaçait-il hautement de Clichy ? Toi et non pas moi. Personne ne saurait m'accuser. Je me tiens à l'écart; d'ailleurs, je n'ai d'ambition, moi, mais lors même que j'en aurais, en quoi suis-je compromis ?

— Assez sur ce sujet, s'écria M. d'Ortot. On me méprise, dis-tu, — car c'est là ta pensée, — eh bien ! je vaincrai ce mépris ! Je veux acquérir une telle puissance avec la fortune, qu'on me craigne, que ceux qui ont été dédaigneux pour mes avances viennent au devant de moi et implorent mon amitié. Le monde, la fatalité, que sais-je, tout m'a poussé à bout. Toi-même, tu as été comme mon mauvais génie. J'ai parfois, dans ma jeunesse, compris une autre existence que celle que je mène ; maintenant elle s'offrirait à moi que je n'en voudrais plus. Oui, tu as touché l'endroit sensible. Je souffre, je souffre horriblement. Je veux du monde et le monde ne veut pas de moi ; voilà le mot. Dans ce château où j'ai dépensé des sommes folles, l'ennui me suit partout et toujours ! J'avais rêvé des fêtes, des prodigalités inouïes, une vie de grand seigneur, — et rien ! J'ai des chevaux dont le moindre a coûté deux mille écus ; ils se gâtent et se perdent dans mes écuries...... J'ai une meute oisive qui s'engraisse. Oh ! si j'avais voulu une société d'hommes de Bourse, de parvenus, ce château serait plein d'amis... Ces gens-là n'apprennent du passé des gens que ce qu'ils veulent bien en apprendre... Vous ne datez pour eux que du jour où la richesse vous est venue. Mais, non, ce n'est pas là la véritable société parisienne ; j'ai voulu monter plus haut, et partout la calomnie m'a repoussé. Eh bien ! tu l'entends ici, je veux me venger. Il n'est pas une de ces orgueilleuses familles qui ne cache quelques mystères où l'honneur est compromis... Les femmes ont des amans ou les maris ont des dettes, ou les enfans font des sottises ; avec de l'or, je saurai tout... Ce qu'ils m'ont fait, je le leur rendrai ! Voilà ma pensée secrète, voilà mon espoir, et tu comprendras maintenant pourquoi je vis en apparence tranquille ici, comme un commerçant retiré, en la société de bonnes gens qui, le soir, viennent faire leur partie au château... Et si tu veux savoir pourquoi à une femme qui est belle, je l'avoue, et spirituelle, et charmante, j'ai préféré une autre femme qui, sans contredit, ne la vaut plus, c'est qu'avec celle-ci j'ai pu penser le cœur ouvert ; c'est qu'elle m'a aimé, elle, bien qu'elle sût tout, et malgré la réprobation de ce monde que je hais ; c'est que j'ai pu l'entretenir de cette haine et qu'elle a su la flatter ; c'est qu'enfin elle a une âme forte et qu'Henriette n'est qu'un esprit faible.

Camillo resta stupéfait à ces révélations. Jusque alors il n'avait pas compris Roger d'Ortot ; il n'avait vu en lui qu'un dissipateur vulgaire, ambitieux seulement du bruit et de l'éclat, un homme au cœur blasé, pour qui l'amour d'Henriette avait été trop pur et trop naïf, et à qui il avait fallu le stimulant des mille ressources de passion et de coquetterie que possède une femme sur le déclin, après une existence de cœur fort active. Il resta stupéfait, disons-nous, car il devina, sous ces paroles encore pleines de réticences, une véritable, une large ambition. Il resta stupéfait, car il découvrait dans la vie de Roger comme un secret remords du vol commis au détriment de l'héritier d'Hoffer, remords qu'il ne pouvait pas comprendre, lui, dont il n'avait jamais ressenti la plus légère atteinte, sentiment si inconnu que la révélation en fut comme un coup de foudre. Mais surtout il éprouva une sorte d'épouvante en reconnaissant qu'il y avait une âme vigoureuse chez cet homme qu'il croyait sans force, sans résolution, sans vouloir, abandonné à toutes les passions et à tous les caprices.

— Eh bien ! Camillo, reprit le vicomte d'Ortot dont les regards étaient étincelans, dont les cheveux mouillés de sueur s'affaissaient par mèches humides, et dont le front dessinait avec puissance ses veines gonflées, je te le disais tout à l'heure, tu as été mon mauvais génie. C'est toi qui m'as entraîné à Paris pour dérober, — car c'est le mot, — les papiers d'Hoffer ; c'est toi qui m'as conduit, surveillé, enlacé. Tu me regardes avec des yeux épouvantés, et cela te semble étrange, n'est-ce pas, ce que je te dis ? Pourtant ne t'alarme pas ! car je n'ai pas la force de te haïr, et je le devrais ! Car si tu m'as rendu coupable, je le suis plus que toi maintenant ! Qui a trompé cette pauvre femme — (c'est d'Henriette que je te parle) ? — c'est moi ! Qui lui a promis un amour impossible ?... c'est moi ! Je le reconnais, je devrais l'aimer... Elle est douce, elle est jolie, elle est jeune, elle a tout ce qui doit plaire ! Elle devait bien s'attendre à être aimée, la pauvre enfant ; et pourtant je la hais... A l'instant ne te révélais-je pas avec un horrible sang-froid mes projets pour la ruiner peut-être et mes pensées d'abandon... et le rôle indigne que je veux jouer près d'elle et pour la tromper... Eh bien! je te dirai tout, puisque j'ai commencé... — car, vois-tu, tu ne m'as jamais compris, — je l'ai épousée à ton instigation, et je ne l'aimais pas ; je l'ai abandonnée pour Mme Frémyn, et je ne puis pas dire que j'aime cette femme, — elle le sait bien! — Celle que j'aime, que je n'ai point cessé d'aimer, mais follement, au point d'en être insensé, c'est Clémence!

Camillo devint pâle et tout son corps se mit à trembler.

— C'est Clémence que j'aime, reprit d'Ortot. Et quelquefois sais-tu qu'il me prend envie de me venger de toi, oui de toi, Camillo ; car c'est toi qui, par tes lâches conseils, m'as pour jamais séparé d'elle. Mais non, pardonne-moi: tu m'as parlé comme un ami devait le faire, avec froideur, avec sagesse ; il n'y a dans tout ceci de coupable et d'insensé que moi! C'est mon fatal amour de la richesse qui m'a perdu. Je l'aimais, je l'aimais à tout lui sacrifier ; je me serais fait tuer pour elle, et, comme un misérable j'ai eu peur de la médiocrité, des souffrances honteuses et cachées de la misère. Elle était ruinée, et cela m'a fait reculer. Encore, si elle avait paru répondre à mon amour! si un mot d'elle, un regard... oui, si un seul regard eût encouragé l'espoir que j'avais au cœur, eh bien! je le crois, j'aurais eu la force d'étouffer tous mes désirs ambitieux ; car tu ne peux savoir comme je l'aimais... Je t'en parlais avec légèreté, et chaque mot éveillait un remords dans mon âme... Et maintenant je me dis que j'avais le délire... Pouvait-elle, la mort dans le cœur, soupçonner même cet amour?... Si elle le soupçonnait, pouvait-elle y répondre? Enfin chaque jour tu me pressais pour m'entraîner à Bade... et au moment de partir il me vint une pensée affreuse : la jalousie me devorait le cœur. Je conçus un projet dont j'ai horreur maintenant et que j'eus le froid courage de mettre à exécution. Je voulus qu'elle m'appartînt, qu'elle fût déshonorée et à ma discrétion : mon calcul ne fut peut-être pas aussi épouvantable qu'il semble. Comme tous les joueurs, j'avais l'intime conviction que je gagnerais; Bade m'attirait comme attirent les abîmes. Je voulais m'y refaire une fortune ; je sentais dans mes pensées confuses et sombres passer quelque chose de distinct et de lumineux qui me semblait la divination du jeu. Riche, je venais me jeter à ses pieds et lui rendre l'honneur. Mais il est vrai aussi que je m'étais dit : le sort peut m'être contraire, et que malgré cette pensée je ne reculai point ; qu'avec une sorte de joie féroce je songeais que si je ne pouvais pas l'épouser, du moins elle serait déshonorée et n'appartiendrait jamais à un autre. Ce que j'avais résolu, tu le sais, je le fis. Eh bien! tu ne comprendras peut-être pas cela, toi ; si elle avait eu de douces paroles pour moi, si elle avait paru avoir foi dans ma loyauté, si elle avait su faire appel à ce qu'il y a en moi de généreux, j'aurais compris mon crime, j'aurais demandé mon pardon avec des larmes ; elle aurait fait de moi tout ce qu'elle aurait voulu, comme d'un enfant... Au lieu de cela, elle a pris plaisir à m'insulter, à me braver avec une ironie amère, à me désespérer. Son orgueil imprudent s'est révolté, et alors, désespéré, fou, comme ivre...

— Et alors? s'écria Camillo qui, l'œil hagard et la main tendue, trahit trop vivement l'intérêt qu'éveillaient en lui ces confidences pour ainsi involontaires...

Roger s'aperçut qu'il se laissait entraîner trop loin et il reprit avec un calme ironique :

— Mais tu sais le reste!

Camillo jeta à la dérobée sur M. d'Ortot un regard sombre et noir de haine.

— Or, continua Roger, je croyais l'avoir oubliée. Tous les jours ce souvenir s'effaçait... Tu le sais... quand tu voulus me marier à Mlle d'Orneval, je n'y mis pas d'obstacle... je me laissai faire... ce n'est pas moi qui demandai à ressaisir le passé... je n'ai point fait un pas pour cela! Mais vous l'avez voulu tous deux, Henriette et toi, elle imprudente, toi oublieux, et tous les deux insensés.... Vous l'avez appelée ici, près de moi... la fatalité s'en est mêlée, et mon ancien amour s'est réveillé plus ardent que jamais!... Il éclatait parfois, dans le bourdonnement de mes pensées, comme un rire étrange au spectacle de votre folie, de celle d'Henriette surtout, car toi, que t'importe que j'aime Clémence! Je me disais : Quoi! aucune voix secrète ne l'avertira qu'elle va chercher, pour la jeter dans mes bras, la seule rivale qu'elle ait au monde... J'avais pitié, par momens, de tant d'aveuglement et de délire... Et je trouvais assez de force encore pour feindre l'indifférence, pour ne point trahir mon amour... Le soir où elle est arrivée à la Roche, tu l'as vu, j'avais le sourire sur les lèvres; pas un regard, pas un mouvement n'a livré le secret de mes émotions intérieures.... Eh bien! je te le répète, je l'aime avec frénésie... Haï par elle, mon amour s'en augmente peut-être plus encore. J'aime ses lèvres dédaigneuses, ce visage pâli, — car elle est plus pâle, n'est-ce pas? — ce regard calme et fixe qui parfois voudrait pouvoir me foudroyer. Quand tous deux nous étions libres, quand le hasard nous amena l'un près de l'autre, me faire aimer d'elle ce n'était rien! Mais maintenant des obstacles insurmontables nous séparent... et plus que des obstacles, une haine profonde... Je suis un ennemi pour elle, et je l'aime et je veux vaincre tous ses scrupules, son amitié pour Henriette, sa haine pour moi.... Ah! vous l'avez jetée en mon pouvoir, maintenant je la tiens!

Il y eut un moment de silence après lequel M. d'Ortot ajouta :

— Quant à ces comédies, laissons-les jouer. Que nous importe! Et puis je te l'ai dit, elles peuvent m'être utiles. Je ne t'en remercie pas moins Camillo pour ce que tu as fait ce soir. J'ai en toi un ami fidèle sur qui je puis toujours compter. Eh bien! tu me présenteras Louis Bernay sous un nom quelconque, comme un ami à toi... Je croirai tout ce qu'on voudra me faire croire... Nous verrons, — je jouerai peut-être aussi mon rôle dans ces intrigues; mais quant au dénouement je me le réserve.

— Tu te trompes, dit Camillo entre ses dents, quand il eut quitté Roger, tu te trompes, car le dénouement m'appartient.

CHAPITRE XVI.

Un Secret arraché.

Quelques jours après la fête du Tremblay, vers deux heures de l'après-midi, une jeune femme était languissamment couchée dans un kiosque rustique, blotti au fond du jardin d'une des maisons de Chevreuse. Cette jeune femme portait une robe de mousseline blanche légère et diaphane, et dont le corsage, quelque peu décolleté, laissait voir des épaules magnifiques. Un ruban bleu, simplement noué, serrait sa taille et donnait à cette toilette quelque chose d'abandonné, de facile et de voluptueux. Les cheveux blonds de cette jeune femme, éparpillés en touffes nuageuses sur les côtés des joues, retombaient mollement sur le cou qu'ils caressaient de leurs boucles défrisées et traînantes; ses yeux bleus étaient noyés d'une vague langueur, et ses bras affaiblis s'arrondissaient sur sa tête charmante.

Un léger bruit de pas sur le sable arracha tout-à-coup la belle voluptueuse à sa rêverie; elle se redressa, l'œil effaré, le front couvert d'une vive rougeur, et se trouva en présence d'un jeune homme tout confus et qui semblait prêt à se retirer comme il était venu, sur la pointe du pied.

— Mon Dieu ! je crains d'être importun, balbutia le jeune homme, qui n'était autre que Louis Bernay....

— Non, restez, monsieur l'amoureux, s'écria la jeune femme, en qui vous avez peut-être reconnu la coquette et jolie Mme Verdet.

— Eh bien ! ajouta-t-elle, quoi de nouveau?

— Je ne sais, répondit l'artiste, je vis si isolé ici.

— Oh! l'hypocrite que vous faites. Quand je vous demande des nouvelles, vous savez bien qu'il s'agit d'elle, de Clémence, dont vous n'osez jamais me parler le premier et dont vous grillez d'envie que je vous parle.

— Vous êtes si bonne!

— Oh ! je le crois, j'ai toutes les perfections quand nous causons d'elle n'est-ce pas? Enfin l'avez-vous revue?

— Oui, hier dimanche elle est venue avec Henriette à la messe, à Chevreuse. Je n'étais pas loin d'elle, elle m'a bien aperçu; même en passant dans la chapelle sa robe a effleuré la chaise où j'étais assis... Mais rien... pas un regard... Elle n'a pas levé les yeux de son livre...

— C'est singulier... et elle vous aimait... Oh! Henriette m'a tout conté, ce portrait que vous avez fait en cachette et qu'elle vous a laissé... et vos petites intelligences d'amoureux sous les yeux de cette pauvre baronne de Menil qui ne se doutait de rien... Je sais tout !...

— C'est qu'alors j'aurai pris pour de l'amour le laisser-aller naïf d'une jeune fille à qui le monde n'a pas encore inspiré d'orgueil.

— Non, elle vous a aimé. Voyez-vous, les femmes ne s'y trompent pas.

— Et pourquoi donc aujourd'hui cette indifférence, ce dédain?...

— Est-ce de l'indifférence? est-ce du dédain?

— Sans cela, comment comprendre?

— Qui sait? Vous la croyez bien coupable n'est-ce pas? Et si vous l'étiez plus qu'elle.

— Moi, grand Dieu! Ai-je cessé de l'aimer!

— Non pas ! mais précisément vous l'avez aimée peut-être, permettez-moi le mot, avec trop de simplicité et de bonne foi...

— Oui, je l'ai aimée, comme jamais je n'avais aimé avant. Son regard m'intimide, sa voix me cause des troubles étranges... Autrefois j'étais hardi, je ne croyais pas... Mais sont-ce des choses que je doive vous dire...

— Si, continuez, répondit Mme Verdet avec une charmante intimité. Ne sommes-nous pas déjà de vieux amis, bien que des amis d'hier...

— Que vous disais-je... Je ne sais plus. Vous le voyez, sa seule pensée me cause comme un délire...

— Vous disiez : Je ne croyais pas. — Je suis curieux de savoir ce à quoi vous ne croyiez pas.

— Je ne croyais pas à la vertu des femmes. — J'étais odieusement sceptique et railleur, et cet amour a tout bouleversé dans mon âme... Je ne me reconnais plus...

— Eh! c'est là le mal...

— Que voulez-vous dire?...

— Qu'il fallait conserver un peu de cette hardiesse et même, — c'est une chose étrange que je vous dis, — un peu de ce mépris, fort injuste du reste, que les femmes vous inspiraient!

— Comment?

— Les femmes aiment à conquérir un cœur. Il ne faut pas que ce cœur se livre avec trop d'abnégation et de lâcheté.

— Eh quoi ! l'excès de mon amour serait mon crime !

— Peut-être bien. C'est une souffrance sans doute pour les femmes que la crainte de l'abandon et de la désaffection, mais c'est une souffrance qu'elles aiment, et toute domination qui l'emporte quand elle n'est pas absolue, est une victoire bien plus grande et qui leur est plus chère.

— Oh! non! s'écria Louis Bernay avec feu, non, de tels sentimens sont étrangers à Clémence.

— Pourquoi?

— Elle, coquette!

— Et quand elle le serait?

Le jeune artiste garda un silence farouche.

— Et quand elle le serait, reprit Mme Verdet, dont le regard lumineux entourait Louis Bernay de ses reflets caressans; voilà votre tort, à vous! Vous voulez toujours voir un ange dans une femme. Pourquoi ne serait-elle pas coquette? Serait-ce donc un crime si impardonnable? Ne seriez-vous pas trop heureux que sa froideur ne fût qu'un calcul, une ruse...

— Ce calcul et cette ruse chez une jeune fille, ce serait hideux.

— Vous êtes d'une austérité vraiment bouffonne. Mais sans doute, c'est quelque chose d'horrible, de hideux comme vous dites si bien... Elle vous aime et a voulu mettre votre amour à l'épreuve... elle s'est plu, la folle, à éveiller dans votre cœur des craintes, des soupçons qu'un mot, un regard rendormiront, elle a ri peut-être de vos alarmes, et ceci serait monstrueux d'avoir ri... Eh bien! j'avoue qu'elle est coupable, qu'il faut l'oublier, l'abandonner, fuir bien loin, bien loin... ce ne sera jamais assez loin.

— Vous riez, madame, et pourtant je vous le dis avec sincérité, j'aimerais mieux me savoir haï d'elle que de la croire ainsi coquette et sans âme.

— Paroles d'amoureux!

— Non. Je voudrais être sûr qu'elle m'aime encore et qu'une pensée aussi... légère lui fait cacher son amour, pour lui montrer combien je la méprise, pour aimer une autre femme à ses yeux et la voir jalouse à son tour... souffrir des souffrances qu'elles m'a faites... Mais non, elle ne souffrirait point... car une femme coquette ne saurait aimer...

— Vous êtes étrange, en vérité, et pourtant je vous aime ainsi... Mais de toutes les suppositions possibles je vous présente la meilleure... Elle est coquette, je vous le répète, ou bien elle en aime un autre...

— Oh! non! non, pas cela...

— Vous l'aimez donc encore mieux coquette?...

— Elle qui était si candide, si naïve!... Mais non, c'est impossible! Tenez! je le vois bien, vous cherchez à m'abuser, à tromper ma douleur! Il y a quelque mystère dans tout ceci... Vous ne croyez pas vous-même à tant de dissimulation chez une jeune fille... Vous l'avez vu... elle semblait ne pas me connaître... Dites... Parlez, que savez-vous?

— Je ne sais rien, en vérité... Reprenez du calme... Si je pouvais vous répondre, hésiterais-je? Ne suis-je pas votre amie?... Et elle ajouta en se reprenant : l'amie d'Henriette, de votre sœur?

— Oh! mais demain, je serai au château, près d'elle... Quoi qu'elle fasse, il faudra bien que je me trouve seul un instant avec elle... car c'est demain, vous le savez, que M. Camillo Sylva me présente... J'épierai ses pensées, ses regards; je lirai dans son âme... Je lui rappellerai les promesses du passé! Feindra-t-elle encore de les avoir oubliées? Oh! alors je lui montrerai ce portrait qu'elle n'a pas voulu me reprendre, et je lui dirai : Il en est temps encore, le voici; qu'en ai-je besoin si vous m'avez repris votre cœur!

Mme Verdet parvint, avec de douces paroles, à calmer le désespoir du jeune artiste. Point de folie, lui dit-elle; fiez-vous en à Henriette et à moi... Sachez ménager l'orgueil de Clémence; si elle vous a oublié, laissez revenir l'amour peu à peu, et n'exigez pas un si brusque aveu que le cœur ferait peut-être tout bas et que les lèvres pourraient ne pas oser révéler.

Louis Bernay écoutait Mme Verdet comme une enchanteresse; dans sa joie, dans ses transports, il lui baisait les mains, et la femme du percepteur ne songeait pas à le faire apercevoir de sa distraction.

Enfin, un peu plus calme, il prit congé de cette dame, et comme il s'éloignait par une des allées du jardin, Camillo Sylva, suivant une autre allée, se trouvait près de Mme Verdet avant que celle-ci eût eu le temps d'essuyer deux larmes qui mouillaient ses joues pâlies.

Elle était même tellement absorbée dans ses pensées, qu'elle n'entendit pas venir Camillo et tressaillit tout-à-coup, en le voyant devant elle, comme un coupable qu'on surprend.

Il était pâle, son sourire avait quelque chose d'amer. Il paraissait avoir marché avec quelque précipitation.

— Eh bien ! dit-il à Mme Verdet, vous le voyez, tout ce que j'avais promis, je l'ai fait. Louis Bernay est attendu au château ; il y sera reçu sous un faux nom, et reçu avec confiance, présenté par moi... J'ai tenu parole, moi, et vous, vous m'avez trompé.

— Que voulez-vous dire, monsieur ?

— Que vous saviez que ce Louis Bernay aime Clémence, que je protégeais un rival redoutable, aimé peut-être lui-même et que vous ne m'en avez rien dit.

— Qui vous a appris ?... s'écria Mme Verdet avec une précipitation presque joyeuse.

—M. Marius, grâce à sa manie de conter des anecdotes.

— Moi, je puis vous l'affirmer, monsieur, je ne savais rien encore le soir de la fête du Tremblay, quand nous eûmes ensemble un entretien.

— Mais depuis...

— J'hésitais...

— Cela change bien les choses...

— Sans doute... je comprends... Vous ne pouvez pas vous-même amener, près d'une femme que vous aimez, celui dont la rivalité vous alarme. Et tenez, entre nous, le projet d'Henriette pour lequel je me suis la première engouée, me paraît, plus j'y réfléchis, puéril et impossible. Si elle a perdu l'amour de son mari, ce n'est pas par ces vaines coquetteries qu'elle le regagnera. Elle éveillera peut-être sa jalousie et ne fera qu'accroître sa haine. De plus, j'y songe depuis long-temps, ce rôle la compromet et lui fait perdre toute dignité. Si, comme c'est à craindre, elle ne ramène pas Roger, elle aura l'humiliation d'avoir tout fait, et vainement, pour réveiller son amour; de s'être montrée faible, oublieuse, lâchement indulgente et sans profit; d'avoir révélé enfin qu'elle est jalouse, qu'elle souffre de cet abandon, qu'elle ne demande qu'à pardonner, et sa fierté sera à tout jamais blessée, parce que Roger découvrira un jour ou l'autre la vérité... Aussi, je le crois comme vous, il vaut mieux que Louis Bernay n'entre pas au château... Si Henriette veut rendre son mari jaloux, que ce soit d'une véritable jalousie, que le danger puisse être réel... Qu'il ne s'agisse pas alors d'un frère, mais d'un de ces jeunes gens hardis qui rôdent toujours autour des femmes, prêts à surprendre le secret de leurs faiblesses, ennemis vraiment à craindre pour les maris. — D'ailleurs, Louis Bernay, je l'ai vu plusieurs fois depuis, et il me quitte à l'instant, Louis Bernay n'aurait pas su jouer ce rôle, je vous assure...

— Permettez-moi de vous dire que je diffère tout à fait d'opinion avec vous, répondit Camillo d'une voix résignée.

— Comment ! s'écria Mme Verdet dont l'anxiété se trahit.

— Vous abandonnez trop vite d'abord un projet que vous-même avez conçu, un projet qui est habile, d'autant plus habile que, s'il compromet comme vous dites la fierté d'Henriette, il ne compromet pas du moins sa réputation...

— Et vous croyez que pour quelques vains manéges de coquetterie...

— Je ne crois que ce que vous avez cru vous-même, madame.

— Mais depuis...

— Depuis, vous avez changé d'avis, c'est vrai, moi je n'en ai pas changé. Quant au séjour de Louis Bernay à La Roche, loin d'y mettre obstacle je prétends, ainsi que je l'ai promis, présenter ce jeune homme comme mon ami...

— Mais cependant il aime Clémence !

— C'est vrai...

— Et ce que vous m'aviez dit...

— Moi je l'aimais... je l'aime encore; mais je ne me fais pas illusion. J'ai réfléchi aussi moi, depuis. J'ai quarante ans bientôt, irai-je lutter contre un jeune homme qui a pour lui un amour profond et naïf et sa jeunesse même.

— Et qu'importe! l'amour n'appartient-il donc qu'à l'extrême jeunesse... D'ailleurs, Louis Bernay a mené jusqu'à présent une vie assez désordonnée, Clémence ne peut l'ignorer, et si elle l'ignorait, notre devoir serait de l'avertir... Le mariage veut des sécurités qu'un jeune homme souvent ne peut pas offrir. Mlle de Menil est ruinée et Louis Bernay ne vit que de son pinceau...

— Puisque vous parlez de ces sortes d'intérêts, — je n'en aurais pas parlé le premier, ils entrent bien aussi dans ma résolution. Ma fortune est médiocre, et malgré mon amour j'ai dû calculer.

— Non, ce n'est pas là votre pensée... Je connais votre désintéressement. Non, vous avez craint ce jeune homme, et pourtant vous avez tort de le craindre. C'est trop de modestie d'abord. Et puis Clémence ne l'aime pas, soyez-en sûr. Louis Bernay s'abuse et il m'eût été cruel de le détromper. Mais quand elle l'a vu la première fois, le soir de la fête du Tremblay, a-t-elle témoigné le moindre trouble? C'est à peine si elle l'a reconnu...

— Vous me conseillez donc d'espérer. Je suis faible d'abord... J'aurai beau dire que je ne l'aime plus et que je veux l'oublier, mon cœur fera bien vite taire ma triste sagesse... Je suis prêt à démentir mes paroles de tout à l'heure, poursuivit Camille, qui dans la conversation savait, comme tout général habile, l'art de ces soudains changemens de front qui surprennent et mettent en déroute un adversaire.

— Oui, si vous le voulez, Clémence est à vous.

— Et alors, — permettez-moi une franchise un peu brusque, mais nous devons bien nous comprendre, madame, nos intérêts sont communs, — et alors vous n'aurez plus à redouter une rivale...

— Que voulez-vous dire, monsieur?...

— Tout simplement que vous aimez Louis Bernay.

— Monsieur... cette supposition...

— Ecoutez; les instans sont précieux; le danger qui nous menace tous deux demande une décision vive... Si j'avais eu le temps, je ne vous aurais sans doute pas dit cela ainsi. J'aurais attendu que vous fussiez forcée par les circonstances à me faire quelque confidence arrachée, auriez-vous dit, à l'amitié... J'aurais attendu que le hasard me fît maître d'un secret, que vous vous seriez décidée à me révéler quand je n'aurais plus rien eu à apprendre... Cela eût été dans les formes et on ne peut plus convenable...

— Monsieur, je suis obligée de rompre cet entretien... Vos propos étranges tiennent de la folie... J'ai cru d'abord à une plaisanterie, mais je vois qu'elle se prolonge et que vous y tenez... Je n'ai plus rien à vous dire... Je ne vous demanderai pas même la raison qui vous engage à offenser tout-à-coup une femme qui n'a rien fait pour s'attirer cette insulte, si ce n'est qu'elle a commis l'imprudence de croire à votre loyauté et de vous porter quelque estime...

— J'ai mérité tout ce courroux... Cependant veuillez écouter...

— Plus un mot, monsieur... Je me retire.

— Partez donc, madame, et Louis Bernay épousera Mlle de Menil.

Mais si vous restez, si vous consentez à m'entendre, ce mariage devient impossible...

— Et que m'importe, monsieur, qu'ils se marient ou non !...

— Je ne sais; j'ai pu mal interpréter vos paroles... Et je n'ai plus qu'un mot à vous dire : Clémence ne peut épouser Louis Bernay, parce qu'elle a eu un amant.

A cette révélation, Mme Verdet pâlit tout à coup, puis son visage se couvrit d'une vive rougeur, elle chancela un moment et s'appuya sur la balustrade du kiosque ; ses mains étaient tremblantes, son sein palpitant, sa tête prise de vertige...

Camillo la salua avec un sourire ironique et lui dit :

— Adieu donc, madame.

— Non, restez, s'écria Mme Verdet avec un geste désespéré. Eh bien oui, je l'aime ! Grâce à votre perfide conduite, vous savez maintenant ce que vous vouliez savoir. Vous avez joué près de moi un rôle indigne, vous avez cruellement abusé de ma faiblesse, de ma folie ! oui, je l'aime, oui, je veux rompre ce mariage quoi qu'il en coûte... Mais, ajouta-t-elle, saisie tout à coup d'un horrible soupçon : si vous m'avez trompée, si ces mots que vous avez prononcés tout à l'heure ne sont qu'une ruse pour m'arracher cet aveu, si vous vous êtes à ce point joué de moi, prenez garde, monsieur... prenez garde... c'est que vous ne savez pas alors ce que peut-être la vengeance d'une femme qu'on pousse à bout et qu'on se plaît à torturer. Eh bien ! maintenant que savez-vous, voyons, parlez...

— Oh ! ne craignez rien, madame. S'il ne m'avait pas fallu m'assurer de vous, de votre concours réel et intéressé en vous montrant que je possédais votre secret et que nous devions être vraiment complices tous deux, alors j'aurais respecté, n'en doutez pas, un amour que peut-être vous-même vous vouliez encore vous cacher.

— Je ne vous demande pas d'excuses, monsieur... Ce que je veux savoir, ce que j'exige, c'est la fin de cette révélation de tout à l'heure... Quel est cet amant, qu'est-ce que cette histoire ? que vouliez-vous dire ?

— C'était à Schinznach.

— Où Clémence a été prendre les eaux avec sa mère...

— Il s'y trouvait un jeune homme qui devint amoureux de Mlle de Menil.

— Et qu'elle aima ?

— Et qu'elle aima.

— Mais alors sa mère se mourait.

— Oui, sa mère se mourait.

— Mais cette jeune fille, c'est un monstre ! Ce que vous dites est impossible. Je n'y puis croire !

— Un matin, on vit sortir ce jeune homme de la chambre de Clémence...

— Mais qui vous a dit ?... Etes-vous sûr...

— Celui qui l'a vu sortir, c'est moi.

— Vous !... Et ce jeune homme se nommait...

— Il se faisait nommer à Schinznach Alphonse de Verteuil...

— Mais son véritable nom, le savez-vous ?

— Roger d'Ortot.

CHAPITRE XVII.

Le Danger des Confidences.

Rien de plus étrange que l'existence des habitans de La Roche. Roger d'Ortot, parmi ses révélations, vous l'a laissée entrevoir. Tout y affichait la richesse, tout y avait l'ambition du grandiose; mais c'était une richesse oisive, un grandiose caché, une splendeur enfin mal employée et inutile. Comme Roger le disait, les chevaux sortaient à peine de l'écurie, on entendait tout le jour leurs piaffemens d'impatience; la meute ne donnait signe de vie qu'aux heures de la repue; quatre ou cinq valets rôdaient tout le jour dans l'office, dans les corridors, dans les antichambres, n'ayant rien à faire, dormant la grasse matinée ou jouant aux cartes dans quelque coin. Les lustres des salons restaient enfermés dans leur gaze diaphane, la solitude et l'abandon prenaient pied partout et s'installaient sournoisement en compagnie du silence. Il n'y avait dans ce château ni la vie d'apparat, pleine de tumulte, et de mouvement, et de fêtes; ni la vie de famille close, restreinte mais charmante, pleine d'harmonie et d'unité, avec sa douce animation, ses joies intérieures et naïvement égoïstes, dont les cris et les jeux des enfans bruyans et coureurs sont l'âme et la joie. Non, on eût dit d'une maison habitée par des garçons dont chacun, le jour paru, s'isole dans ses passions et dans ses intérêts, simple toit qu'ils occupent conjointement, mais qui ne les réunit pas.

Roger, chasseur passionné, mais qui jusque alors n'avait rêvé que la grande chasse avec ses cavaliers en habit rouge, avec ses cors bruyans qui remplissent les bois de fanfares et malheureusement ne les remplissent pas de gibier, Roger paraissait avoir abandonné ce rêve; bien souvent le matin il partait, mais tout vulgairement, à pied, le fusil sur l'épaule et suivi d'un chien, comme un pauvre chasseur de village.

A quoi Camille passait ses journées, nous ne le savons; il recevait beaucoup de lettres, surtout au timbre de Langres, et passait de longues heures à y répondre... Le reste du temps il l'employait en promenades solitaires dans les parties du bois les plus désertes.

L'existence d'Henriette était d'une horrible monotonie. L'arrivée de Clémence y vint jeter quelque diversion. Les deux cousines passaient leur matinée à faire de la musique ou à broder. Dans l'après-midi, souvent elles allaient jusqu'à Chevreuse rendre visite à Mme Verdet, la seule personne de la petite ville qui fût reçue à La Roche.

Cet isolement se comprendra, quand on réfléchira d'abord combien dans toute petite ville l'arrivée d'un homme jouissant ou paraissant jouir d'une grande fortune soulève de basses jalousies et d'inimitiés sourdes. C'est un ennemi devant lequel on finira par s'incliner s'il acquiert une véritable puissance, mais qu'au préalable on cherche à éloigner, à humilier, à dégoûter par tous ces petits moyens, que les cerveaux de province trouvent avec une si admirable fécondité. On redoute l'influence qu'il peut prendre. S'il reste isolé et insensible aux intérêts locaux, sa fierté est intolérable et sa réserve passe pour du mépris. — Tout au contraire, s'il paraît rechercher une sorte de popularité, s'il a la moindre prétention de se faire aimer et d'être utile, le malheureux ne sait pas dans quel guêpier sa philanthropie a été mettre le nez. Toutes les puissances de l'endroit se gendarment contre le nouveau venu; toutes les coteries, jusque alors divisées, se réunissent dans le sentiment du danger commun. C'est un ambitieux, un desposte, un tyran, un dictateur au petit pied qui veut se faire des créatures et escalader le pouvoir. D'abord il se fera nommer conseiller municipal, puis marguillier d'honneur, puis maire, puis membre du conseil général : où s'arrêtera-t-il? peut-être veut-il arriver à la députation ! — mais le conspirateur s'adresse à un gouvernement solidement établi : la petite ville a son maire et à son député qui sont du pays, arbres qui tiennent au sol par mille racines, autrement dit, fils, neveux et gendres d'électeurs lesquels vivent de leur vie, et, comme une sève, leur ont transmis l'autorité, à condition d'en recevoir toutes les molécules du budget qui se peuvent puiser dans l'atmosphère politique. Allez donc mettre la pioche dans ces arbres-là.

C'est ce que Roger avait semblé vouloir faire, plus par amour de l'éclat et du faste que par ambition réelle; mais il n'en fallut pas plus pour lui créer de nombreux et d'ardens ennemis qui, intéressés à le connaître, surent sonder son existence, découvrir combien sa richesse était éphémère, et enfin surprendre le secret des billets souscrits à Hoffer, et dont, après la mort de l'usurier, son fils ne put saisir même la trace.

Les suppositions se mirent à battre de l'aile autour de ce mystère comme des oiseaux de nuit appelés par les ténèbres ; on fit grand bruit de ce vol et l'on n'hésita même pas à affirmer que Roger d'Ortot avait assassiné le malheureux Hoffer.

Comme il n'y avait pas de preuves d'un tel fait, il n'en fut que mieux accrédité, attendu que s'il y avait eu des preuves, il se serait trouvé probablement des contradicteurs, la nature humaine étant ainsi faite que ce qui est vrai est le plus sujet à contestation.

De la classe bourgeoise le petit scandale monta bien vite aux personnages plus élevés, aux quelques gentilshommes ayant château et tourelle dans le voisinage ; voilà pourquoi les avances de Roger d'Ortot furent fort mal reçues en dépit de sa noblesse assez ancienne et des relations que sa famille avaient eues dans le monde. Quant à la classe bourgeoise dont nous parlions, elle n'eut pas la satisfaction de l'humilier par un refus, attendu que Roger l'avait en trop grand dédain pour paraître en aucune façon la rechercher. M. Verdet seul, que ses fonctions fort éclectiques de percepteur introduisaient partout, fit connaissance avec M. d'Ortot; sa femme plut à Henriette et, comme vous l'avez vu, une liaison assez intime s'ensuivit.

Pourquoi les époux Verdet n'apportaient-ils pas leur clameur au haro général? Un mot suffira pour vous l'expliquer. Une aventure assez leste où se trouvait mêlé un premier clerc de notaire, aventure connue de tout le monde dans Chevreuse, excepté tout naturellement de M. Verdet, avait fait se fermer peu à peu tous les salons rigides à sa charmante femme; les salons moins prudes n'avaient pas voulu qu'on les accusât de plus d'indulgence, si bien qu'un beau jour, M. Verdet ne pouvant s'expliquer pourquoi, il s'était vu complétement repoussé ou tout au moins fort peu gracieusement reçu partout où il se présentait.

Enfin les soirées seules réunissaient parfois les habitans de La Roche ; Roger adressait la parole à Clémence d'un ton amical comme à une étrangère avec laquelle on se familiarise de jour en jour. Rien dans ses actions, rien dans le son de sa voix, rien dans son regard ne décélait qu'il eût gardé pour elle ou de la haine ou de l'amour. On ne pouvait savoir s'il se repentait du passé, ou s'il gardait encore quelque coupable espérance pour l'avenir, car même lorsqu'il se trouva seul avec la jeune fille, jamais un mot de lui n'eut l'air d'une allusion, à bien plus forte raison d'une excuse.

Clémence aimait mieux cela. Trop fière pour pardonner, elle préférait le silence.

Dans tout ceci, nous avons oublié M. Marius qui vivait complétement en dehors de toutes ces intrigues, contait des anecdotes quand on voulait bien lui parler, ne se plaignait jamais lorsqu'on le laissait seul, furetait, annotait, discutait, commentait quelques vieux bouquins qu'il avait apportés, et paraissait se trouver très heureux de l'entière liberté qui lui était laissée.

Ce fut le lendemain de la conversation de Mme Verdet et de Camille, et dans la soirée, que Louis Bernay arriva au château en toilette mi-voyage et mi-visite et précédé d'un petit paysan qui portait sa valise.

Un domestique vint avertir Roger d'Ortot, qui sortit du salon pour aller recevoir le prétendu cousin de sa femme.

En ce moment, le cœur battit avec violence à trois femmes, qui toutes trois amies avaient chacune son secret et sa terreur.

Henriette, qui prenait au sérieux la comédie qu'elle allait jouer, et s'apercevait seulement alors combien elle pouvait entraîner de graves dangers.

Clémence, qui luttait en vain contre son amour et allait se retrouver près de celui qu'elle avait fui, près de celui qu'elle ne pouvait oublier et dont cependant un abîme la séparait.

Mme Verdet enfin, dont le cœur était rongé par une ardente jalousie, qui aimait Louis Bernay avec toute la violence d'un dernier amour, qui craignait sa rivale, et cependant sentait en elle bondir et éclater une joie féroce à la pensée que cette rivale était à sa discrétion, déshonorée, perdue, qu'elle pourrait la briser d'un mot!

Toutes trois étaient calmes et souriantes, toutes trois avaient la mort dans le cœur.

Mais rien n'égalait le calme ironique de Camillo, qui connaissait leurs secrètes tortures, qui sous leurs fronts satinés, mollement baignés par la lueur mate des bougies, lisait toutes leurs anxiétés et qui se savait seul maître de lui, de ses pensées, et qui tenait le milieu de ce réseau d'intrigues de façon à pouvoir, le jour voulu, tout attirer à lui. Après s'être laissé aller avec complaisance au sentiment de sa supériorité et de son adresse, il jugea convenable de se rendre auprès du prétendu Alfred Desprez, son ami inconnu à qui nous conserverons son nom de Louis Bernay, attendu que tout le monde se trouvant dans la confidence du mystère, il est inutile de nous préoccuper des apparences.

On se rappellera seulement qu'on le nommait tout haut Alfred Desprez.

Du reste, Camillo paraissait attacher une importance inouïe à ce que le rôle fût joué de façon à faire illusion. Il trouva un moment pour dire à Louis en descendant au salon :

— Ah ça! vous vous rappelez, mon cher Alfred, que nous sommes amis intimes. Vous êtes cousin de Mme d'Ortol, mais vous ne l'avez vue que tout enfant. Vous êtes cousin par alliance de Roger et quelque peu parent aussi de Mlle Clémence de Menil, mais vous ne les connaissez ni l'un ni l'autre; voilà qui est dit. Vous êtes donc avant tout mon ami, un ancien camarade d'enfance, bien que vous soyez beaucoup plus jeune que moi; mais moi aussi j'ai vécu à Langres, et à la rigueur nous pourrions nous connaître. N'allez pas, grand Dieu! vous poser en artiste, ni vous aviser d'examiner de trop près les tableaux pendus aux murailles, ni fumer du soir au matin, ni porter un feutre gris, des cols rabattus et des cravates rouges. Vous êtes un honnête garçon, fils de famille, et Langrois, qui n'a jamais mis le pied dans un café et ne peut guère avoir lu que la *Quotidienne*; ce qui ne vous empêche pas d'être fort galant et fort amoureux, toutefois dans les limites de la vraisemblance. Seulement ne parlez ni musique ni théâtre, car au plus vous avez vu quelques opéras-comiques, de loin en loin, par accident. A ce propos, je vous préviens qu'on dit en province une dugazon, un martin, un elleviou, et qu'on nomme le théâtre : la comédie; j'ai été à la comédie. Vous avez, du reste, dix mille bonnes livres de rente; avec cela vous ne devez pas manquer d'aplomb; dix-mille-bonnes-livres-de-rente, expression du pays qu'il faut dire avec un certain accent traînant et lourd. Avec cela, buvez bien, mangez bien, manifestez hautement votre aversion pour la poésie, et vous serez Langrois, tout ce qu'il y a de plus Langrois au monde; pas moyen de vous dire que vous n'êtes pas Langrois!

Louis Bernay n'écoutait qu'avec distraction ces conseils sérieux donnés sous une forme plaisante. Il ne songeait qu'à ceci, qu'il allait revoir Clémence, hélas! et ce moment qu'il avait tant appelé de ses vœux, il eût voulu le voir bien éloigné encore, car il pouvait douter, car il pouvait se croire aimé, et cette incertitude lui plaisait; il tenait à son illusion et craignait de la voir s'enfuir comme un fantôme à la lueur de la réalité.

Mais qu'était-ce que ces appréhensions auprès du combat qui se livrait dans l'âme de Clémence! Que faire? où chercher un refuge contre les événemens, contre son propre cœur? Indignement flétrie dans sa réputation, sinon dans son honneur même, elle avait consenti à sacrifier toutes les espérances de l'avenir, à oublier le rêve du bonheur, le rêve lumineux et insaisissable qui avait lui un instant pour elle; elle avait consenti à s'isoler dans une pensée d'abnégation et de dévoûment, à ne plus vivre que pour les autres, à s'enfermer dans sa résolution sublime comme dans une prison close au soleil et à la joie; elle puisait des forces dans sa souffrance, elle se disait : qu'Henriette soit heureuse, et ma tâche sera remplie, et je me serai noblement vengée, et toujours, oh! oui, toujours, elle ignorera que je souffre, que je pleure dans la solitude, que j'ai dit adieu à toute espérance. Mais si elle se sentait assez de grandeur et de fermeté pour un pareil rôle, c'était à condition d'oublier son amour et non pas de lutter avec lui; c'était à condition de ne point revoir Louis Bernay, car à sa vue elle oubliait tout, son courage l'abandonnait, il lui semblait qu'il était impossible que le bonheur eût fui à jamais; elle songeait qu'elle était belle, qu'elle était jeune, qu'elle était aimée; qu'au fond elle n'avait pas été un instant coupable, que ses terreurs tenaient de la folie, que le passé n'était qu'un de ces rêves affreux qui s'évanouissent au jour naissant; ou bien si ses alarmes et ses scrupules lui revenaient, un désespoir horrible s'emparait de son âme, elle sentait se réveiller sa haine mal endormie, et le désir de la vengeance crier du fond de son cœur; elle oubliait que Roger était le mari d'Henriette, pour ne plus voir en lui qu'un homme lâche et vil, qui avait à plaisir brisé son existence; elle se souvenait des paroles de Camillo, de ses réticences perfides; elle se trouvait bien misérable d'avoir eu seulement la pensée de lui pardonner et lorsqu'elle pouvait le perdre, d'avoir tant hésité à le faire.

Telles étaient les pensées qui l'assaillirent le soir de la fête du Tremblay, lorsque celui qu'elle aimait et qu'elle avait cru fuir pour toujours se trouva devant elle comme par un hasard providentiel. Il lui fallut une force inouïe pour cacher son trouble sous un faux air d'indifférence, et encore n'y eût-elle pas parvenu si l'obscurité ne lui fût venue en aide, avec ce voile qui cache la pâleur du coupable comme la chaste rougeur de l'innocence et du pur amour.

Mais dans la semaine qui s'écoula entre cette soirée et celle où Louis Bernay arriva au château, elle avait profondément réfléchi pendant les longues nuits où le sommeil ne pouvait fermer ses paupières. Ses idées s'étaient calmées peu à peu; tout avait repris dans son esprit des proportions plus réelles et moins bouleversées; elle s'était demandé sérieusement ce qu'il fallait faire, retenue qu'elle était au château par la misère inexorable et par son isolement; ce qu'il fallait faire :

Entre Roger d'Ortot, cet homme qui avait traité son honneur comme une fleur du chemin qu'on coupe en passant et qu'on laisse sur le sable;

Camillo Sylva qu'elle redoutait instinctivement et dont l'amour l'effrayait;

Et Louis Bernay qu'elle aimait, dont elle était aimée.

Elle se sentit moins forte que jamais pour étouffer son amour. Louis Bernay, n'était-ce pas au monde son seul appui, toute sa famille! Et qui pouvait la séparer de lui? En vérité, elle avait été bien folle de croire à des obstacles réels, insurmontables. Pouvait-elle être victime du caprice d'un insensé? Par un calcul épouvantable, odieux, — qu'elle ne s'expliquait pas, — les faits semblaient l'accuser, mais qu'importe! Elle avait donc cru l'amour de Louis Bernay bien faible et bien lâche pour oser douter de lui! Et quand les faits l'accuseraient cent fois plus encore, ne devait-il pas suffire qu'avec l'accent de la vérité, qu'avec le regard calme de la vertu, elle lui dît : Je suis innocente! pour qu'il eût foi en elle et dédaignât toutes les calomnies? Il lui sembla que, pour avoir eu tant de scrupules, il fallait qu'elle ne sût pas aimer; elle se reprocha sa crainte comme un crime. Oh! je l'ai mal jugé, pensait-elle, car j'ai eu peur, car j'ai hésité, et lui n'hésitera pas, j'en suis sûre.

Elle résolut donc de tout lui révéler; l'amour l'emporta, elle éloigna avec persistance toutes les mauvaises pensées, toutes les alarmes honteuses. S'il a l'âme assez élevée, se dit-elle, pour croire plutôt à ma parole qu'à des faits menteurs, oh! alors, il est digne de moi, et qu'ai-je à craindre? Plus il me connaîtra, plus la confiance grandira dans son cœur, plus s'effaceront toutes les ombres ; s'il semble douter un instant, un seul instant, eh bien ! c'est que son esprit est bas, c'est que son âme est aride, c'est que je me serai trompée en l'aimant, et je n'aurai pas même un effort à faire pour l'oublier, le mépris tuera l'amour; je souffrirai, c'est vrai, mais au moins ce ne sera pas du regret d'un bonheur impossible; je saurai qu'il n'avait pas de cœur, je retrouverai le calme qui m'a fuie, ce ne sera pas lui que je pleurerai, mais une illusion perdue, une espérance évanouie.

Aussi, lorsque Louis Bernay entra au salon, précédé de Camille qui, en le tutoyant, le présenta à Mme d'Ortot, à Mme Verdet et à Clémence, celle-ci, tout en s'inclinant avec froideur devant ce jeune homme qui devait lui être tout à fait inconnu, eut-elle dans son regard une pensée, un éclair, un souvenir de l'amour du passé dont l'âme de Louis Bernay resta tout éblouie.

Il faillit en oublier tout prudence, jusqu'à se jeter aux pieds de Clémence et la remercier de tant de bonheur.

CHAPITRE XVIII.

Un Autographe hors de prix.

Ce ne fut, du reste, qu'un moment de vertige; il maîtrisa bien vite son émotion, et l'espérance éveillant dans son âme comme un concert de chants joyeux, tout son visage s'illumina de ravissement, une gaîté triomphante s'empara de lui ; il se souvint tout à coup du nom sous lequel il avait été présenté et de la représentation obligée du personnage ; il joua son rôle avec un aplomb merveilleux, avec un esprit étourdissant, — car l'esprit, c'est le reflet du bonheur. — Ignorant le monde et ayant vécu jusque alors ou dans son atelier ou dans des tabagies, il se fût montré dans tout autre moment gauche et embarrassé; il eût perdu contenance, surtout avec cette pensée que tous les regards étaient fixés sur lui ; mais la réflexion vacillait dans sa tête, il avait comme une sorte de délire ; son état tenait de l'ivresse. Aussi, n'apercevant pas le danger, il n'en éprouva point la crainte; il fut à l'aise et prit tout à coup un laisser-aller charmant, des manières faciles et gracieuses. Doué d'une distinction naturelle et de cette franchise d'allures qui distingue les artistes, il résulta de ce mélange un ton de véritable grand seigneur, élégant sans être guindé, familier sans rien de commun. — Dans l'espèce de fièvre qui l'inspirait, et tout en s'abandonnant à la verve qui débordait en lui, il conservait pourtant encore assez de sang-froid pour ne pas se compromettre ; deux ou trois fois il retint des termes d'atelier qui venaient expirer sur ses lèvres ; et d'ailleurs, quand on le mit sur le chapitre de Langres, en quelques traits il crayonna de la petite ville une silhouette admirable de burlesque et de vérité.

Clémence, qui l'écoutait avec un mélange de joie et de stupéfaction, reconnut à ce tableau si finement tracé l'esprit mordant et observateur de Mme d'Ortot, qui sans doute avait appris la province à son frère.

— A propos, Henriette, vous rappelez-vous, s'écria Louis Bernay avec un merveilleux sang-froid, vous rappelez-vous le vieux monsieur en habit à basques doublées de blanc et qui portait à ses souliers de véritables grilles de jardin en guise de boucles; M. de Melay, vous savez, qui faisait tous les jours six fois le tour des remparts, promenade fort agréable pour ceux qui veulent marcher en compagnie du vent, eh bien ! il est mort, et il a laissé sa fortune à une vieille femme, à condition qu'elle aurait soin de balayer sa promenade favorite. — Quelles soirées charmantes nous passâmes sur ces remparts, où, excepté ce M. de Melay, il ne passait personne!...

— Oh! oui, je me rappelle... répondit Henriette qui comprit l'intention de son frère...

— Nous étions encore enfans, mais il nous prenait déjà comme un vague besoin de rêverie, et nous n'étions jamais si heureux que lorsque nous pouvions échapper au visage sévère et fauve de notre abbé.

L'abbé était heureusement trouvé.

Louis Bernay continua ainsi, sans paraître le moins du monde embarrassé, mêlant des détails pleins de couleur locale à des souvenirs qui, pour un mari, pouvaient être beaucoup trop attendrissans; se rappelant avec un à propos inouï les quelques révélations qu'Henriette lui avaient faites sur Langres, et ne se faisant pas faute au besoin de rattacher à ces quelques lambeaux de vérité des inventions auxquelles il savait donner un aspect saisissant de vraisemblance; citant çà et là des noms propres, les uns réels et les autres fabuleux, ne craignant pas de décrire le pays, et sachant, comme il était peintre et très coloriste, glisser sur l'ensemble pour s'attacher à quelques détails partout les mêmes, mais qui mettaient si bien en scène, qu'on en venait à se dire : il a donc vu le pays.

Sa verve au lieu de se tarir affluait toujours plus abondante, car deux ou trois fois son regard rencontra celui de Clémence, et il crut y lire mieux que jamais comme une sorte d'admiration naïve et presque de l'amour.

Quant à Henriette, son imagination folle et hardie était éblouie, entraînée; de plus l'espoir du succès l'animait; elle était tout entière à l'engouement et au plaisir de la comédie qui se jouait. Avec une vivacité inconcevable, avec une adresse sublime, elle suivait Louis Bernay dans le champ parfois un peu scabreux des souvenirs. Elle renchérissait encore sur lui de finesse et de causticité. Aux histoires fausses qu'il créait, elle rattachait des faits vrais, elle prenait ses descriptions et les complétait, elle recouvrait habilement le tout de vraisemblance, et çà et là décochait quelque épigramme à l'adresse de son mari.

Enfin, cette première scène fut si heureuse, conduite d'une façon si habile, jouée avec tant d'inspiration, que Roger d'Ortot, naturellement soupçonneux, eut comme une révélation qu'on le trompait, que le mensonge ne pouvait pas ainsi avoir l'apparence de la réalité; que sous la comédie il pouvait bien y avoir quelque chose de plus profond que ce qu'on lui avait révélé. Ce n'est pas là le frère d'Henriette, se dit-il, ce n'est pas là cet artiste tapageur et de mauvais ton. Il y a quelque mystère là-dessous. Dans tout ceci, Camillo me trompe-t-il ou bien a-t-il été trompé lui-même? il n'est pas assez niais pour se laisser tromper; donc, il est d'intelligence avec ma femme; donc, et je ne sais dans quel intérêt, il s'est entendu avec elle pour introduire ici un homme qui est son amant, peut-être. Plus il y réfléchit, plus ses soupçons grandirent et prirent de force. Sa confiance dans Camillo n'était pas aveugle. Puis ce rendez-vous qu'il avait surpris, aurait dû, pensait-il, l'éclairer plus tôt. Qu'Henriette vît son frère en cachette, très bien; mais que ce fût dans le parc, à minuit, avec toute sorte de mystère, en vérité, il fallait qu'il eût été insensé pour croire à une fable si grossièrement inventée. Au contraire, il comprenait mieux que Mme d'Ortot, abandonnée et dédaignée, eût songé à une vengeance véritable, et que, pour endormir ses soupçons, elle eût eu recours à ce semblant de comédie dont Camillo était venu lui faire la confidence. Cela lui paraissait très habile et beaucoup plus vraisemblable. Enfin, il vit clairement qu'il avait été dupe d'une façon beaucoup trop naïve, et que le prétendu Louis Bernay était bien réellement M. Alfred Desprez.

A cette pensée il éprouva à la fois de la colère et une sombre joie, mais la joie l'emporta. Quand il croyait encore à l'amour d'Henriette pour lui, il s'était dit qu'avec un peu d'adresse, en jouant la jalousie d'abord, puis les retours à la tendresse, il parviendrait dans les premiers enchantemens d'une réconciliation à obtenir de sa femme l'abandon des deux cent mille francs, auxquels il ne pouvait pas toucher. Tel était son plan au cas où le cousin n'eût été simplement que le frère. Maintenant qu'il croyait avoir été trompé, il ressentit, nous le disions, comme une joie étrange, car il se vit maître plus absolu de l'avenir, car soupçonnant Henriette coupable, il pensa la mieux dominer par la terreur qu'il ne l'eût dominée par l'amour, sa faute devait lui donner des armes; une seule preuve, l'ombre d'une preuve, et elle était perdue.

Comme il faisait cet épouvantable calcul, un domestique annonça M. et Mme Frémyn.

Roger pâlit et jeta à son ancienne maîtresse un regard de haine et de menaces.

Puis il entraîna Camillo dans l'embrasure d'une croisée, sortit un papier de son portefeuille, en prenant toutes les précautions possibles pour n'être pas vu, et lui dit avec vivacité :

— Lis ceci. — C'est à remettre ce soir même à M. Fremyn. Tu me comprendras. J'en suis réduit à ce moyen extrême; frappe un grand coup et que tout soit fini. Je suis las de cette femme et je la redoute. Je lui avais défendu de venir à La Roche, elle y revient... Ce qui arrivera ne sera donc point de ma faute, mais de la sienne.

Camillo crut comprendre et un éclair de joie passa dans son regard.

Vainement nous chercherions à peindre l'épouvante dont il avait été saisi, le jour où Roger lui révéla toute la violence de son amour pour Clémence. — Il savait que Mlle de Menil répondait à cet amour par de la haine, mais il savait aussi que M. d'Ortot était capable de se porter aux plus audacieuses extrémités. Lui si habile, il avait été long-temps à comprendre toute la profondeur de ce caractère, mais Dieu merci! grâce à Roger lui-même, son aveuglement avait cessé, et le jugeant enfin son adversaire le plus redoutable, il n'hésita pas un instant et résolut d'agir avec hardiesse.

Que fit-il? Le matin même du jour où cette scène se passe, il se rendit chez Mme Frémyn et lui révéla tout, l'amour de Roger pour Clémence et l'intérêt qu'il avait lui-même à mettre obstacle à cet amour. Certes, c'était un coup audacieux, une partie courageusement aventurée, Camillo jouait le tout pour le tout; il pouvait se perdre, mais il pouvait et même selon toutes les probabilités il devait réussir. En effet, quel auxiliaire que Mme Herminie Frémyn, une femme coquette, vieille et jalouse; une reine qu'on allait forcer à abdiquer et qui ne devait regarder à aucun sacrifice pour ressaisir l'empire, un esprit rusé, ignorant les scrupules, et pour qui la lutte qui allait s'engager était une lutte de désespoir.

Oui, Camillo dans les règles vulgaires agissait en homme habile, et pourtant il se trompa.

Mme Frémyn était encore plus forte que lui. Elle écouta sa révélation sans manifester la moindre surprise, la plus légère émotion; un imperceptible sourire se glissa seulement sur ses lèvres pâles, amincies et plissées.

Camillo qui s'attendait à une fureur éclatante, terrible, orageuse, commença à craindre, en lui voyant conserver ce calme superbe, d'avoir agi avec l'étourderie d'un écolier; mais plus moyen de reprendre ses paroles, il s'était mis à la discrétion d'une femme qu'il devait croire son ennemie, et il ne lui resta plus qu'à essayer de la persuasion et de l'entière franchise. Il chercha donc à lui faire comprendre l'étendue du danger qu'elle courait et combien il était dans leur intérêt commun de rester unis, pour s'aider mutuellement.

— Qui? moi, s'écria Mme Frémyn, que j'entre dans toutes vos intrigues, vous me connaissez bien mal. Roger aime cette petite, c'est bien, je suis contente de le savoir. Je lui en dirai deux mots, et demain elle quittera La Roche.

— Vous comptez beaucoup trop, madame, sur votre pouvoir.

— C'est ce que nous verrons...

— Je crois connaître le cœur de Roger...

— Vous le connaissez, soit! mais je le gouverne.

— Vous n'obtiendrez rien par la violence.

— Et vous, vous n'arriverez à rien par la ruse.

— Essayez!... Mais s'il veut savoir qui vous a révélé...

— Je ne le lui dirai pas...

— Mais moi seul puis vous avoir appris...

— Vous le croyez... Vous ne m'avez rien appris... détrompez-vous. J'avais tout deviné.

Camillo, après cette tentative malheureuse et en définitive fort maladroite, dut se retirer; instinctivement, il comprit qu'il venait de se compromettre, et qu'il fallait ou perdre Mme Frémyn, ou démasquer trop tôt un but vers lequel depuis si long-temps il marchait obliquement dans ses voies souterraines et sombres.

En effet, Mme Herminie Frémyn était venue à La Roche malgré la défense formelle de Roger, pour lui faire une de ces scènes de jalousie qui lui réussissait toujours. Puis l'heure était venue de se venger de Camillo. Son instinct sûr l'accusait d'être l'auteur de la lettre anonyme envoyée jadis à M. Frémyn, et qui avait découvert à celui-ci la retraite anti-conjugale de la ruelle des Rosiers, au Plessis-Piquet.

De longues années, elle avait en vain attendu l'occasion de la vengeance, et quand cette occasion s'offrait, elle n'était pas femme à la laisser échapper.

Le jour n'avait pas encore tout à fait fui. Du ciel, dont l'aspect était sombre, commençaient à jaillir des gerbes d'étoiles, mais le couchant était encore envahi par une large nappe de lumière, semblable à une mer d'or liquide et où flottaient de petits flots de pourpre; l'horizon se baignait dans des vapeurs bleuâtres, et les masses compactes du feuillage se découpaient en dentelures noires sur le ciel clair.

Presque aussitôt après l'arrivée de M. et de Mme Frémyn, tout le monde s'était répandu dans le parc, peut-être pour jouir de cette belle soirée d'automne, mais plus probablement pour pouvoir échanger quelques uns de ces *a parte* qui ne sont guère possibles dans un salon, où d'ailleurs la vive lumière des bougies révèle trop de choses.

Chacun marcha de front sur la vaste pelouse et prit part à un entretien général où toutes les anxiétés, tous les intérêts se contentaient de parler secrètement dans les cœurs et ne laissaient arriver jusqu'aux lèvres que des mots insignifians, que des lieux communs; mais la rosée força bientôt les promeneurs à se jeter dans une des allées étroites qui bordaient la pelouse et où tout au plus on pouvait marcher deux ensemble.

Force fut donc de se diviser.

Roger offrit son bras à Mme Frémyn, qui tout d'abord hâta le pas, désireuse qu'elle était d'en venir à une explication décisive.

Louis Bernay, tenu par les exigences de son rôle, ne pouvait offrir le sien qu'à sa sœur, et Clémence était près de lui!

Certes, il n'était pas jaloux; cependant il fut heureux de voir la jeune fille prendre elle-même le bras de M. Marius.

Mme Verdet saisit Henriette et M. Verdet resta tout seul, Camillo s'étant emparé de M. Fremyn avec qui il demeura assez loin en arrière.

Si vous le voulez bien, nous nous tiendrons près d'eux d'abord.

Camillo entra assez brusquement en matière.

— Et votre collection d'autographes, monsieur Fremyn, s'enrichit-elle?

— Eh! eh! c'est maintenant la plus belle qui soit en France.

— Je veux vous en donner un, moi.
— Vraiment! et de qui?
— Je vous ai déjà donné jadis une belle médaille.
— Vous, monsieur Camillo, je ne me rappelle pas...
— Ah! en effet, je me trompe peut-être, car c'est un autre qui la possède... Monsieur Frémyn, je connais un mari...
— Mais cet autographe dont vous parliez...
— Ah! je vous le montrerai tout à l'heure en rentrant. Je n'ai pas pu lire la signature, vous la reconnaîtrez peut-être...
— Oui... j'ai une telle habitude...
— Je vous disais donc que je connais un mari qui est trompé par sa femme.
— Ah!
— Que feriez-vous à la place de ce mari?
— Qui? Moi! monsieur Camillo, ce que je ferais?
— Oui, ce que vous feriez?
— Mais... mais... la question est singulière...
— Pas le moins du monde.
— Et vous, monsieur, que feriez-vous, vous qui parlez?
— Oh! Il y a bien des manières de voir la chose. Si j'étais pauvre et que je n'eusse rien à perdre, je tuerais l'amant.
— Verser du sang! monsieur...
— Bien, se dit Camillo, par forme d'observation intime, il est poltron.
Et il continua.
— Si j'étais riche et que l'existence m'offrît des jouissances, je laisserais à leur amour adultère et à leurs remords l'ami perfide et la femme coupable qui m'aurait trompé.
— Les laisser jouir de leur crime!
— Enfin, si je me sentais quelque chose encore dans le cœur pour cette épouse criminelle, — et on en a vu aimer des femmes qui ne le méritaient pas, — je l'emmènerais bien loin, mais si loin que son amant n'en entendrait jamais parler.
— C'est le plus sage parti, sans contredit, observa M. Frémyn en enfonçant son menton d'un air grave dans sa cravate blanche, plus raide qu'une muraille fortifiée.
— Est-ce bien là votre avis, monsieur Frémyn?
— Mais, sans doute, monsieur.
— Eh bien! je suis heureux de vous voir dans ces dispositions raisonnables et pacifiques.
— Mais, monsieur, en quoi?..
— Comme vous le dites, c'est le plus sage parti, et je vous le conseille.
— Comment, monsieur? que voulez-vous dire?
— Tenez, voilà l'autographe dont je vous parlais; connaissez-vous cette écriture?
Les dernières lueurs du jour soutenues par la lumière de la lune permettaient encore de pouvoir lire quelques mots.
— Oh! ciel! s'écria M. Frémyn, c'est l'écriture de ma femme.
Et le pauvre homme s'arrêta et lut en pâlissant un billet où tout simplement la belle Herminie donnait un rendez-vous à d'Ortot. Par parenthèse, lui, M. Frémyn, s'y trouvait traité de façon assez leste, mais en vérité, c'était bien là le moindre des inconvéniens.
Le digne mari se mit à pousser exclamations sur exclamations et des soupirs à soulever une maison, exclamations et soupirs très excusables, vu la circonstance.
— Mais, mon cher monsieur Frémyn, lui disait Camillo avec un calme parfait, modérez donc votre courroux, on pourrait vous entendre.
— Ah! monsieur, cela se peut-il se concevoir?
— Moins haut, vous dis-je.

— Une femme à qui j'avais déjà pardonné.
— Je le sais... Mais c'est toujours la même faute...
— Comment?...
— Oui. Mme Frémyn aimait Roger avant son mariage... C'est pour lui qu'elle vous avait abandonné.
— Quelle horreur! monsieur.
— Vous savez la maison de campagne à Plessis-Piquet?
— Oui... Mais elle y vivait seule, m'a-t-elle dit...
— Seule... depuis deux jours.
— C'est épouvantable!
— Odieux!
— Mais, monsieur, dès demain je quitte Chevreuse, où je ne suis venu que pour elle... Je la soustrais à cet infâme Roger... Car il faut que cet homme lui fasse perdre la tête... Car au fond elle m'aime, monsieur.
— Je n'en ai jamais douté, monsieur Frémyn.
— C'est une passion aveugle...
— Fatale!
— Ah! pourquoi faut-il qu'elle l'ait connu! Et dans ce moment encore ils se promènent ensemble, quand je suis là.
Et M. Frémyn s'élançait pour aller les retrouver; mais Camillo le retint en s'écriant:
— Que faites-vous? et qu'allez-vous leur dire?
— Rien, répondit M. Frémyn qui se calma tout-à-coup.
— Alors il vaut mieux rester, et partir demain.
— Oui, je partirai.

CHAPITRE XIX.

Consolations trop vives.

Après cette scène, Camillo, abandonnant le pauvre M. Frémyn à ses réflexions, à ses récriminations et à ses exclamations, s'avança dans l'allée et se trouva près de Mme d'Ortot, de Louis Bernay, de M. Marius, de Clémence et de Mme Verdet, qui marchaient lentement en formant un groupe.

Camillo prit le bras de Mme Verdet, qui se trouvait seule et guettait le moment où elle pourrait s'emparer de Louis Bernay, dont elle suivait tous les regards avec une anxiété jalouse.

Mme d'Ortot, à qui, tout le temps, Louis Bernay avait parlé avec effusion de son amour pour Clémence, profita d'un moment où M. Marius et la jeune fille se trouvaient seuls, pour les faire asseoir, près d'elle et de Louis, sur un banc de jardin; là, quelque temps ils restèrent silencieux dans la contemplation de cette belle nuit sereine et dans l'enivrement des parfums que la brise répandait par bouffées.

Puis Henriette se leva tout à coup, prit le bras de M. Marius, et s'écria en riant: allons, il faut les rejoindre; et elle fit courir le pauvre professeur.

Si bien que Louis Bernay et Mlle de Menil se trouvèrent seuls, ou du moins assez en arrière pour que même le bruit de leurs paroles n'arrivât pas aux autres promeneurs.

Le jeune artiste était un de ces hommes qui, se décourageant par la pensée, prévoient avec une admirable sagacité tous les dangers d'un événement futur ou d'une résolution à prendre, s'effraient du chemin qu'il faut parcourir, des obstacles qui le hérissent et se sentent pétrifiés, pour ainsi dire, dans le doute et dans la timidité; mais, comme on l'a vu, quand ces événemens le réveillaient en sursaut, au milieu de ses hésitations, et le prenaient au collet, pour ainsi dire, alors l'audace et la présence d'esprit lui revenaient, il oubliait de réfléchir pour agir.

Ainsi lorsqu'il se trouva seul avec Clémence, — moment qu'il avait tant redouté, — ses folles terreurs s'évanouirent soudain; toutes ses pensées tumultueuses reprirent du calme; l'exaltation lui vint, exaltation inspirée qui, loin de porter du trouble dans son esprit, doublait sa puissance et lui donnait une fougue involontaire et la logique spontanée de l'audace.

Aussi parut-il avoir oublié complétement et la scène de la rue des Fossés-Saint-Victor, où déjà Clémence avait essayé d'effacer à force de froideur les souvenirs de l'amour ancien; et l'entrevue de la fête du Tremblay, où elle avait été jusqu'à feindre un oubli impossible; sans qu'il y eût aucun calcul de sa part, il ne tint pas compte de cette séparation graduelle que le temps et l'indifférence de la jeune fille avait jetée entre eux deux ; non, il reprit le passé au jour où leur amour était dans toute sa force et plein d'espérances ; il ne fut pas complice de cette habileté ; dans son désir de ressaisir le bonheur qui avait fui, il ne se souvint plus ni de ses craintes, ni de ses tortures; il aimait Clémence, elle était là près de lui, son bras posé sur le sien, ils se trouvaient réunis, vivant sous le même toit, et tout le reste n'était qu'un rêve; qu'avait-il pu se passer qui mît entre eux un abîme. Si elle l'aimait alors, pourquoi ne l'aimerait-elle plus? Il fut sublime, entraînant, mais surtout fort de sa confiance.

Plus Clémence l'écoutait, plus elle comprenait que ses terreurs avaient été puériles et folles, qu'elle s'était exagéré l'atteinte portée à son honneur par la tentative insultante d'un fou; plus elle se reprochait de n'avoir pas assez cru à l'élévation du cœur de celui qu'elle aimait. Aux révélations de Louis Bernay sur sa vie passée, loin de s'alarmer, elle comprit cette organisation de poète, pour qui le besoin d'affection était si grand que l'isolement amenait le désespoir et le désordre. Toute femme se sent fière du rôle d'ange gardien et ce rôle devait être le sien auprès du jeune artiste.

Cependant l'espace qui séparait encore les deux amoureux des autres promeneurs allait toujours en diminuant; Louis Bernay, ivre d'amour, parlait de mariage avec une assurance si pleine de sérénité que le cœur de Clémence se serrait ; quelques paroles qui étaient échappées à la jeune fille ressemblaient presque à un aveu; aussi Louis Bernay s'abandonnait-il avec entraînement à ses douces espérances, il arrangeait déjà l'avenir ; chacun des mots qu'il prononçait, écouté en silence par Mlle de Menil semblait avoir obtenu un consentement muet ; elle voyait avec une sorte de terreur que chaque instant l'engageait davantage, que le cercle terrible où elle était enfermée se rapprochait et s'élevait à la fois autour d'elle; deux fois la fatale révélation expira sur ses lèvres et elle crut gagner du temps en apprenant à Louis Bernay qu'elle était ruinée.

Mais cet aveu, comme elle aurait dû le prévoir, n'arrêta pas un seul instant le jeune artiste, qui d'ailleurs lui déclara que depuis long-temps il avait pu réfléchir sur cette question toute secondaire, puisqu'il connaissait déjà sa ruine, Mme d'Ortot la lui ayant apprise.

Clémence, comme on le sait, ignorait que son amie fût dans le secret de l'horrible détresse où elle se trouvait plongée. Elle fut touchée et humiliée à la fois; elle se rappela certains mots de la lettre qu'Henriette lui avait écrite, et comprit que, sous prétexte d'appeler auprès d'elle une compagne pour l'aider à supporter l'isolement et la tristesse, la délicate jeune femme lui avait fait en réalité l'aumône de l'hospitalité. Clémence avait l'âme trop grande pour craindre une dette de reconnaissance envers une amie; la reconnaissance n'est un fardeau que pour les natures basses et envieuses; pour les autres, c'est un trésor auquel chaque instant ajoute des richesses. Mais elle se dit que M. d'Ortot devait connaître la vérité, — Henriette n'ayant eu aucune raison pour la lui cacher, — et accepter un bienfait de cet homme, c'eût été une chose lâche et méprisable ; la rougeur lui vint au front à cette seule pensée, elle comprit que sa présence à La Roche devenait plus que jamais impossible.

Pourtant, M. Marius et Mme d'Ortot, qui suivaient le même sentier dans le parc, ne se trouvaient plus qu'à quelque distance; déjà on pouvait entendre la voix stridente du professeur ; le premier entretien d'où l'avenir dépendait allait se terminer.

Dans cette extrémité, une inspiration soudaine vint à Clémence. Mme Verdet était pour Henriette une amie dévouée; elle résolut de tout lui confier. Il n'y avait qu'elle à qui elle pût révéler un semblable secret, que la fatalité la forçait de cacher à la seule personne à qui elle l'aurait dit sans avoir à rougir.

Aussi, comme Louis Bernay la sollicitait avec des larmes dans la voix de lui laisser quelque espoir, et comme déjà Mme d'Ortot, qui les avait entendu venir, quittait le bras de M. Marius et laissait le digne homme au milieu d'un récit, pour s'avancer au devant des deux amoureux à qui elle avait si bien su ménager cet entretien solitaire, Clémence dit tout bas au jeune artiste :

— Demain soir Mme Verdet vous dira ma réponse.

Quant à Roger que Mme Fremyn avait, on s'en souvient sans doute, entraîné assez loin en avant dans le sentier sinueux du parc, bordé de groupes de faux ébénier, d'aubépine et d'autres arbustes, qui en favorisaient et en voilaient les détours, la scène qui se passa entre lui et la belle Herminie eut un caractère original.

Aux reproches que Mme Frémyn adressait à M. d'Ortot avec une violence inouïe, celui-ci ne répondait que par des protestations banales, timides; il cherchait à se défendre, soit qu'en réalité il fût encore soumis à l'empire que cette femme avait pris sur lui, soit qu'il voulût tout simplement s'épargner des explications et une rupture pénibles; mais, ses véritables réponses, elles étaient dans la bouche de Camillo, qui dévoilait la vérité à ce pauvre M. Frémyn.

Lui, Roger, il était tendre encore et affectueux ; il jouait à ravir l'étonnement et l'indignation ; et quand Herminie, lui tenant le bras et le regardant fixement, lui dit :—Vous aimez Clémence, elle ne put rien surprendre dans les yeux de Roger qui révélât le moindre trouble ; il se contenta de sourire de pitié à un pareil soupçon.

Mais, au même instant presque, Camillo remettait à M. Frémyn la lettre écrite par sa femme à M. d'Ortot.

C'était la réponse de Roger.

Herminie n'était pas femme à se laisser convaincre par le sang-froid et les protestations de son amant. Son instinct la servait trop bien pour qu'elle n'eût pas, même avant la confidence de Camillo, soupçonné que Roger échappait à son amour. Cette confidence avait été un trait de lumière et en même temps un coup de foudre. Aussi répéta-t-elle avec plus d'assurance :—Vous l'aimez ! Point de mensonge ! point de bassesse ! vous l'aimez ! et sa voix prit un accent d'ironie amère et de fureur contenue. Eh ! tenez, reprit-elle, votre amour m'inspire presque de la pitié, car en vérité vous êtes d'un aveuglement qui tient du délire ! vous ne savez pas que vous avez un rival.

Roger, qui avait su rester impassible en apprenant que son amour était découvert, ne put maîtriser une sorte de frémissement à ces mots : vous avez un rival. Toutefois, domptant cette émotion, il chercha encore à combattre les soupçons d'Herminie ; il l'accusa de folle jalousie ; il trouva des mots passionnés pour lui rappeler combien il l'aimait d'un amour profond, absolu; que toujours il avait tout abandonné pour elle, qu'il lui avait sacrifié sa femme et les intérêts les plus chers de l'avenir...

Mais comme il donnait à sa voix les inflexions les plus douces, comme il se penchait vers elle ainsi que dans le ravissement de la passion, à l'autre bout de l'allée, qui serpentait dans l'ombre, Camillo disait au mari d'Herminie :— Mme Frémyn aimait M. d'Ortot avant son mariage.

Cette terrible révélation de Camillo, c'était la réponse de Roger.

— Folle jalousie, dites-vous! s'écria Mme Frémyn avec violence. Ah! c'est une folle jalousie! Vous avez un rival qui s'alarme de votre amour.....

— Je ne sais ce que vous voulez dire.....

— A qui, vous-même, vous avez eu la sottise d'en faire l'aveu...

— Je....

— Non, c'est une folle jalousie. Ce rival vient chez moi, car il sait que son intérêt est le mien, car il sait qu'en aimant cette jeune fille vous me trompez. Il m'apprend tout, non par dévoûment pour moi,—nous sommes ennemis,— mais pour m'avertir, mais pour me jeter comme un obstacle entre vous et cet amour qu'il redoute,—chose à laquelle vous auriez dû vous attendre pour peu que vous eussiez quelque sagacité,— et vous appelez cela une folle jalousie....

— Mais....

— Faut-il vous le nommer ce rival? C'est une peine inutile, je crois... vous savez que lui seul a votre secret ; c'est votre ami intime... c'est Camillo, dont parfois j'ai eu à redouter l'influence! Oui, vous hésitiez entre cet homme et moi! Et je le comprends: on ne trouve pas tous les jours des amis aussi dévoués et qui savent prendre avec tant de chaleur vos intérêts. Oh! mon Dieu! auprès d'une semblable abnégation, qu'est-ce que l'amour d'une pauvre femme!...

Roger, sans rien trahir de sa stupéfaction, se défendit adroitement, et Mme Frémyn voulut bien avoir l'air de se laisser convaincre, bien que, sous tous ces voiles diaphanes, elle vît clairement s'accuser le mensonge, mais elle exigea de Roger qu'avant huit jours Mlle de Menil fût éloignée du château.

Or, à l'instant où Herminie lui arrachait cette promesse avec un baiser furtif, Camillo disait à M. Frémyn : il faut partir demain. — Oh! oui, s'écriait le pauvre homme, avec un mélange de fureur et d'épouvante qui avait son côté comique, oh! oui, je partirai.

Ces mots étaient encore la réponse de Roger. Chacune de ces deux scènes se complétait par l'autre; la même brise emportait sur ses ailes le mensonge et la vérité, les vaines paroles et la pensée secrète, les protestations d'amour et la lâche trahison.

Quelles furent les suites de cette singulière soirée? Vous le devinez aisément.

Le lendemain Clémence trouva un prétexte pour se rendre seule à Chevreuse, hélas! sans qu'un pressentiment lui serrât le cœur, sans qu'une crainte, un soupçon la fissent s'arrêter en chemin et hésiter.

Elle trouva en Mme Verdet une amie dévouée qui l'accabla de caresses et de protestations, qui lui témoigna avec une effusion pleine de charmes tout l'intérêt qu'éveillaient dans son cœur ses infortunes, son isolement.

L'ignorante jeune fille fut subjuguée, entraînée, fascinée. Eût-elle un moment reculé devant l'aveu terrible qu'elle allait faire, sa réserve eût tombé tout à coup aux avances de cette jeune femme si franche, si enthousiaste pour ses amis, de cette jeune femme aux gestes calins, à la voix caressante, aux regards bleus, candides, adoucis, et qui l'accueillait avec une cordialité si touchante.

Aussi se trouva-t-elle toute courageuse pour lui confier le secret d'où dépendaient sa vie et son bonheur.

Mme Verdet, au premier mot de confidences, l'encouragea par toutes sortes de séductions et de marques d'intérêt.

De sorte que Clémence lui apprit, — bien longuement et avec de nombreuses réticences, — que Mme Verdet parvenait à faire cesser, grâce à des questions glissées adroitement, — et son amour pour Louis Bernay, et la scène inexplicable de Schinznack, et ses scrupules, et ses terreurs.

Nous ne répéterons pas tous ces détails que le lecteur connaît depuis long-temps, seulement nous nous bornerons à dire qu'en les écoutant

Mme Verdet ressentit une joie féroce, qu'elle dissimula sous le masque de l'affliction la plus vive et la plus vraie.

Ainsi se trouvaient confirmées ces paroles que lui avait dites Camille : Mlle de Menil a eu un amant. D'abord, s'il faut l'avouer, elle avait craint que l'imputation ne fût une calomnie ; sa conscience en avait été un instant alarmée, car Mme Verdet n'était pas une méchante femme : elle se fût fait scrupule de se servir d'une arme aussi cruelle. Non, c'était tout simplement une femme excessivement coquette et légère, dont le cœur à la première occasion prenait la clé des champs, et qui suivait beaucoup trop souvent le chemin pris par son cœur. Elle ne se faisait pas faute de petites perfidies : elle eût séduit, si telle avait été sa fantaisie, le mari de son amie la plus intime, car ces amourettes, pensait-elle, ne tirent pas à conséquence ; mais perdre à plaisir et par d'indignes mensonges même une rivale, — chose étrange ! — cela lui eût répugné... un peu.

Pourtant elle était trop habile, elle connaissait trop bien le monde pour se laisser prendre aux paroles d'une pensionnaire.

Que M. d'Ortot se fût caché dans la chambre de Clémence à la nuit tombante, sans que quelqu'un lui eût entr'ouvert la porte, pour elle c'était chose impossible.

Qu'une fois entré et se trouvant seul avec la jeune fille, celle-ci lui eût résisté avec tant de fermeté et de courage, tout en ayant la prudence fort singulière de n'appeler personne, — sous prétexte que sa mère était malade, — ceci devenait tout à fait fabuleux.

Enfin que Roger, après une aussi audacieuse tentative, fût devenu docile au point de passer tout pacifiquement sa nuit d'un côté, pendant que mademoiselle, de l'autre, s'était réfugiée dans la chambre de sa mère, — le mensonge était par trop grossier et par trop maladroit.

Ainsi, il n'aurait tant osé que pour se contenter d'un scandale sans gloire et sans profit. Ainsi, il aurait consenti à s'endormir sur un fauteuil comme un enfant rebelle qu'on enferme et qui finit par s'assoupir. Alors dans quel intérêt une telle conduite ? Encore faut-il, quand on veut donner de telles explications, y mettre un peu de vraisemblance.

Non, tout simplement Clémence avait aimé M. d'Ortot ; puis celui-ci, la jugeant trop pauvre, l'avait abandonnée et était venu faire à Paris un riche mariage.

C'est l'histoire éternelle de toutes les séductions.

Elle se garda bien pourtant de laisser paraître sa pensée. Elle eut l'air de croire ingénument l'histoire impossible racontée par Clémence ; elle la plaignit avec toute l'apparence de la sincérité et de la plus profonde émotion ; mais quoi qu'elle fît et malgré les sournoises évolutions de sa phrase et les piéges bien cachés dont elle sema la conversation, elle ne put, comme elle l'espérait, surprendre Mlle de Menil en contradiction avec ses premières paroles, ni même lui causer un seul instant de trouble et d'étourderie.

— La petite est rusée, se dit-elle. Elle est plus à craindre que je ne le pensais.

Les conséquences de cet entretien sont faciles à comprendre. Lorsque Louis Bernay, heureux de se croire aimé, le cœur inondé d'une joie trop lourde pour lui et sous laquelle il s'affaissait, se présenta ivre d'espoir et de douces pensées chez Mme Verdet, la coquette jeune femme le reçut avec les marques les plus touchantes d'une amitié vraie, ancienne, dévouée et d'une douleur profonde.

Elle oublia parfaitement et son âge et sa beauté pour se montrer auprès de Louis Bernay comme une vieille amie dont le dévoûment est tout maternel ; elle commença à jeter l'alarme dans son cœur en lui demandant de la force et du courage ; elle lui déclara tout d'abord que Clémence l'aimait ; et tout en retraçant au souvenir du pauvre artiste la singulière indifférence dont la jeune fille avait cherché à voiler cet amour, en lui rappelant qu'elle-même avait pris ce manége pour de la coquetterie, elle ajouta avec tristesse qu'elle s'était trompée ; qu'il eût bien mieux valu que ce ne fût que de la coquetterie, qu'un caprice de pensionnaire ; elle fit comprendre à Louis Bernay que Clémence avait eu des raisons plus graves pour lutter contre son cœur ; elle sut peu à peu éveiller ses soupçons, l'amener lui-même à demander dans une cruelle anxiété l'explication des réticences calculées que Mme Verdet mettait dans ses paroles...

Enfin, comme vaincue par ses prières, par ses larmes, par son désespoir, la jeune femme lui apprit tout; c'est-à-dire non pas ce que Clémence lui avait révélé, mais ce qu'elle avait cru deviner sous son aveu, ce qui pour elle était prouvé et par les faits et par les scrupules de la coupable et par cette sérénité de l'innocence que Mme Verdet attribuait à la duplicité, à la rouerie, — qu'on nous permette ce mot.

Seulement, comme Mlle de Menil, dans la crainte d'une explication et d'une rencontre entre Louis Bernay et le mari d'Henriette, avait prié Mme Verdet de ne révéler le nom de M. d'Ortot qu'au cas seulement où le jeune artiste jurerait de ne jamais chercher à se venger, et que de la façon dont la charmante dame présentait les choses, il n'y avait pas apparence que Louis Bernay voulût faire un tel serment, elle garda le silence sur le nom du séducteur et son aveu se réduisit à ceci :

— A Schinznack, Mlle de Menil a eu un amant.

Pour Louis Bernay le coup fut horrible. Dans cette âme jusque alors bouleversée par le doute et les mauvaises passions, la vertu de Clémence était la seule croyance qui se fût élevée, fleur virginale dont le parfum avait comme enivré et endormi les pensées fatales, les instincts mauvais; dans ce ciel couvert de nuages, c'était le seul rayon qui eût percé, frêle échappée de soleil qui couvrait de lumière et d'or une existence jusque alors sombre et froide; la triste vérité flétrit la fleur et fit remonter le rayon au ciel. La vie passée et la vie présente, le mauvais et le bon ange se trouvant en présence, ce fut le mauvais ange qui triompha. Il semblait que Louis Bernay entendît sa voix qui disait : Tu vois bien que tu étais un niais de croire; tu vois bien que depuis un an tu as couru haletant, insensé, à la poursuite d'une illusion vaine. Rien de vrai, après tout, que la volupté, que le plaisir. Mais qu'il était loin de pouvoir reprendre la folle insouciance du passé. Le bonheur idéal qu'il avait entrevu et qui lui échappait, lui rendait odieux le bonheur matériel, le seul qu'autrefois il comprît. L'avenir lui était impossible, il ne voulait plus du passé. Les souffrances de son cœur étaient atroces. Il aimait encore Clémence coupable, il le sentait au fond, et s'indignait contre lui-même.

Des mots incohérens, des plaintes inachevées, des larmes qui, enfin, s'échappèrent brûlantes de ses yeux, révélèrent à Mme Verdet le combat intérieur qui se livrait dans l'âme du jeune homme. Elle fut effrayée de la violence de cet amour, et, en femme habile, elle plaida la cause de sa rivale; elle voulut trouver des adoucissemens à sa faute; elle chercha à expliquer ce moment d'entraînement et d'oubli; mais, comme elle s'y attendait, ces consolations ne firent qu'irriter Louis Bernay. Si l'on eût accusé Clémence, peut-être l'eût-il défendue, au moins en lui-même; on la défendait, il la maudissait.

Mme Verdet et Louis Bernay étaient assis l'un près de l'autre, sur une causeuse, dans un petit salon de travail, au rez-de-chaussée, dont la fenêtre, ouverte sur le jardin, était voilée par un grand rideau de mousseline où de temps en temps la brise faisait courir de légers frémissemens. La soirée était splendide. Quelques lueurs aventurières se glissaient dans les plis diaphanes du rideau. Il pénétrait dans la chambre un parfum enivrant de réséda et de jasmin, et les quelques bouffées d'air pur et frais qui s'épandaient dans l'atmosphère chaude et aromatique, éveillaient de vagues émois de volupté et d'amour.

Donc Louis Bernay s'abandonnait à son désespoir et à sa fureur, et Mme Verdet, doucement penchée sur lui, lui parlait amicalement de sa voix caressante, avec des regards où se peignait une douce et maternelle pitié...

Loin d'avoir renoncé à défendre Clémence, elle y revenait peut-être avec plus d'insistance et d'adresse.

Mais Louis Bernay, exaspéré, s'écria :

— Ne me parlez plus d'elle, je vous en supplie... Je la méprise, je la hais.

— Et de quoi parlerions-nous? dit Mme Verdet en fixant sur le jeune artiste ses yeux bleus, où la coquetterie étincelait.

— Savez-vous qu'Henriette est d'une imprudence tout à fait coupable!

— Quoi! parce qu'elle veut ramener à elle son mari. Quel danger court-elle?

— Oh! ce n'est pas cela.

— Qu'est-ce donc, alors?...

— Ne voulait-elle pas, pour donner de la jalousie aussi à Mlle de Menil, que je feignisse d'être amoureux de vous.

— Eh bien! qu'y a-t-il là de si imprudent! c'eût été une plaisanterie charmante

— Vous le croyez?

— J'aurais gagné à cela de vous voir plus souvent. Nous aurions passé de bonnes heures de causeries, de bavardage, de médisance... Vous ne vous seriez peut-être pas trop ennuyé.

— Nous aurions été souvent seuls ainsi que ce soir...

— Mais, oui...

— Et j'aurais pu vous dire : Je vous aime!

— Non, non; je n'en vois pas la nécessité. C'eût été pousser trop loin la vraisemblance...

— Si cependant il en avait été ainsi; si je vous avais aimée... Si, comme un insensé, j'avais vu en Mlle de Menil un ange tout à fait idéal, si je lui avais donné une auréole et des ailes, et que je me fusse trompé, et qu'un jour, — c'est toujours une supposition, — et qu'un jour, revenu de mon erreur, découvrant en elle une jeune fille vulgaire, coquette, sans dignité, sans amour, je me fusse aperçu que j'avais tort de donner ses traits à mon être idéal! qu'il fallait le chercher ailleurs, lui prêter d'autres charmes aussi parfaits, lui donner des cheveux blonds et des yeux bleus, une bouche souriante, une taille plus svelte et plus légère, moins de pédantisme et plus de grâce, moins de pruderie et plus de vraie bonté, eh bien! mon amour, révélé tout-à-coup à cette femme charmante aurait dû, ce me semble, être écouté... comme un amour ancien, profond et vrai...

— Hélas! dit Mme Verdet en essayant de sourire, vous n'auriez pas plus trouvé votre ange la seconde fois que la première...

— Qui sait? j'en suis seul juge.

— Votre ange eût été fort coquet...

— Oui... mais quelle coquetterie ravissante... et qu'elle est bien préférable à un sérieux hypocrite...

— Il eût été de plus très jaloux...

— Y a-t-il de l'amour sans jalousie... Qui vous dit que je n'aime pas les anges jaloux?

— Vos anges ont bien des défauts.

— Vous voyez que j'avais raison de dire qu'Henriette est imprudente; car si je vous avais dit : Je vous aime, qu'auriez-vous répondu?...

— J'aurais pris la déclaration pour un enfantillage et j'aurais dit : trêve à l'entretien...

— Mais savez-vous... je continue toujours la supposition... savez-vous que si je suis très timide pour déclarer mon amour, une fois cet aveu fait, je deviens très audacieux...

— Grand Dieu!

— Et si nous avions été seuls, comme ce soir, la nuit tombante...

— Mais, monsieur, c'est mener beaucoup trop loin la supposition.

Nous ne dirons pas si en effet Louis Bernay mena beaucoup trop loin la supposition, ce qu'il y a de certain, c'est qu'il revint vers dix heures à La Roche.

Louis Bernay en entrant au salon, donna pour motif de sa longue absence qu'à un endroit de la route où se trouve un embranchement, il avait pris un chemin pour un autre, qu'il ne s'était aperçu qu'assez longtemps après de son erreur, et que voulant revenir sur ses pas et la nuit s'étant épaissie, il avait fini par s'égarer.

Quand il parut, Clémence était assise près de sa cousine à l'extrémité du salon; elle respirait à peine; son cœur était comprimé comme dans une main de fer, mais rien de son émotion ne paraissait; elle ne rougit pas... Et de quoi aurait-elle rougi? Non, elle était plus pâle que de coutume; ses lèvres, dont l'incarnat s'était effacé, paraissaient plus blanches que ses joues... Elle leva sur Louis Bernay un regard calme, limpide, fier, où se trahissait à peine la secrète anxiété qui lui dévorait le cœur...

Mais elle ne rencontra qu'un regard froid et méprisant.

CHAPITRE XVI.

Une Explication amicale.

Le lendemain, le déjeûner réunit les acteurs de ce drame, qui tous parurent d'une gaîté charmante.

Louis Bernay, voulant prouver à Clémence qu'il ne conservait aucun amour pour elle, ne remplit jamais mieux son rôle de cousin amoureux et dangereux auprès de Mme d'Ortot.

Clémence, dont la dignité et le cœur étaient blessés, désireuse de montrer à Louis Bernay qu'elle n'avait aimé en lui qu'une âme noble et au dessus des préjugés vulgaires, et que chez elle l'amour ne pouvait survivre à l'estime, fut presque coquette pour la première fois de sa vie, et elle reçut avec une sorte de plaisir les attentions de Camillo, qui, se voyant si bien accueilli, commença réellement à espérer.

Après le déjeûner, Camillo reçut du jardinier de Mme Verdet, qui venait de Chevreuse, un petit billet où cette dame lui donnait avis de la première partie de l'entretien qu'elle avait eu avec Louis Bernay, et elle ajoutait, par post-scriptum, qu'elle était certaine que ce jeune homme n'aimait plus Clémence.

On a dit que tout le secret d'une lettre de femme est dans le post-scriptum; Mme Verdet y avait mis son secret sans le vouloir et sans s'en douter.

Camillo, qui était monté dans sa chambre pour lire ce billet, sourit d'une façon toute particulière en lisant cette petite phrase jetée en dehors de la lettre; puis, comme il avait la louable habitude de ne jamais conserver de papier compromettant, il alluma un cigare avec la missive parfumée. Couché sur une ottomane, il fumait avec une sérénité, une componction admirable et brodait le tapis avec la cendre argentée de son cigare, lorsque M. d'Ortot entra :

Roger était pâle et en apparence calme. Il ferma la porte avec soin, puis vint se poser devant Camillo et lui dit :

— Il est temps que j'aie une explication définitive avec vous.

— Eh! mon Dieu! que veux-tu, mon cher, que je t'explique?

— Oh! je vous en prie, pas de ces naïfs étonnemens dont je ne suis point la dupe.

— Moi, tu me connais mal ; je ne m'étonne de rien.

— Vous trouverez bon, dit Roger en s'asseyant, que je vous parle avec franchise... Un mot sur le passé. Je fais un riche mariage...

— C'est-à-dire, je te fais faire un riche mariage...

— Qui me rend possesseur de quelques centaines de mille francs... Ne pouvant comprendre la vie comme les esprits étroits et mesquins la comprennent, je satisfais enfin mes besoins de luxe et de grandeur... sans compter... sans songer à l'avenir.

— Là est le tort.

— En généreux ami, je vous appelle au partage de cette richesse follement gaspillée, vous qui êtes ruiné, si tant est que vous ayez jamais eu une fortune, et que vous n'ayez pas toujours vécu ainsi aux dépens des autres.

— Tu ne fais qu'acquitter une dette. Aux jours où tu avais des gants blancs et pas un sou pour dîner, ma bourse t'a souvent été ouverte, et quant à cette fortune nouvelle, c'est à moi que tu la dois.

— Dette, soit ! Elle est plus que payée au moins.

— Roger, mon cher ami, tu es un ingrat.

— Et comment reconnaissez-vous cette amitié?... D'une façon odieuse, infâme !

— Tu commences par me demander des explications... il est juste à mon tour que j'en exige ! Quelles sont donc, s'il te plaît, ces actions odieuses, infâmes ?

— Vous connaissant lâche comme vous êtes, je m'étonne que vous gardiez cet aplomb et que vous ne compreniez pas qu'il s'agit de votre vie.

— Souci médiocre ! après...

— Vous saviez que j'aime Mlle de Menil, que je l'aime avec fureur... vous le saviez, car je vous l'ai dit, et vous avez l'audace de l'aimer !...

— Non, je n'ai pas cette audace, attendu que je ne l'aime pas.

— Je ne m'arrête pas à vos mensonges. Vous qui vivez sous mon toit, vous qui sans moi seriez dans la plus ignoble misère, vous que j'appelais mon ami, à qui j'ouvrais mon cœur, vous avez..... — car ce n'est rien encore votre amour pour Clémence, — vous avez, poussé par votre basse jalousie, tout révélé à Herminie...

— Qui, dans ce moment, et grâce à moi, court avec son mari sur la route de Marseille, attendu que le cher homme a pour la première fois montré de la résolution et que la dame n'ayant aucune fortune personnelle, s'est prise à songer que M. Frémyn a des neveux, aussi n'ose-t-elle plus recommencer des escapades qui peuvent lui faire perdre cette fortune, aujourd'hui qu'elle n'est plus d'âge ni de figure à espérer de pouvoir s'en passer.

— Oui, elle est partie... Mais vous n'êtes pour rien dans ce départ, vous n'avez été que l'instrument. Et apparemment ce n'était pas pour l'éloigner que vous vouliez lui donner des armes contre moi.

— Non, sans doute...

— Alors que vouliez-vous ?

— Tu me demandes une franchise qui est fort rare, même entre amis. L'explication vient à merveille, car aujourd'hui je puis tout te dire et hier j'aurais eu le regret d'être obligé de me taire.

Evidemment, ou Camille ne comprenait pas quelle fureur terrible cachait le calme apparent de Roger d'Ortot, où il fallait qu'il se sentît bien fort pour le braver avec autant de sang-froid et d'insolence.

—D'abord, dit Camille, dont l'ironie imperturbable portait comme une cuirasse où toutes les insultes s'émoussaient, d'abord à t'entendre il semble que mon ingratitude soit épouvantable, et si j'en juge à tes regards peu doux, il semble aussi que tu te croies en droit de te venger de ton ami. Que dirais-tu en apprenant que, de nous deux, celui qui doit se plaindre, c'est moi; celui qui peut désirer la vengeance, c'est moi!

M. d'Ortot qui jusqu'alors avait tenu sa main sous sa redingote, sortit de sa poche deux petits pistolets qu'il posa sur la table sans sourciller puis il dit:

— Quand vous aurez fini de plaisanter, monsieur, nous descendrons, nous sortirons du parc et nous nous battrons.

Camillo pâlit légèrement, mais il ne perdit pas contenance; il se leva, ouvrit le tiroir d'un petit meuble gothique qui se trouvait près du lit, y prit un pistolet et répondit :

— Comme tu pourrais mal prendre la fin de la plaisanterie ou même ne pas attendre cette fin ni les témoins...

— Me prenez-vous pour un assassin ?

— Non, mais on a ses instans d'égarement et cela gênerait mon récit de te voir ces armes à la main. Je continue. Je t'ai déjà dit, mon cher, que je ne suis pas amoureux de Mlle de Menil. En tout cas tu as pu remarquer qu'à Schinznack je cherchais toutes les occasions de me trouver sur son passage, et que je faisais mon possible pour lui plaire... Cela même avant que tu te fusses seulement aperçu si elle était laide ou jolie. J'avais donc la priorité, et tu t'es montré mauvais ami en ne tenant aucun compte de ce qui pouvait bien être une passion violente, désespérée... Comme toujours, tu as agi avec un égoïsme hideux. Mais si j'avais aimé Clémence, ce n'eût rien été encore... Non, je ne l'aimais pas, mais c'était plus que de l'amour que ce qui me liait à cette jeune fille... Je ne cherchais pas en elle, comme toi, une belle maîtresse qu'on séduit et qu'on abandonne lâchement; en elle je voyais celle qui un jour devait porter mon nom, un esprit ferme, sûr et puissant, qui devait s'associer à mon ambition, servir mes idées, — car je suis ambitieux, tu ne le sais peut-être pas, — tu n'as pas encore lu au fond de toutes mes pensées... C'est pour cela que je lui voulais un nom sans tache, une réputation pure de toute atteinte...

— Tout ce que vous dites, s'écria M. d'Ortot, tient de la folie... Vous, épouser cette jeune fille ruinée! où avez-vous appris ces désintéressemens et depuis quand l'esprit d'une fille, si haut et si puissant que vous le supposiez, a-t-il pu servir à des projets d'ambition? Ou vous êtes fou, ou vous essayez par des mensonges, fort peu habiles du reste, d'échapper à ma vengeance.

— J'ai, tu le reconnaîtras, dit Camillo en se frappant ironiquement le front, j'ai le cerveau mieux organisé que tu ne le penses! Mlle de Menil est ruinée, c'est vrai. Seulement, écoute bien ceci : A Langres demeure un homme qui aujourd'hui a bien près de quatre-vingt-dix ans et est apoplectique. Cet homme habite seul avec son intendant une vieille maison qui tombe en ruines; il ne voit personne, il vit dans l'isolement le plus absolu, se nourrissant, se vêtissant à peine, se refusant même le nécessaire, passant ses journées à aller ramasser les fruits tombés dans les quelques-champs qu'il possède et qu'il afferme. Quand il a ainsi soustrait deux ou trois fruits pourris à ses fermiers, il semble qu'il rapporte chez lui un trésor. Dans le pays, les gens de la basse classe affirment, on ne sait pourquoi, que cet homme est immensément riche; mais les bourgeois et les sommités traitent ce bruit de fable grossière. En effet, en province, où d'ordinaire on a sa fortune en biens-fonds, le revenu d'un chacun est bien vite évalué, additionné, à quelques centimes près, et quant à ceux qui ont leurs fonds sur l'état, ces fonds, il faut qu'ils les touchent... pas moyen de garder le secret.

— Où voulez-vous en venir?...

— Puis on se dit encore, s'il était riche, où aurait-il gagné cette richesse, et pourquoi vivrait-il dans la misère? Tous raisonnemens fort sages.

— Prenez garde... ma patience se lassera.

— Je ne dis rien de trop, et tout à l'heure vous ne me comprendrez que trop bien : cet homme, qui vit misérablement, isolé, sans famille, qui s'impose les privations les plus dures, qui l'hiver souffre du froid devant un maigre feu de branches mortes, cet homme a cinquante mille livres de rente, un million de fortune! Cet homme, pour tout dire, en un mot, se nomme Villot, est l'oncle de Clémence et n'a qu'elle pour héritière.

M. d'Ortot jeta sur Camillo un regard plein d'égarement, une flamme soudaine le frappa au visage et ses mains se crispèrent.

— Continuez, balbutia-t-il d'une voix sourde...

— Tu m'as demandé de la franchise, je t'en donne. Comment il a gagné cette immense fortune, la chose est bien simple. M. Villot aux jours de la terreur a émigré ; en Angleterre, où il avait pris un faux nom, ses préjugés de noble furent à couvert, et comme il était aussi gueux que tout hobereau de petite ville peut l'être, il jugea à propos de se faire une fortune. Il se hasarda à des spéculations industrielles qui réussirent. Il fut heureux, il osa beaucoup, il gagna davantage, et à son retour plaça toute cette belle récolte sur l'état et se choisit un notaire à Paris. Puis il s'en vint tout piteusement occuper sa vieille maison de Langres et ne releva pas un seul pan de muraille. Il ne toucha jamais quoi que ce soit de son revenu et laissa les échéances s'amasser, s'amasser, s'amasser toujours. Il vécut tristement du produit de quelques terres qu'il affermait ; seulement à chaque printemps il faisait un voyage à Paris, voyage qui resta toujours inexplicable pour les Langrois. C'était sa jouissance à lui,—il employait aux frais de ce voyage les quelques cents francs qu'il avait pu réunir à force d'avarice sordide, et chaque année il trouvait sa fortune augmentée, il se faisait rendre ses comptes, il était heureux !

M. d'Ortot écoutait avidement, l'œil fixe, la tête penchée, et je ne sais quel pli sardonique se creusait aux commissures de sa bouche ardemment pincée.

Camillo sans doute ne s'aperçut pas de cette expression menaçante... Il continua avec un sang-froid inouï ses étranges confidences.

— Tu comprends maintenant pourquoi je veux épouser Mlle de Menil, la cousine de ta femme...

Roger sourit avec amertume.

— J'ai long-temps guetté cette proie, reprit Camillo. M. Villot vit dans la solitude ; nul n'arrive jusqu'à lui ; il n'y a près de lui qu'une personne... son intendant...

— Oui, un de vos anciens domestiques, m'avez-vous dit ; mais vous qui songez à tout, vous n'avez pas songé à ceci, que cet homme peut vous tromper.

— Non, car c'est mon père.

M. d'Ortot ne put retenir un mouvement de surprise et presque de terreur.

— Entre nous, il est bon que je dépouille toutes mes prétentions de noblesse ; en vérité, que m'importe et qu'est-ce que la noblesse? M. Montani, l'intendant de M. Villot, est mon père à moi, Camillo Sylva, et ceci me vaut mieux que s'il était duc !

— Ah ! je comprends tout, balbutia M. d'Ortot comme involontairement.

— Oui, tu comprends enfin que je me sois effrayé de la passion soudaine dont tu te pris aux eaux de Schinznach pour Mlle de Menil : tu comprends que j'aie voulu à tout prix t'éloigner de cette jeune fille ; tu comprends enfin que, pour te séparer d'elle à jamais, je t'aie marié! Ecoute donc, mon cher, chacun pour soi. Que peux-tu me reprocher après tout? J'ai fait ma fortune, mais ai-je négligé la tienne? J'ai voulu mettre la main sur ces cinquante mille livres de rente, mais je t'en ai donné dix mille, et c'est un dédommagement. Que veux-tu ? J'ai passé ma vie à ne rien faire, moi ; la paresse a été mon premier besoin, mais, tout en me croisant les bras, il me semble que je menais à bien mes affaires. La pensée est un travail qui a aussi ses profits.

— Une telle infamie n'aura pas lieu, s'écria Roger revenu enfin de sa profonde stupéfaction. Votre calcul est très habile, en vérité ; vous avez préparé la chose de longue main ; vous avez tout arrangé, tout combiné, tout conduit, tout prévu, mais au dernier moment vous avez par trop manqué de prudence ; vous avez compté trouver en moi un complice, un infâme complice ; mais ce que vous n'avez pas prévu, c'est que j'ai encore au cœur assez de noblesse pour m'opposer à une chose aussi indigne, aussi vile.

— Vraiment, mon excellent ami !

— Oh ! vous verrez si l'on peut toujours me jouer ainsi impunément. Mais quand j'y songe, vous me faites pitié, et comment se fait-il que vous ayez dépensé tant d'habileté, tant de duplicité pour arriver à une sottise ! Quoi ! vous vous êtes figuré que je laisserais faire ceci ! Que je voudrais bien fermer les yeux ! Que je serais lâche à ce point ! Quoi !... Mais vous savez que je l'aime, mais vous deviez vous douter que je voudrais me venger de vous ! Et quand même je ne l'aurais pas aimée, avez-vous pu croire qu'à vous, homme sans âme, sans honneur, je laisserais s'unir cet enfant innocente, candide, sans appuis, seule au monde...

— Pourquoi pas ? J'ai bien laissé Mlle d'Orneval s'unir à vous !

— Que Clémence hérite, soit ! Que cette fortune ne m'appartienne jamais, je le veux bien. Mais qu'elle tombe dans vos mains, mais que cette jeune fille que j'aime soit à vous !... En vérité, je vous le dis, vous êtes insensé !

La figure de Camillo avait dans ce moment une expression que Roger ne lui avait jamais vue. Son teint était d'une pâleur mortelle, mais ses yeux noirs brillaient d'un éclat extraordinaire au fond de leur orbite creuse. Son front droit autour duquel se relevaient d'abondantes mèches de cheveux plats à peine grisonnans, avait une fermeté en quelque sorte implacable ; son éternel sourire ne l'avait pas quitté ; seulement on aurait pu y trouver plus d'amertume encore et d'ironie.

— Et que prétendez-vous faire ? reprit-il d'une voix ferme et arrogante.

— Vous démasquer et vous tuer, s'écria Roger.

— C'est court et c'est énergique.

— Voici des armes. Vous m'avez indignement trompé et vous n'espérez pas m'échapper. Je descends avec vous, je ne vous quitte pas... Je révèle tout à Clémence et nous irons nous battre... Elle verra que si j'ai été coupable envers elle, j'ai au moins le courage de la défendre.

— Et vous croyez que je suis assez niais pour aller vous conter mes projets et vous donner le moyen de les faire échouer d'une façon aussi brusque. Tout trahir pour me faire démasquer, comme vous dites, ou me faire tuer, cela au moment où je touche à cette fortune si longtemps attendue... Allons donc, moi me battre avec vous, la partie ne serait pas égale !

— Je saurai bien vous y forcer.

— Ah ça, s'écria Camillo en se levant et en jetant sur le tapis le reste d'un cigare qu'il n'avait cessé de fumer, ah ça, pour me parler ainsi, vous ignorez donc que vous êtes tout entier en mon pouvoir, que je puis commander ici et vous briser, vous, dès demain, si je le veux. Tout à l'heure, vous me parliez de votre générosité, cela fait pitié ! Puisqu'il faut prendre la peine de vous tout expliquer, écoutez-moi donc encore et comprenez bien le sens de mes paroles.

« Un soir de novembre 1829, deux personnes montèrent à cheval dans la cour d'une maison de la rue du Helder ; des gens, qu'on pourrait retrouver, les virent partir ensemble, tous deux seuls... Ces deux personnes, c'était vous d'abord, puis M. Hoffer... Cette maison, c'était la vôtre; ces chevaux vous appartenaient. Ces deux personnes sortirent ensemble de Paris au grand jour, et il n'y a pas d'apparence qu'elles aient été remarquées. Seulement, sur la route d'Orléans, à la hauteur d'Arcueil, le fer d'un des chevaux sauta; il y avait là un maréchal-ferrant, et les deux voyageurs s'arrêtèrent pour qu'on remît le fer. C'est vous-même qui m'avez appris cette circonstance en apparence insignifiante; c'est ainsi, si j'ai bonne mémoire, que vous m'avez expliqué comment, par suite de ce retard, la nuit vous surprit en chemin. Chez ce maréchal-ferrant, qui, je le sais, existe encore, vous n'étiez que deux voyageurs : un jeune homme aux cheveux blonds et à la barbe blonde, avec une cravache à pomme d'or, un homme d'une quarantaine d'années, de moyenne grosseur, portant un gilet de velours avec une énorme chaîne étalée... Oh ! mon Dieu ! je causais encore de cet accident avec le maréchal-ferrant il n'y a pas un an, et il se rappelait parfaitement les faits, parce que le lendemain il avait entendu dire que l'un des deux voyageurs s'était noyé au Plessis-Piquet. Donc, pour être bref, vous continuâtes votre route, toujours avec le malheureux Hoffer, et quand vous eûtes dépassé Sceaux, vous fîtes rencontre d'un troisième voyageur. Mais celui-là, personne ne l'avait vu partir ni arriver. Il avait voulu venir à pied, et grâce à un maudit brouillard il s'était égaré en route. Enfin, un de ces trois voyageurs qui dans la nuit profonde conduisait son cheval par la bride, sent tout-à-coup le sol qui manque sous ses pas, pousse un cri déchirant et tombe dans l'étang, et celui qui s'expose pour le sauver ne ramène qu'un cadavre. Or, le mort c'est M. Hoffer; celui qui survit c'est M. d'Ortot, M. d'Ortot qui l'avait attiré à sa maison de campagne, M. d'Ortot qui était parti avec lui de Paris, M. d'Ortot qui était entré avec lui chez le maréchal ferrant !

Roger, qui d'abord se promenait de long en large, d'un pas sec et saccadé par la colère, avait peu à peu ralenti sa marche, puis s'était arrêté comme affaissé sous ces paroles, les yeux égarés, le visage frappé d'épouvante. Mais une réflexion soudaine sembla lui apporter un peu de calme ; son front se rasséréna, et il s'écria :

— Horribles calomnies, que je ne saurais craindre et que je méprise !

Camille, sans paraître avoir entendu l'exclamation, continua en donnant à sa voix plus d'éclat, à son geste quelque chose de plus impérieux, à son regard plus d'audace :

— Que se passa-t-il après cet affreux événement ? Ai-je besoin de vous le rappeler, et avez-vous à ce point perdu la mémoire, que cette soirée soit complétement effacée dans votre souvenir ? Vos vêtemens étaient trempés par l'eau, vous en changeâtes ; un énorme feu avait été allumé pour que vous pussiez vous y réchauffer, vous n'en prîtes pas le temps et vous repartîtes avec moi pour Paris. Cependant à Paris nous nous séparâmes, notez ceci : j'allai chercher le docteur ***, qui peut rendre témoignage de la vérité de mes allégations. M. d'Ortot, lui, se présentait au logis de Hoffer, trompait le domestique de Hoffer en lui faisant croire que son maître vivait encore, ouvrait le secrétaire de Hoffer, avec une clé prise sur ce malheureux...

— Prise par vous !...

— Qui le dit ? qui sait cela ? Dans ce secrétaire, M. d'Ortot enlevait un portefeuille, un portefeuille que le fils a vainement cherché depuis, or, ce portefeuille, vous avez été assez insensé pour me le remettre... Les créances existent... Je les ai...

— Oh ! c'est horrible !... Tant de calculs de votre part m'éclairent à cette heure... Redoutez... redoutez vos propres aveux, car je commence à deviner la vérité, et s'il y a un assassin, c'est vous

— Est-ce moi qui ai tendu un guet-apens à M. Hoffer?

— Un guet-apens !

— Est-ce moi qu'on a vu partir avec lui, qu'on a vu s'arrêter en route avec lui ?

— Hasard fatal !

— Est-ce à moi que le domestique d'Hoffer a ouvert l'appartement de son maître? est-ce moi qui ai dérobé le portefeuille? est-ce à moi enfin que ce vol devait profiter?

— Vous lui deviez soixante mille francs.

— Où sont les preuves?

— Ah! vous les aurez anéanties!

— Il n'y a de preuves que contre vous, et elles sont accablantes! Je ne suis pas même votre complice, moi. D'ailleurs, est-ce que Hoffer avait parlé de me faire jeter en prison? Il savait bien que c'eût été de vaines représailles, que ma famille est pauvre, qu'il n'avait rien à espérer. Qu'ai-je donc à craindre?

— Ma vengeance.

— Elle serait plus dangereuse pour vous que pour moi. Vous sentez bien que je ne suis pas assez imprudent pour avoir gardé avec moi des papiers aussi précieux. Non. Le portefeuille, tel que vous l'avez pris, se trouve cacheté et déposé en lieu sûr. Or, songez à ceci, que si nous nous battions, que si je succombais, le portefeuille serait ouvert, selon les ordres formels que j'ai donnés; l'accusation se dresserait contre vous, irrécusable, foudroyante, et je ne serais plus là pour arrêter les choses.

— Mon nom seul, s'écria Roger avec fierté, saura me défendre!

— En effet, le nom d'un viveur, d'un prodigue, qui a mangé la fortune paternelle, voilà une sûre défense. Le nom de celui qui lorsque Hoffer était vivant lui devait, au su de tout le monde, des sommes énormes, et qui, lorsque Hoffer a été mort, s'est trouvé tout à coup avoir acquitté sa dette; le nom d'un homme qui du jour au lendemain s'est vu, par un miracle fort étrange, sauvé de la prison : voilà en vérité une belle sauvegarde. D'autant plus que ce nom est révéré; d'autant plus que personne au monde n'a songé même à s'étonner de cette facilité à payer ses dettes : le duc d'Erk..., le comte de Sainte-L..., et M. van E..., l'agent de change, qui sont nos voisins de campagne, ont-ils hésité un seul instant à répondre aux avances de M. d'Ortot, ne se font-ils pas gloire d'être reçus tous les jours à La Roche; ont-ils témoigné seulement que le soupçon le plus léger fût arrivé jusqu'à eux. Oh! c'est bien avec raison que vous croyez pouvoir être défendu par de telles amitiés.

— Mais vous, vous savez bien que je ne suis pas coupable! s'écria Roger, atterré par une accusation si monstrueuse et si éhontée.

— Aussi, est-ce que je songe à vous perdre? est-ce que je suis votre ennemi, moi? Que vous ai-je demandé? Rien que ce qu'on eût pu réclamer au nom de la seule amitié, c'est-à-dire de me servir dans mon projet, de contribuer à ma fortune comme j'ai contribué à la vôtre. Vous aimiez Clémence, le sacrifice n'en était que plus beau. Ce sacrifice, vous n'avez pas voulu le faire pour moi, j'ai dû vous montrer que je me suis mis en mesure de l'exiger. Je compte beaucoup sur mes amis, mais plus encore sur moi-même.

— Que prétendez-vous donc que je fasse?

— J'attends... Je vous demande d'abord de ne pas me nuire... et je vous en préviens, j'ai tellement combiné mon plan, que ce mariage ne peut manquer. S'il manquait, c'est vous que j'accuserais, c'est de vous que je me vengerais... Et maintenant, vous savez que ce ne sont pas là de vaines fanfaronnades, vous savez que je n'ai pas manqué de prudence au dernier moment, comme vous le pensiez; vous savez que pour un insensé ma conduite n'est pas dépourvue précisément d'habileté ni de sagesse.... J'emploie des moyens extrêmes et qui me coûtent... mais c'est vous qui m'y forcez.

Là dessus les deux amis se séparèrent de part et d'autre, c'était prudent...

CHAPITRE XXI.

Les Drames de la Pensée.

Après cette scène, Roger d'Ortot fut saisi d'une fureur dont la violence allait jusqu'au délire. C'était, nous l'avons dit, un de ces hommes dont la plus ardente passion est l'amour de l'or; le type de ces lâches ambitieux de plaisirs qui allèguent comme excuse que pour eux c'est un besoin d'être riches, d'avoir un nombreux domestique, des chevaux de prix, un château déployant ses ailes vastes sur un parc immense, et qui ne feraient pas un effort pour gagner cette richesse, voulant la trouver toute amassée et prête à gaspiller. Certes, son amour pour Clémence était profond, si l'on peut nommer amour une passion brutale, née d'instincts mauvais et où l'âme n'est pour rien; eh bien! son amour de l'or était plus profond encore. Il se fût trouvé libre près de Clémence ruinée, qu'il eût cherché, comme déjà il l'avait fait, à triompher de sa résistance même par un crime; mais il ne l'eût pas épousée.

Il y avait cette profonde différence entre Roger et Camillo que le premier ne désirait que les fêtes, les exquises recherches, l'éclat extérieur, les luxueux loisirs, la volupté; tandis que l'autre cachait sous son apparente paresse un besoin insatiable de domination, et ne voyait dans la fortune que les facilités du pouvoir. Camillo avait du génie, génie horrible et funeste, mais l'intelligence en M. d'Ortot était bien moindre. Camillo mettait sa gloire à dominer les événemens, Roger se laissait entraîner par eux. Camillo enfin avait-il commencé par un crime, était-il véritablement l'assassin du malheureux Hoffer, était-ce à dessein que sur le bord de l'étang il lui avait dit de se diriger à gauche quand M. d'Ortot avait crié de prendre sur la droite? nous n'oserions l'affirmer... Mais il était homme à débuter par ce qu'un diplomate eût traité jadis de fatale nécessité; — Roger, au contraire, nature moins perverse, à qui toute mauvaise action inspirait des terreurs, qui, il est vrai, allaient toujours en s'affaiblissant, était-il homme à arriver de dépravation en dépravation à commettre un crime?... Nous n'oserions le nier.

Du reste, après les explications cyniques de Camillo et de Roger, tous deux parurent vivre de bonne intelligence; personne n'eût pu se douter que le plus petit dissentiment se fût élevé entre eux. Ils avaient mesuré leurs forces et conclu tacitement une trève. Sans doute M. d'Ortot jugea qu'il ne pouvait même essayer de lutter. Ce fut en vain que dans la solitude il chercha à secouer le lourd harpon sous lequel il se trouvait pris, abattu et garrotté, il dut reconnaître que tenter seulement de résister eût été de la folie. La menace de Camillo n'était pas un vain épouvantail; on devait croire en effet qu'un crime avait été commis, ce crime, lui seul avait pu le commettre; toutes les circonstances l'accusaient, les détails les plus insignifians se dressaient autour de lui, prenaient des proportions gigantesques, l'enserraient dans un cercle formidable d'accusations... Et puis ces fatales créances, n'était-ce pas une preuve foudroyante! Il est donc probable qu'il se jugea vaincu, car il garda avec Camillo un ton affable et amical; on eût pu croire qu'il avait profondément oublié le passé; il reprit en apparence son existence de chasseur et d'oisif: mais en réalité il surveilla de près les relations de Mme d'Ortot et de Louis Bernay, son frère, et ne tarda pas à acquérir la certitude qu'ils avaient de fréquentes entrevues dans l'appartement même d'Henriette.

Quant à Mlle de Menil, sa douleur fut quelque temps morne et sombre ; elle voulut tout apprendre de la femme du percepteur, elle voulut qu'elle lui redît mot par mot son entretien avec Louis Bernay ; ce que la dame fit, vous le pensez bien, en y apportant tous les ménagemens, toutes les précautions, tous les adoucissemens dont en réalité elle avait jugé bon de se dispenser. Mme Verdet témoignait la tendresse la plus dévouée à cette pauvre Clémence qu'elle trompait si amicalement.

Singulière confidente, n'est-ce pas, qu'une rivale? Mme Verdet rendait compte, en effet, à Louis Bernay des entrevues qu'elle avait avec Mlle de Menil; mais c'était pour représenter la jeune fille éplorée, tout en larmes, s'abaissant à des supplications humiliantes; de sorte que si Louis Bernay avait un seul instant douté de la culpabilité de la jeune fille, une telle conduite eût achevé de lui dessiller les yeux.

Cependant, mettez-vous à la place de Mlle de Menil; que faire? La réponse de M. Villot, son oncle, qu'elle avait toujours espérée, n'était pas arrivée, Camillo le lui avait prédit; toujours cette cruelle, cette impossible extrémité pour elle; hors du château point d'asile, pas de pain; au château une hospitalité accordée par un homme, le dernier à qui elle eût voulu la devoir. Je ne sais quel instinct secret l'avertissait qu'elle était trompée par Mme Verdet. Un regard qu'elle surprit entre cette dame et Louis Bernay fit naître un monde de pensées en elle. Pour la première fois, abandonnée de tous les côtés, le cœur déchiré, la tête bouleversée, ne sachant plus distinguer le bien du mal, n'entendant plus qu'à peine la voix de la conscience, pour la première fois elle se souvint que son père, en mourant, avait placé près d'elle un ami, un tuteur, un autre père dont elle n'avait fait jusque alors qu'un sigisbé comique, qu'un tuteur de comédie,— qu'elle n'avait pas même pris le soin de tromper, — qu'un domestique pour ainsi dire à l'usage de ses caprices. L'abandon lui rendit le souvenir. Elle se rappela avec attendrissement le dévoûment de ce pauvre M. Marius qui, rue des Fossés-Saint-Victor, travaillait jour et nuit pour aider au petit ménage et parvenir à combler en secret et avec tant de délicatesse le vide du déficit.

Elle eut des remords, elle reconnut qu'elle s'était montrée ingrate, qu'elle n'avait pas même payé tant d'abnégation par un peu de cette affection qui, pour M. Marius, eût été le bonheur, et comme toutes les âmes généreuses qui n'hésitent pas devant l'aveu d'un tort, elle vint demander pardon au pauvre professeur qui fondit en larmes et ne voulut pas reconnaître qu'elle eût été coupable.

Clémence crut devoir réparer son silence en lui faisant l'aveu le plus sincère.

Je vous laisse à penser la stupéfaction profonde de ce bon Marius et son désespoir; il tombait des nues, il était comme un homme qui se serait couché le soir dans un lit bien moelleux, au fond d'une chambre bien close, bien verrouillée, et qui se réveillerait dans un autre habité par des bêtes féroces et des serpens. Son émotion fut même si grande et les faits qu'il apprenait étaient si étranges qu'il ne trouva pas d'anecdotes auxquelles il pût les assimiler. Il prit avec énergie les deux mains de Clémence et s'écria comme un fou :

— Il faut partir, mon enfant, il faut partir! Je gagne plus qu'il n'est besoin pour que nous vivions tous deux. Cette année mes leçons particulières se trouveront doublées. Nous serons riches! nous serons heureux. Tenez, nous reprendrons Mlle Annette, votre gouvernante, j'ai fait des économies et nous pourrons vous racheter un piano. Nous étions si heureux rue Saint-Victor, ce logement vous plaisait tant, et ces jardins!... Eh bien! le logement n'est peut-être pas loué... Nous y retournerons!

Mais Mlle de Menil secoua tristement la tête et lui déclara qu'elle ne consentirait jamais à lui être à charge. Certes, c'était en un pareil moment un scrupule bien étrange.

— Mais ne suis-je pas votre tuteur, s'écriait M. Marius les lunettes sur le front, les cheveux ébouriffés et des larmes dans la voix. Vous devez m'obéir. Et à quoi servirait que je fusse votre tuteur, si c'était pour vous abandonner quand vous n'avez que moi d'ami au monde; M. le baron (c'était ainsi qu'il désignait M. de Menil), M. le baron vous a confiée à moi, je le remplace auprès de vous. Ainsi, j'ai le droit de me dévouer à votre bonheur. C'est comme un compte que plus tard je dois rendre à M. le baron.

A ces preuves ingénieuses de dévoûment et d'abnégation Clémence répondait par des sophismes que le pauvre M. Marius cherchait vainement à détruire. Tous ses raisonnemens y venaient échouer. Un tel refus était inexplicable pour lui, car vous pensez bien qu'il aurait fait le tour de la terre trois fois avant de trouver la véritable raison du refus de Mlle de Menil, avant de se douter que la jeune fille aimait encore Louis Bernay.

Le digne professeur, voyant toutes ses supplications inutiles, se demandait avec anxiété quel parti restait à prendre; il était fort embarrassé d'avoir en tête deux ou trois pensées à la fois. Ajoutez qu'il ignorait profondément le cœur humain et n'avait pas même soupçon des replis que peut cacher un cœur de femme et aussi de jeune fille; ajoutez que lorsqu'il entendait des paroles de haine et de mépris il n'était pas assez fou pour y voir une preuve d'amour; ajoutez encore que lorsqu'on lui disait : Je veux fuir, il était loin de s'imaginer que cela voulait dire : Je veux rester,—et vous jugerez parfaitement du trouble qu'éprouva le pauvre homme, de la confusion qui envahit son esprit et de la déroute où fut jetée sa logique ordinaire, sa logique de tous les jours.

C'est que Clémence n'avait pas tout dit encore; est-ce qu'une jeune fille laisse ainsi percer son secret au premier mot? Elle en vint à lui parler petit à petit de la folle, de l'étrange passion que M. Camillo Sylva avait conçue pour elle et de ses propositions de mariage. En effet, quelques jours après la scène d'explications avec Roger d'Ortot, quelques jours après qu'il eut acquis la conviction que Louis Bernay avait étouffé pour toujours son amour pour Clémence, Camillo, qui, depuis l'entrevue de l'allée des marronniers, n'avait jamais prononcé devant Mlle de Menil un mot qui pût faire allusion à ses espérances, crut le moment venu de se faire écouter. Il avait compté et avec raison sur le désespoir de la jeune fille; comme il n'avait pas d'amour, peu lui importait de devoir son mariage à un sentiment de dépit, à un mouvement de jalousie. Il ne se donna pas même le soin de feindre la passion, et en cela il fit bien, car Mlle de Menil eût sans doute fort mal accueilli ces semblans d'ivresse, alors que sa foi dans l'amour venait d'être si cruellement anéantie.

Non, il parla à la jeune fille le langage de la froide raison. Il lui témoigna une affection douce et calme; il la mit même dans la confidence de ses projets ambitieux, des moyens qu'il voulait employer pour réussir, il ajouta que dans sa position de fortune il ne pouvait pas espérer faire un riche mariage; mais que, lors même qu'il aurait droit de prétendre à un parti avantageux, ce n'était pas une riche héritière qu'il désirait..... mais bien une jeune femme qui, par les qualités brillantes et surtout solides de son esprit, fût toujours à la hauteur de son ambition; sur laquelle il pût se soutenir dans cette ascension du pouvoir pleine de dangers et de vertiges; qui fût son amie et quelquefois sa protectrice, son conseil. Il sut employer avec une finesse inouïe l'arme toujours certaine de la flatterie; il mit dans ses paroles je ne sais quelle bonne foi involontaire en apparence qui regagna la confiance de Mlle de Menil. Ce n'était pas un mariage d'amour qu'il proposait, mais un mariage d'intelligence.

Clémence ne put s'empêcher de reconnaître combien jusque alors elle avait été injuste envers Camillo. Quand elle le comparait à Louis Bernay, qu'elle avait aimé et qu'elle croyait avoir oublié, comme Camillo lui paraissait plus grand, plus généreux ! Quelle élévation d'âme ! quelle noblesse de sentimens ! Lui, du moins, ne la croyait pas coupable, ou s'il la croyait coupable, sa conduite n'en était que plus sublime encore ! Elle comprit cette sorte d'alliance fondée sur des intérêts communs, où le mot d'amour n'était pas même prononcé, et, nous le répétons, son cœur avait été si douloureusement froissé, qu'elle se fût révoltée à la seule protestation qui eût pu ressembler à de la passion. Dans l'état où était son esprit, un mariage basé sur des transactions aussi raisonnables ne pouvait qu'être bien accueilli par elle. De pareils calculs flattaient sa douleur. Comme elle ne croyait plus à l'affection ni à la grandeur d'âme, elle était comme toutes les natures idéales qui, repliant leurs ailes, descendent sur notre terre ; le matérialisme l'envahissait ; elle se plaisait à s'enfoncer dans cette brume épaisse et glaciale qui lui avait caché son soleil, et qu'elle ne voulait plus voir se dissiper.

Et d'abord, comment n'eût-elle pas été touchée de la démarche de Camillo ? Est-ce qu'il l'épousait pour sa fortune ? Non sans doute, puisqu'elle était ruinée. Il fallait bien qu'en effet, et comme il le disait, il eût foi dans son esprit supérieur, dans sa force intellectuelle, pour prétendre à sa main, elle pauvre fille sans fortune et isolée sur la terre.

Depuis Eve, les louanges, dit-on, ont perdu bien des femmes.

Mlle de Menil écouta donc Camillo dans un silence qui était déjà presque une promesse et comme il sollicitait d'elle une réponse, une parole d'espoir au moins pour l'avenir :

— Ce n'est pas à moi, c'est à mon tuteur, monsieur, que vous devez parler, — dit la jeune fille.

L'observation était peut-être un peu tardive.

En tout cas, voilà pourquoi Clémence s'était résolue à tout révéler au digne M. Marius, dont la stupéfaction en tout autre moment eût été passablement comique.

Mais est-ce qu'au fond Mlle de Menil voyait sans épouvante ce mariage ? son amour pour Louis Bernay était-il donc à tout jamais éteint ? Quoi ! serait-il possible qu'une passion si vraie, si noble et si sainte eût été emportée comme ces plantes des grèves qu'entraîne le flot de la mer et qui ne laissent pas même de traces ? Un cœur a-t-il jamais véritablement aimé, qui, d'un jour à l'autre, peut en venir à écouter les conseils d'une aussi froide sagesse.

Oui, la jeune fille était de bonne foi, oui, elle haïssait Louis Bernay, oui, elle voulait épouser Camillo, mais elle-même, sans le savoir, elle se trompait et, sans marivaudage, dire qu'elle haïssait Louis Bernay, c'est assez vous faire comprendre qu'elle l'aimait encore ; dire qu'elle voulait épouser Camillo, c'est révéler qu'elle désirait se venger.

Or, la haine et la vengeance sont bien proches de l'amour ; ce qui en est le plus éloigné, c'est l'indifférence.

Cependant Mme Verdet avait, par quelques mots adroits et grâce aux conseils de Camillo, éveillé de nouveaux et de plus terribles soupçons dans l'âme de Mme d'Ortot. Il n'y avait pas trahison à cela, se disait l'excellente dame, il avait bien fallu expliquer à Henriette pourquoi son frère ne pouvait plus aimer Clémence ; car à ne pas l'avertir, on s'exposait à ce qu'elle continuât de servir un amour devenu impossible et que la haine et le mépris avaient remplacé.

Mais comment dire de telles choses ? — M. Bernay ne peut plus songer à cette jeune fille. — Mais pourquoi ? — Ah ! pourquoi ? Voilà ce que Mme Verdet ne pouvait pas dire tout crument. Il fallait se faire prier, supplier, circonvenir ; glisser un mot comme par mégarde, puis vouloir le reprendre ; donner à entendre qu'on en sait beaucoup trop, et l'instant d'après affirmer et jurer ses grands dieux qu'on ne sait plus rien ;

enfin, grâce à cet habile manége, se voir pressée, sollicitée, se trahir comme involontairement et dans un moment d'oubli laisser échapper cet aveu qu'on voulait garder tout au fond de son cœur.

Voilà comment Mme d'Ortot apprit que celle qu'elle avait si long-temps appelée du doux nom de sœur n'était plus digne de son amitié. Mais ce n'était point encore assez pour Camillo et Mme Verdet que l'amitié d'Henriette et de Clémence fût à jamais rompue, il fallait que la haine y succédât; il fallait pour que la jeune fille fût véritablement abandonnée, isolée, à la discrétion de Camillo, il fallait qu'elle ne trouvât pas même dans le cœur de Mme d'Ortot un reste de pitié, — débris chancelans d'un sentiment plus doux, — et ce fut encore aux insinuations perfides et en apparence innocentes que Mme Verdet eut recours pour achever de perdre sa rivale.

Donc elle avait assez clairement laissé deviner la faute de Clémence, mais bien entendu sans nommer le séducteur; — elle ne le pouvait pas; seulement, après avoir comme sans intention malveillante rapproché les époques et remarqué que M. d'Ortot et Mlle de Menil avaient pu, avaient dû même se rencontrer aux eaux de Schinznack, — sans se connaître, ajouta-t-elle, — Mme Verdet parut un instant après avoir oublié ces paroles imprudentes, pour faire entendre que c'était à Schinznack qu'avait eu lieu précisément la fâcheuse aventure de Clémence.

La jalousie de Mme d'Ortot ingénieuse à se tourmenter ne laissa pas échapper cet indice si léger, ce rapprochement si vague; ce fut pour elle une lumière soudaine. Mlle de Menil avait pu voir M. d'Ortot à Schinznach et c'était à Schinznach que Mlle de Menil avait aimé, avait été séduite; de cette circonstance, assez puérile au fond, il n'eût pas résulté sans doute pour un esprit calme et sage que Roger eût été l'amant de Clémence; mais, dans un cœur dévoré d'une jalousie fatale, il n'en fallait pas tant pour faire naître le soupçon; les femmes jalouses ont une sorte de pressentiment, de seconde vue qui les trompe rarement. Mme d'Ortot sut ne pas trahir ses secrètes anxiétés, mais le coup était porté. Plus elle fixait son attention sur ce passé plein d'ombres, et plus, pour ainsi dire, les yeux de son intelligence s'accoutumant à l'obscurité, elle parvenait à distinguer, à comprendre des faits jusque alors inaperçus. Elle se rappela que, lorsque, pour la première fois, elle avait prononcé le nom de sa cousine, Roger avait laissé échapper un mouvement de surprise dont alors elle n'avait pas cherché à se rendre compte; elle se rappela que les premiers temps du séjour de Clémence à La Roche, elle était rêveuse, préoccupée; plusieurs fois même elle avait remarqué que ses paupières étaient rouges et gonflées comme si elle eût pleuré; et, sur le point de lui demander si en effet elle avait pleuré, une pensée l'avait arrêtée; c'est que Clémence ne pouvait pas avoir de secrets pour elle, pour elle son amie d'enfance, sa seule amie. Donc elle cachait vraiment un secret, un secret horrible, et lorsqu'elle se décidait à en faire l'aveu, c'était à une femme connue d'elle depuis quelques jours à peine qu'elle allait ouvrir son cœur, au lieu de se jeter dans les bras de celle qui jusque alors avait été comme sa sœur. Ceci était étrange, inexplicable! Ce secret ne pouvait donc lui être révélé à elle sans danger. Et pourquoi? — Pourquoi? parce que ses soupçons étaient fondés, parce que Roger était à Schinznach en même temps que Clémence, parce que son amie était sa rivale en un mot.

Ses pensées avaient beau vouloir fuir cette terrible conviction, si loin qu'elles s'envolassent, le cercle de leur vol se resserrait toujours sur ce point, sur ce soupçon, disons plus, sur cette certitude.

Mme d'Ortot lutta pendant plusieurs jours contre le doute qui, de sa dent acérée, lui déchirait le cœur; elle guetta, elle épia, elle suivit tous les pas de Roger dont plus que jamais il fallait regagner l'amour, — car Clémence était une rivale redoutable! Une seule preuve de leur intelligence, et elle éloignait à l'instant du château celle qu'elle y avait appelée ; mais tous ses efforts furent vains, Roger et Clémence paraissaient tout à fait étrangers l'un à l'autre. Henriette, un moment ébranlée et ne pouvant vivre dans cette affreuse incertitude, résolut, quoi qu'il dût lui en coûter, d'avoir avec Mlle de Menil une de ces explications qui déchirent tous les voiles et laissent la vérité à nu, qu'elle soit hideuse ou sublime.

Ainsi tous ils avaient voulu jouer avec la jalousie, mais c'est une arme qui blesse ceux qui la touchent même pour jouer.

Roger d'Ortot était jaloux de sa femme, il en était venu à la croire coupable et, calcul odieux, à la désirer coupable.

Henriette qui, la première, n'avait vu dans la jalousie qu'un moyen de comédie, qu'un charmant enfantillage, en ressentait toutes les atroces tortures.

Mme Verdet, comme toute femme qui en est à son dernier amour, avait peur de Clémence et la tuait sourdement sous les atteintes de la calomnie.

Louis Bernay, tout en s'abandonnant avec ivresse aux joies trompeuses du présent, avait le cœur plein d'amertume ; tout en méprisant Clémence, plus que jamais peut-être, il l'aimait; lui, il était jaloux du passé.

Il n'y avait que M. Verdet qui ne fût pas jaloux, et certes il avait tort.

Donc M. Marius accueillit avec enthousiasme le mariage de Camillo et de Clémence; mais, comme nous l'avons vu, la jeune fille, en paraissant accepter les propositions de Camillo, songeait bien plus au fond, — bien qu'elle ne se l'avouât pas, — à alarmer Louis Bernay qu'à engager vraiment son avenir, sans espérance de bonheur et sans espérance d'amour. Elle se laissa donc persuader en apparence par les argumens du digne professeur, qui eut pour mission de donner à Camillo presque une promesse.

Camillo comprit bien qu'elle hésitait encore, mais il n'était pas homme à s'effrayer de cette hésitation. En toute hâte il se rendit chez Mme Verdet et lui annonça avec une assurance parfaite son prochain mariage avec Mlle de Menil.

La femme du percepteur éprouva une de ces joies immenses qui bouleversent l'âme, et se croyant désormais sûre de l'amour de Louis Bernay, elle fut assez imprudente pour se donner la joie de lui apprendre ce mariage.

Elle ne l'eut pas plus tôt fait qu'elle se repentit et se prit à trembler, car le jeune artiste avait pâli en l'écoutant, car ses yeux s'étaient couverts comme d'un vague nuage, et cette émotion si intime, si contenue, ce frémissement imperceptible des lèvres qu'un sourire avait soudain caché, ce trouble si léger qu'il fût, lui apprirent que Clémence était encore aimée.

Ceci se passait dans l'après-midi. Le soir Mme Verdet vint au château, et rien qu'au sourire de Louis Bernay elle découvrit en femme habile que son pouvoir était ébranlé.

Elle fit part de ses craintes à Camillo, qui lui répondit :

— C'est bien ! j'y veillerai.

A onze heures et demie, en effet, lorsque depuis près d'une heure tout le monde avait quitté le salon, Camillo surprit la femme de chambre, Mlle Stéphanie, qui d'un pas de velours se glissait dans le couloir menant à l'appartement de Clémence.

Cette fille, en voyant Camillo, parut éprouver un certain embarras et cacha ses mains dans les poches de son tablier.

— Que tenez-vous là? demanda M. Sylva — une lettre?

— Rien ! s'écria Stéphanie.

— Voyons?

La femme de chambre sortit ses deux mains de ses poches et reprit ;

— Vous le voyez, rien.

— Et ceci? dit Camille en enlevant lestement un petit billet dont une corne dépassait d'une façon toute indiscrète.

— Oh! monsieur!

— Pas d'adresse! murmura-t-il en regardant attentivement le billet. Vous portez cette lettre à Mlle de Menil?

— Oh! rendez-la-moi, monsieur.

— Un instant. Vous portez cette lettre à Mlle de Menil?

Stéphanie fit un signe de tête affirmatif.

— Eh bien! je vous la rends. Et il porta en effet sa main au tablier de la femme de chambre, mais ce qu'il y mit produisit une légère titillation argentine.

En entendant ce bruit, Mlle Stéphanie jugea à propos de ne pas s'assurer si la lettre lui avait été rendue ou non.

Le lendemain matin, la femme de chambre se présenta à la porte de Clémence et dit à la jeune fille que Mme d'Ortot l'attendait dans son appartement.

La chambre à coucher d'Henriette était située au premier étage, à l'angle de la façade sur le jardin. De ce côté elle était précédée d'une petite et coquette antichambre qui s'ouvrait sur l'escalier d'honneur. Une porte secrète, cachée par une tapissière, était ménagée à l'autre extrémité de la chambre à coucher et donnait, s'il vous en souvient, sur une longue galerie assez peu meublée et fort abandonnée, laquelle conduisait à l'appartement de Roger d'Ortot. Près de cette petite porte et se dérobant aussi sous la tenture était un cabinet de toilette qu'éclairait une fenêtre en œil de bœuf percée sur la partie du bâtiment en retour de la façade.

Ce fut un terrible moment que celui-là! Les deux amies allaient donc se trouver en présence, mais hélas! où étaient les jours de leur douce intimité, de leurs naïfs épanchemens? Leurs cœurs en avaient perdu l'habitude et les cœurs, — qu'on nous pardonne la comparaison, — sont comme ces bateaux dont il faut puiser l'eau tous les jours, sans quoi ils sombrent. Ainsi, ce que le cœur boit d'amertume doit ne point cesser de se déverser, sinon le flot monte toujours, et la confiance devient une tâche impossible.

Que de cruelles émotions cachaient leur calme apparent à toutes deux; leur amitié si vraie était étouffée sous la haine. Clémence, depuis quelques jours, avait cru remarquer chez Mme d'Ortot un certain air de froideur et de mépris qui l'avait profondément blessée, et Henriette, vous le savez, voyait en Mlle de Menil une rivale.

Lorsque Clémence, pâle, se soutenant à peine et pourtant résolue et forte, entra chez Mme d'Ortot, il lui sembla entendre un léger bruit près du cabinet de toilette.

Elle dirigea ses yeux de ce côté et vit un des glands de la tapisserie où se mêlaient quelques torsades d'argent se balancer et frapper une des baguettes de bois sculptée à jour qui retenaient la tenture.

Elle pensa que le vent était seul cause du balancement imprimé à ce cordon et ne s'en occupa pas davantage.

Malgré le trouble auquel elle était en proie, Clémence remarqua encore derrière un paravent, en tapisserie des Gobelins, qui se trouvait à demi déployé, une sorte de chevalet grossièrement construit et couvert d'une serge verte.

Hélas! ce chevalet lui rappela Louis Bernay.

CHAPITRE XXII.

Dévoûment.

Mme d'Ortot, en reconnaissant le pas de Clémence, avait senti toute sa haine se réveiller; mais quand elle se trouva en face de la jeune fille, je ne sais quelle espérance vague se glissa au fond de son âme; le regard de Mlle de Menil était si calme et si limpide, son front large et poli comme l'ivoire s'entourait d'une telle auréole d'innocence, il y avait tant de candeur, de pureté et de noblesse sur ce beau visage doux et sérieux, qu'Henriette se dit comme involontairement : il est impossible qu'elle soit coupable. Par un de ces élans sublimes qu'ont seules les bonnes natures, elle échappa à tous les soupçons qui un instant auparavant enlaçaient ses pensées dans leurs douloureuses et flétrissantes étreintes, elle oublia et ce qu'elle savait et ce qu'elle croyait deviner, pour ne voir en Clémence que l'amie en qui elle avait eu une foi sainte et aveugle.

— Ah ! ma chère, lui dit-elle, reprenant son enjoûment et son gracieux abandon, j'ai des reproches sérieux à te faire.

— A moi ! répondit Clémence, qui, touchée par cet accueil amical auquel elle était loin de s'attendre, s'efforçait de retenir ses larmes.

— Oui à toi ! Tu abuses de l'amitié que te porte ce bon M. Marius pour l'épouvanter par des plaisanteries.

— Je ne comprends pas...

— Allons! ne fais pas l'ingénue. Je ne te croyais pas si moqueuse. Cela sort de ton caractère.

— Explique-toi.

— Tu l'effraies à plaisir, le digne homme...

— Moi !...

— Par le plus gros mensonge et le plus absurde qu'on puisse imaginer. Je te le répète, c'est mal.

— M. Marius ! Mais que lui ai-je dit ?

— Eh ! mon Dieu ! la charmante ignorance ! Tu lui as dit que tu allais épouser M. Camillo, s'écria Mme d'Ortot en riant aux éclats. Oh ! je t'en prie, laisse-moi rire. M. Marius a été conter la chose à ce Camillo, qui a pris l'aventure au sérieux et en a fait confidence à Mme Verdet, laquelle en a dit un mot à Louis. Louis a été assez fou pour s'alarmer de cette plaisanterie et me venir tout redire. Voilà le bruit qui s'est fait pour cet enfantillage. Oh ! je t'en prie, laisse-moi rire et te gronder !

— Il n'y a rien là-dedans qui prête à rire, répondit Mlle de Menil avec un sang-froid glacial. J'ai dit la vérité à M. Marius, et je me serais fait scrupule d'abuser de sa confiance.

Henriette se leva avec agitation et marcha quelque temps dans la chambre, ses lèvres fines se crispant comme pour retenir les paroles prêtes à s'échapper, son petit pied se mutinant sur le tapis moelleux ; enfin elle murmura d'une voix étouffée et en fixant sur Clémence son regard étincelant :

— C'est donc vrai !

— Je suis orpheline, reprit Mlle de Menil en essayant de paraître calme ; j'ai perdu le peu de bien qui pouvait me donner l'indépendance; un homme honorable, dont l'âge est déjà pour moi une garantie, demande ma main, je devais l'accepter... j'ai accepté.

— Ah ! dit Mme d'Ortot avec lenteur et en appuyant sur les mots, c'est singulier. Donc, si tu l'épouses, ajouta-t-elle avec un sentiment profond d'ironie, c'est que tu l'aimes ?... Ne m'interromps pas .. c'est que tu l'aimes .. Sans cela pourquoi l'épouserais-tu ?... Tu es orpheline, c'est vrai ; mais jusqu'à ce jour n'ai-je pas été pour toi une amie dévouée? Tu as perdu ta fortune !... Je le savais, mais n'es-tu pas heureuse ici ? ne t'ai-je pas reçue à bras ouverts ? Qui peut t'avoir froissée ? de qui as-tu à te plaindre ? M. d'Ortot est riche ; en quoi ta présence a-t-elle paru nous gêner ? Que signifierait cette fierté qui n'appartient qu'aux esprits étroits ? Avoir peur des obligations, c'est d'un cœur peu généreux. Je te connais, je sais que ton orgueil est placé assez haut pour ne pas s'abaisser à ces misérables détails. Je ne vois donc rien qui puisse faire de ce mariage un coup de désespoir. Tu l'aimes donc ? Et pourquoi au fait ne pas aimer M. Camillo ? N'a-t-il pas dans le cœur ces trésors de tendresse qui font une femme heureuse ? n'est-il pas jeune et beau ? Qui mieux que lui sait dire ces paroles qui font aimer ? qui mieux que lui connaît ce langage de l'âme dont le cœur s'émeut ? N'offre-t-il pas d'ailleurs à une femme la richesse et l'indépendance ? S'il vit auprès d'un ami, dans le château de cet ami, à la table de cet ami, c'est par pur dévoûment ; n'aura-t-il pas, quand il le voudra, lui-même son château, ses domestiques, ses voitures ? Eh ! mon Dieu ! c'est à cela que les femmes se prennent, et comment ne l'aimerait-on pas ?

— Il n'aura ni château ni voitures, reprit Clémence blessée par ce ton ironique; il n'est pas jeune, il n'est pas beau, il n'a pas dans le cœur ces trésors de tendresse qui font une femme heureuse; il ne m'a jamais parlé d'amour même ; mais c'est une âme loyale, généreuse, d'une véritable élévation, je l'estime, et, ajouta-t-elle en faisant effort sur elle-même, je l'aime.

— Eh bien ! non, tu ne l'aimes pas, s'écria Mme d'Ortot, laissant échapper enfin son indignation et sa jalousie, non, il est impossible que tu aimes cet homme. Il faut que tu sois folle vraiment, pour essayer de me faire croire à un tel amour ! Prends garde, Clémence, il y a là-dessous quelque mystère que je pourrais deviner. Toi, aimer Camille, et pourquoi ? et comment ? Toi, accepter par raison un mariage... qui n'est pas même un mariage d'argent ? Toi, faire, avec ce sang-froid odieux, ces tristes calculs sur l'avenir ! Qui t'y force, qui te presse ? Pourquoi te cacher de moi qui suis ton amie ? Quel intérêt contraire au tien puis-je avoir en tout ceci ? Voyons, parle, explique-toi.

— Je ne puis, balbutia Mlle de Menil troublée.

— Si tu savais, reprit Henriette, un instant attendrie, quel avenir charmant j'avais rêvé pour toi. Oh ! je ne suis pas égoïste, moi. Bien que je vive dans la solitude et dans l'abandon, bien que je trouvasse en toi une compagne, je ne voulais pas sacrifier ta vie à la mienne. Mon seul rêve était de te voir heureuse. Tu sais qu'il y a ici quelqu'un qui t'aime véritablement et depuis long-temps. Oh ! ne me regarde pas avec cet air d'étonnement ; on s'aperçoit bien quand une personne vous aime; on peut lui garder rigueur et feindre de ne rien savoir, mais au fond, pas un de ses regards n'est indifférent, et son silence même se comprend. C'est de Louis Bernay que je te parle, de mon frère. Il t'aime, lui; pourquoi le repousses-tu ? Qu'a-t-il fait dont tu aies à te plaindre ? Dis-moi tes griefs ? Sans doute quelque enfantillage, quelque crime énorme dont un jour de froideur est la plus grosse pénitence. Enfin tu l'as aimé, ou du moins tu lui as donné de ces espérances qui, si elles n'étaient pas dues à l'amour, révéleraient une coquetterie cruelle et coupable. Tu le vois, je n'ai pas d'amertume. Je ne veux point savoir les raisons de ta défiance envers moi, j'oublie tout pour ne te parler que de lui, mais réponds...

Clémence ne put résister à ces touchans reproches, elle se précipita en sanglotant dans les bras d'Henriette et s'écria : — Oh ! pardonne-moi ! ce silence m'a coûté bien des larmes... Mais il m'est impossible de te révéler ce secret... à toi... à toi surtout.

A ces mots, les soupçons de Mme d'Ortot se réveillèrent avec plus de force; elle se déroba aux bras de la jeune fille qui l'entouraient et lui dit avec un mépris écrasant :

— C'est bien ! et d'ailleurs je comprends votre répugnance à avouer de telles choses.

— Que veux-tu dire ? s'écria Clémence.

— Que le passé a des souvenirs qui en effet doivent être pénibles pour vous.

— Parle !... que sais-tu ? demanda la jeune fille pâle et tremblante d'anxiété.

— Je sais tout, répondit Mme d'Ortot d'un ton accablant. Jusqu'à présent j'avais voulu douter, et maintenant je ne doute plus. Je sais tout, vous dis-je. Je sais qu'un autre amour a rempli votre cœur, je sais qu'au chevet de votre mère mourante vous avez trouvé le moment de vous abandonner aux enivremens de cet amour. Je sais..... faut-il en dire davantage et ne devriez-vous point m'arrêter? je sais qu'une des nuits de l'agonie votre porte s'est ouverte et que le matin..... c'est une chose monstrueuse, je ne voulais pas y croire, malgré vos propres aveux... Ah! vous avez eu assez de pudeur pour penser qu'une telle révélation ne pouvait être faite à une amie, et vous avez osé la faire à une personne qui vous est presque inconnue! C'est de l'audace, je vous le dirai, et de tels faits s'ensevelissent dans le silence du cœur et dans les remords secrets.

— Et... vous ne savez rien de plus? demanda Clémence dont le front était resté calme et le regard levé.

Cette demande rendit à Mme d'Ortot toutes ses craintes, et elle s'écria avec une sorte d'égarement :

— Que voulez-vous dire? Que puis-je donc savoir de plus?

— Vous pourriez savoir la vérité, reprit Mlle de Menil qui retrouva un merveilleux sang-froid ; — car elle voyait bien qu'Henriette ignorait encore que le coupable fût son mari. Vous pourriez savoir la vérité, dit-elle...

— Oh! parlez, de grâce... d'affreux soupçons!...

Et Mme d'Ortot allait se trahir en prononçant le nom de Roger.....

Mlle de Menil raconta en quelques mots la scène de Schinznach telle qu'elle s'était passée, avec simplicité et noblesse, sans empressement à se disculper, sans même paraître désirer d'être crue... Voilà, dit-elle en terminant, la confidence que j'ai faite à Mme Verdet, et j'étais loin de penser qu'elle pût y trouver une calomnie odieuse. Vous me reprochez ma défiance envers vous, un jour vous apprécierez mieux ma réserve. Je ne vous demande pas d'ajouter foi à mes paroles ; je ne me défends pas, remarquez-le bien, car je ne reconnais à personne le droit de m'accuser. Seulement je rectifie les faits indignement dénaturés. Maintenant, dites-moi, me demanderez-vous pourquoi je consens à épouser M. Camillo, me demanderez-vous pourquoi l'amour de Louis Bernay, — cet amour que j'avais encouragé, dites-vous, — me trouve insensible aujourd'hui? Est-il besoin de vous le dire? L'un, qui semblait croire en moi, l'un qui pouvait penser être aimé, qui devait puiser dans une telle espérance un peu de force et de noblesse, celui-là, au premier souffle de la calomnie, au premier bruit qui lui arrive, oublie tout sans hésitation, sans remords, oublie tout, le passé, les saintes promesses, ce qui devait lui inspirer une foi aveugle ; — l'autre, arrivé à l'âge où l'on n'est plus facilement crédule, l'autre qui jugeait froidement, avec sagesse, sans entraînement, sans passion même, je l'accorde,— cet autre, à défaut d'amour, a eu l'estime et la confiance, et, je vous l'avoue, j'ai préféré l'estime de l'un à l'amour de l'autre!

Mme d'Ortot était ébranlée... il y avait lutte dans son âme : Clémence était-elle innocente? On l'aurait cru, à voir la sérénité de son beau front, la limpidité de son regard, sa voix n'était point troublée et ne trahissait aucune émotion. A moins que ce ne fût de l'hypocrisie, et alors elle eût été doublement coupable, et alors sa conduite devenait odieuse. Il faut bien dire que les explications données par la jeune fille étaient peu vraisemblables; puis ces mots : *Un jour vous apprécierez mieux ma réserve*, confirmaient tous les soupçons d'Henriette ; pour elle, tantôt le calme de Mlle de Menil était de l'innocence, tantôt c'était de la duplicité ; son amitié ancienne et sa jalousie se combattaient... elle ne savait auquel croire de son cœur ou de sa raison, son cœur dont les généreux élans étaient aussitôt comprimés par la réflexion!...

— Clémence, dit-elle enfin après un assez long silence, et en lui tendant la main, il m'en coûte trop de te croire coupable. Si tu me trompes, j'aime mieux encore être trompée. Je ne veux pas chercher à m'expliquer ce qu'il y a d'étrange dans ce que tu viens de me dire ; jusqu'à présent j'ai vu en Mme Verdet une femme légère et non méchante, et je ne comprends pas non plus l'interêt qu'elle a eu à te calomnier, — peut-être a-t-elle été, sans le vouloir, au delà du véritable sens de tes paroles... Quoi qu'il en soit, je dois te le dire, en épousant M. Camillo, tu te prépares d'amers regrets... d'abord parce que c'est un méchant homme, et je le connais depuis plus long-temps que toi... ensuite, — entre nous je puis te dire cela, — parce que tu aimes Louis...

— Eh bien! oui, dit Clémence touchée jusqu'aux larmes, oui, je l'ai aimé, oui, peut-être je l'aime encore, mais tout est fini entre nous... pour toujours...

En ce moment la porte du cabinet s'ouvrit brusquement, et le jeune artiste vint se jeter aux pieds de Mlle de Menil en s'écriant :

— Non, vous aurez pitié de moi... Vous ne serez point inexorable. J'ai été trompé par Mme Verdet, songez-y, et elle a non seulement calomnié votre vie, mais encore jusqu'à vos démarches! Clémence, écoutez-moi, je vous en supplie, — Henriette, dis-lui qu'elle m'écoute, — je vous aime, je n'ai point cessé de vous aimer... J'ai souffert, voilà tout. Vous savez qu'on m'a trompé, ma sœur vient de vous le dire, on m'a fait croire des choses... des choses infâmes. Que vouliez-vous que je fisse, j'étais bouleversé, j'étais fou! C'était vos paroles mêmes qu'on me répétait et pouvais-je soupçonner de si lâches calomnies! Une sorte de délire s'était emparé de moi. La jeune fille dont on me parlait ce n'était pas celle que j'avais aimée, hélas! et j'avais beau lutter contre l'affreuse vérité et me dire que vous ne pouviez pas être coupable, celle qui me révélait le passé le faisait en votre nom ; vous-même vous m'aviez dit dans le parc : demain soir Mme Verdet vous transmettra ma réponse! Tout, mon Dieu! tout confirmait cette fatale erreur; lorsque je vous revis, rue des Fossés-Saint-Victor, lorsque je vous reportai le portrait de votre mère, quel fut votre accueil? Mon cœur en fut déchiré! Je pensais trouver dans vos regards, dans vos paroles un reflet du passé, un souvenir des jours d'espérance et de bonheur ; loin de là, vous m'avez à peine reconnu, loin de là, votre regard est resté froid, votre voix ne trahissait aucune émotion, vous me reçûtes comme un étranger, avec une froideur glaciale ; et le soir de la fête des Tremblays, Henriette le sait, c'est à peine si vous voulûtes bien vous rappeler mon nom, vous fûtes sans pitié... D'autres fois, il me semblait retrouver dans vos yeux cette expression douce, ce rayonnement d'amour dont mon âme était tout éblouie, aux premiers jours où je vous aimai ; votre voix prenait tout à coup une harmonie suave qui me rappelait nos heures de doux entretien et de folles chimères... Un jour même, que dis-je un jour? un instant je vous retrouvai telle que vous étiez jadis, j'étais heureux, l'avenir m'était rendu... Et le lendemain!.. Ce fut le lendemain que j'appris tout! Que pouvais-je croire, dites-moi, de ces hésitations, de cette lutte? Ce que j'appris ne se trouva-t-il pas confirmé fatalement? J'ai été insensé, j'ai été coupable, je l'avoue. Je n'aurais pas dû vous en croire vous-même. Mais aussi n'avez-vous pas manqué de confiance? A vous voir craindre ainsi et prendre tous ces détours et combattre contre les souvenirs du passé, ne devais-je pas comprendre qu'il était bien terrible en effet le secret que vous cachiez, puisque vous n'osiez même le dire à ma sœur, qui est votre amie.

— Oh! pardon, continua Louis Bernay, je vous offense encore, mais j'étais là, j'ai tout entendu! Je sais enfin combien vos scrupules étaient grands, sublimes pour vous, et pour moi puérils et injurieux; je sais que vous avez eu peur de m'apporter même l'apparence du déshonneur; j'ai compris que vous m'avez cru faible, esclave de sots préjugés, capable de douter de votre parole ou tout au moins de craindre les bruits du monde et le ridicule, oh! mais est-ce qu'en effet vous m'avez jugé ainsi, est-ce qu'en effet vous avez ainsi méconnu mon amour? Moi, douter de vous le jour où vous m'auriez dit je suis innocente! Moi ne pas m'en tenir à mon bonheur pour aller écouter dehors ce qu'on en dit, moi n'avoir pas la force de supporter la moitié du fardeau qu'un lâche fait peser sur vous, moi ne savoir pas être heureux au prix de quelques sourires équivoques et que je méprise! Oh! oui, vous m'avez fait injure de penser cela. Maintenant que je sais tout, je vous le dis, je vous aime, je vous crois. Je n'en veux pas savoir davantage. Que m'importe le reste! vous m'aimez, c'est là toute ma joie. Que puis-je craindre? le ridicule? Et vous, ne souffrirez-vous pas de la calomnie? Aurais-je donc moins de force que vous! soyez généreuse, pardonnez-moi... car je vous aime!...

— Je veux vous croire, répondit Clémence en essayant de cacher son émotion, oui, vous ne doutez pas de votre courage, oui, aujourd'hui vous méprisez les bruits du monde; mais un jour, — tout cesse ici bas, — votre amour cessera, l'ambition s'éveillera dans votre âme, et c'est juste, car vous êtes appelé à avoir un nom célèbre, et ce jour-là vous vous repentirez peut-être de votre étourderie de jeunesse, ce jour-là vous reconnaîtrez avec effroi qu'à côté de votre gloire a grandi cette ombre, ce souvenir du passé dédaigné dans l'aveuglement de la passion, et qui alors sera pour vous une torture éternelle.

— Oh! je forcerai bien le monde à se taire, s'écria Louis Bernay, écoutant à peine les paroles de Clémence. Et quand je me serai vengé d'une manière éclatante de ce lâche calomniateur...

— Ciel! fit la jeune fille en pâlissant.

— Quand je l'aurai tué, — car je le tuerai, — croyez-moi, personne ne songera plus à trouver plaisante cette histoire!

— Grand Dieu! que voulez-vous faire? vous battre!

Mlle de Menil s'était laissé entraîner à un moment d'abandon et d'oubli; elle s'était montrée faible, attendrie, car elle aimait; elle n'avait plus pensé à cela que Louis Bernay voudrait se venger, demanderait le nom de celui qui l'avait si bassement outragée, et qu'elle ne pourrait pas lui nommer Roger d'Ortot, le mari d'Henriette, sa sœur.

— Oui, me battre, s'écria l'artiste, oui mourir en voulant vous venger ou anéantir ce fatal secret.

— Et qui vous dit, reprit Clémence d'un ton glacial, que je veuille être vengée?

— Que dites-vous?

— Et que ce soit à vous que je donne le droit de me venger?

— Mais tout à l'heure votre émotion... Oh! ne cherchez pas encore à faire naître le doute dans mon âme! Ne m'avez-vous pas assez torturé? De ce cabinet j'ai entendu tous vos aveux; je sais que vous m'aimez!

Mme d'Ortot, à qui le trouble de Clémence n'échappait pas, qui croyait comprendre ses hésitations et dont la jalousie torturait le cœur, voulut s'assurer de la réalité, et sans rien laisser paraître de son trouble, elle dit:

— Parle! Que crains-tu? Oui, tu aimes Louis, ne cherche plus à t'en défendre, et c'est à lui de faire respecter ton nom.

— Toi aussi, dit Clémence avec désespoir, toi aussi tu peux parler de cela sans frémir?

— Louis est mon frère... tu sais si je l'aime... en lui est toute ma famille, tout mon bonheur... Mais s'il t'aime, son honneur veut qu'il te venge.

— Vous l'entendez, dit Louis Bernay, — je vous demande à genoux le nom de cet homme!

— Je ne puis... répondit Clémence d'une voix étouffée.

Mme d'Ortot pâlit et l'artiste s'écria:

— Mais c'est donc que vous l'aimez!

— Moi l'aimer ! dit la jeune fille avec une indignation profonde !

— Alors qui vous arrête ?

— Je dois me taire.

— Est-ce pitié pour lui ou pour moi ? Si c'est pour moi, Dieu me protégera.

— C'est peut-être amour pour M. Camillo Sylva, dit Mme d'Ortot avec une fureur mal contenue; car ne comprenant pas le silence sublime de Clémence et son dévoûment pour elle, elle croyait que la jeune fille était coupable.

A ce mot plein d'âcre ironie, Mlle de Menil hésita si elle ne lui jetterait pas à la face le nom de son mari... La haine un moment se dressa dans son cœur... mais le dévoûment l'emporta... C'était détruire à tout jamais le bonheur d'Henriette, c'était peut-être amener un duel épouvantable entre Louis Bernay et Roger d'Ortot !... Elle eut le courage de garder le silence, — car les natures sublimes ont plus de force pour le martyre que pour la lutte, — et quand celui qu'elle aimait, agenouillé près d'elle, fixant sur ses yeux un regard qui l'inondait de lumière, lui dit une dernière fois :

— Le nom de cet homme ?

Elle détourna la tête, se leva et sortit en disant :

— C'est impossible.

Un instant de plus et elle eût tout révélé.

CHAPITRE XXIII.

La veille du Mariage.

Le lendemain de cette scène, Camillo reçut une lettre, au timbre de Langres, et dont voici le contenu avec ses parenthèses :

« Mon cher fils,

» Samedi soir, après dîner, — la journée avait été bonne et M. Villot était sorti comme à l'ordinaire et avait fait sa provision de bois mort, seulement j'avais remarqué qu'il était plus bougon que d'habitude et qu'il s'était plaint, chose inouïe ! que je lui avais servi le matin du lait tourné — (il faut te dire qu'un autre jour il n'y aurait pas fait attention); samedi soir donc, après dîner, M. Villot... (pendant le dîner il avait été d'une humeur massacrante, me reprochant de faire des dépenses folles, de le ruiner, et ci, et çà, enfin tout le chapelet) ; après le dîner, je te disais, il voulut se lever de table pour faire un tour de promenade dans son parc... Tout à coup j'entends une sorte de soupir étouffé, je le regarde, et je le vois devenir violet, violet, puis retomber comme une masse dans son fauteuil... D'abord je crus qu'il était mort, car il ne bougeait pas plus qu'une souche, et je n'osais pas trop l'approcher... Mais voilà que j'entends un second soupir comme le premier, et il roulait des yeux... C'était effrayant !... Alors je me dis : On ne peut vraiment pas laisser mourir un pauvre homme comme ça ; car il était là seul avec moi, vu que, grâce à son avarice, on le prenait pour un vrai gueux. M. Villot était, quoique ça, une bonne pâte de maître, pas fier le moins du monde. J'ai donc été chercher M. Thouzet, un médecin nouvellement établi à Langres et qu'est moins cher que les autres. M. Thouzet, quand il vit M. Villot (qui était toujours pâmé dans son fauteuil) se mit à secouer la tête d'un air qui voulait dire : il n'y a rien de bon à faire. Cependant il m'aida à le porter dans son lit et lui fit une saignée. M. Villot revint à lui petit à petit, il donna signe de vie, mais il ne put reprendre entièrement connaissance. Quand on lui parlait, il tournait vers vous ses gros yeux tout rouges et ne vous répondait pas plus qu'un tronc d'arbre. Voilà vingt-quatre heures qu'il est dans cet état là et il y a plutôt du pire que du mieux. M. Thouzet n'a pas l'air d'augurer du bon; il m'a déjà dit : Mon brave homme, vous pouvez faire votre paquet. Je me suis empressé de t'écrire tout cela pour que tu avises... car je sais que ça t'intéresse. Et il faut te dire que la petite Clémence est toujours l'héritière universelle... vois-tu, j'y mettrais ma main au feu. Depuis le jour où comme je te l'ai conté, j'ai vu par hasard le fameux testament, M. Villot qui ne pouvait plus écrire lui-même n'a vu personne, personne au monde, excepté ce monsieur Thouzet, le médecin, qu'il avait fait venir plusieurs fois (car il y a apparence que le bonhomme se sentait baisser). Ainsi tu peux dormir sur tes deux oreilles. »

La lettre était terminée par cette naïveté assez jolie :

Je suis pour toujours ton père,

SYLVA MONTANI.

En lisant cette lettre, les yeux de Camillo brillèrent d'un sombre éclat; on eût dit qu'un reflet métallique chatoyait dans ses prunelles ; il examina avec attention la date et remarqua que l'envoi avait éprouvé un retard de deux ou trois jours.

Il était donc arrivé au terme de tous ses désirs. Cette immense fortune, dont lui seul et son père avaient le secret, allait donc lui appartenir. Il pourrait enfin sortir de ses voies souterraines, de son obscurité, de sa misère, de son néant, dresser la tête et monter en plein jour, aux yeux de tous, à ce rang qui était le premier degré de son ambition, le seul impossible en apparence à franchir. Mais il ne se le dissimulait pas, cet évènement attendu depuis de si longues années, cet évènement sur lequel il voulait bâtir tout son avenir, éclatait trop tôt et risquait de renverser un échafaudage à peine construit et facile encore à ébranler. Mlle de Menil ne l'aimait point, il n'était pas homme à se faire illusion à l'endroit des sentimens ; elle ne l'épousait que parce qu'elle était seule au monde, abandonnée par ses amis, dans une position fausse, et, de plus, ruinée. Le jour où, avec la richesse, elle retrouverait l'indépendance, ne romprait-elle pas tout-à-coup tout engagement, tout lien? Oh! il le sentait bien! Il n'était pas encore assez maître de l'avenir. Il importait que Clémence ignorât tout, jusqu'au moment où sa volonté viendrait se briser contre un obstacle insurmontable, jusqu'au moment où elle se trouverait liée pour jamais... et pourtant que faire? Il n'attendait tout que du temps! Comment forcer l'irrésolution de la jeune fille? à quel propos affecter, dans ce mariage de convenances et de raison, tout l'entraînement et l'impatience du véritable amour? Il sentait que l'espace allait lui manquer, que les dangers l'environnaient de toutes parts, s'avançaient sur lui, l'enfermaient dans un cercle de plus en plus restreint, de plus en plus étouffant. Aussi résolut-il d'agir hardiment et de ne pas laisser à Clémence le temps de la réflexion.

On se rappelle qu'il avait adroitement confisqué à Stéphanie, la femme de chambre, la lettre écrite un soir à Clémence par Louis Bernay dans un moment de désespoir. Cette lettre, il l'avait gardée pour l'occurrence.

Il se rendit en toute hâte chez Mme Verdet et eut l'audace de lui dire :

— Vous aimez Louis Bernay ; mais vous êtes insensée... Vous croyez que son amour pour Mlle de Menil est éteint, quand il est plus ardent que jamais.

— Ciel ! que dites-vous? s'écria la femme du percepteur dont la jalousie s'éveilla, jalousie fougueuse, terrible, haletante, jalousie du dernier amour.

— Je dis que vous êtes aveugle, que vous êtes trompée !

— Et la preuve !

— La voici.

— Une lettre !

— Une lettre de Louis Bernay à Mlle de Menil.

— Il l'aime encore... Après ce qu'il a appris ! Oh ! il faut qu'il l'aime bien ! mon Dieu !

— Une passion folle !

— Donnez cette lettre.

— Un moment. — Vous reconnaîtrez peut-être que je suis pour vous un ami dévoué, dit Camillo après une pause habile.

— Oh ! oui !

— Et que par conséquent j'ai droit de vous demander aussi quelques services.

Qu'exigez-vous de moi ?

— Vous allez le savoir. Il faut qu'avant huit jours, — avant huit jours, comprenez bien ceci, — Mlle de Ménil soit ma femme. Pour lui arracher une pareille décision, je dois frapper un grand coup. Elle aime Louis Bernay, je le sais. Tout en le désespérant par sa froideur affectée, elle s'en croit aimée, j'en suis sûr. Si je parviens à lui donner la preuve que Louis Bernay près d'elle, que Louis Bernay vivant sous le même toit qu'elle, que Louis Bernay, hier encore, aimait une autre femme, l'aimait avec délire... si je parviens à lui donner cette preuve, le reste me regarde et je compte sur son désespoir.

— Que voulez-vous dire ?

— Quoi ! n'avez-vous pas encore compris ? Mes paroles sont claires pourtant.

— Oh ! pas un mot de plus, monsieur. Me croyez-vous assez insensée pour me compromettre de gaîté de cœur ?

— Vous avez parfaitement saisi ce que je voulais dire.

— C'est du délire ! grand Dieu ! Que me proposez-vous ?

— Un simple échange.

— Comment ! un échange ?

— Cette lettre pour une de celles que Louis Bernay vous a écrites.

— Oh ! monsieur, vous abusez indignement de la position humiliante où je me trouve placée.

— Pas de phrases, puisque nous parlons raison. Donc, vous ne voulez pas ?

— Jamais ! monsieur, jamais !

— Alors je n'ai plus besoin de cette lettre que j'avais su m'approprier à votre intention. Eh bien ! je la ferai remettre à Mlle de Menil, qui s'attendrira, pardonnera et il ne nous restera plus qu'à unir les deux amans.

— Vous vous plaisez à me torturer.

— Je vous parle sérieusement, madame.

— Et que voulez-vous faire de ces lettres, que vous supposez tout gratuitement m'avoir été écrites par M. Bernay ?

— Il paraît qu'il y en a plusieurs ?

— Je n'ai pas dit cela, et vous avez un système d'insinuation vraiment odieux.

— Rassurez-vous, une seule me suffira.

— Mais, encore une fois, qu'en voulez-vous faire ?

— Ai-je besoin de vous le dire ? je veux convaincre Mlle de Menil qu'elle n'est point aimée.

— En lui montrant cette lettre ?

— En lui montrant cette lettre.

— Au moins vous y mettez de la franchise.

— Sans cela, pourquoi vous la demanderais-je ?

— Et vous avez pu croire que je serais assez imprudente... au cas où j'aurais des lettres de cette sorte....

— Moi, j'ai cru seulement que vous verriez avec peine dans les mains de Clémence cette lettre passionnée de Louis Bernay...

— Passionnée, balbutia involontairement Mme Verdet.

— Mais il paraît que je me suis trompé, continua Camillo, et que la chose vous est indifférente...

— Livrer mon secret à une rivale qui peut, par vengeance, tout révéler à mon mari...

— Ici je vous arrête... On peut livrer le secret sans livrer la preuve...

— Comment ?

— Montrer la lettre, mais la garder.

Mme Verdet lutta encore long-temps. Elle pâlissait et rougissait tour à tour. On voyait qu'elle comprimait intérieurement quelque résolution hasardeuse, qui l'instant d'après revenait avec un élan plus terrible. Ses regards fascinés, pour ainsi dire, se fixaient sur la lettre que Camillo tenait en évidence sans affectation d'ailleurs. Elle essaya de la coquetterie la plus agaçante, des larmes, du désespoir, pour l'obtenir sans conditions, mais elle s'adressait à un adversaire inexorable, aussi facile à attendrir qu'un diplomate.

Camillo, voyant que la scène menaçait de se prolonger beaucoup trop long-temps, fit mine de vouloir se retirer. Ce faux mouvement de retraite alarma si fort Mme Verdet. qu'elle finit par capituler.

Cependant Roger d'Ortot paraissait avoir tout à fait perdu le souvenir de l'explication un peu brusque qu'il avait eue avec son intime ami; après avoir dans un moment d'oubli ou de folie laissé voir son cœur à découvert, trahi la violente, l'étrange passion dont son âme était torturée, après avoir déchiré tous les voiles, après avoir jeté son masque avec tant d'imprudence ou tant d'audace, il avait tout-à-coup repris son apathie apparente, son indifférence glaciale.

Le flot s'était ouvert un instant, l'œil avait pu mesurer le gouffre dans toute sa profondeur; puis le flot s'était refermé, s'était calmé, était devenu plane et scintillant au soleil.

A vrai dire. Camillo était épouvanté parfois de cette incroyable résignation. Il eût préféré la lutte, l'inimitié franchement déclarée, les efforts de la victime qui se défend, et qu'au moins on voit agir et qu'au moins on peut frapper.

Mais non, il avait beau épier la conduite de M. d'Ortot, rien ne trahissait même la pensée du combat; Roger semblait avoir tout-à-coup anéanti dans son cœur et son amour fougueux pour Clémence, et son regret dévorant de la richesse perdue et sa haine pour Camillo.

Celui ci, nous le répétons, avait peur. Cette tranquillité, cette immobilité, cette torpeur somnolente de serpent l'effrayait; il se demandait avec anxiété quel serait le réveil.

Comme nous l'avons dit déjà, M. d'Ortot partait tous les matins pour la chasse, à pied, comme un honnête campagnard. Il revenait harassé, crotté jusqu'au dessus des guêtres, déchiré par les ronces, hâlé par le soleil et avec un appétit de chasseur.

En outre de tous ces indices qui témoignaient assez que le temps avait bien été passé à la chasse, M. d'Ortot, adroit tireur, rapportait toujours une carnassière dignement grossie et ne manquait pas de raconter longuement à table ses exploits de chasseur, — dernier trait qui devait achever de rassurer complétement Camillo.

Une autre circonstance ajouta à sa sécurité. Il s'aperçut que Roger surveillait, avec certains regards d'Otello, les moindres démarches, les actions les plus insignifiantes de sa femme.

Camillo dut en conclure que Roger était jaloux. Mais jaloux de qui? mais jaloux de quoi ?

Ce ne pouvait être de Louis Bernay, puisque lui-même avait pris soin de lui apprendre toute la vérité. D'un autre côté, jouait-il la jalousie? Camillo le crut d'abord, mais après avoir bien observé, il reconnut que cette maladie conjugale avait un caractère très sérieux.

Il se prit à étudier plus profondément les moindres mots, les plus petits faits, et il ne tarda pas à acquérir la conviction que M. d'Ortot était réellement jaloux de Louis Bernay et qu'il ne croyait pas que ce jeune homme fût le frère de sa femme.

Cette découverte, nous le disions, le tranquillisa. Il bénit intérieurement cette absurde jalousie qui, absorbant toutes les pensées de Roger, amenait une distraction fort heureuse à sa passion pour Clémence et ne lui laissait pas le loisir de se tenir en garde contre tout danger autre que ce danger chimérique et puéril.

Voilà ce que se disait Camillo, et il ignorait que tous les matins M. d'Ortot, après avoir,—son fusil sur l'épaule et son chien à ses talons,—traversé le parc qui le conduisait au milieu des bois, il ignorait, disons-nous, que M. d'Ortot rabattait tout aussitôt sur Chevreuse par un chemin de traverse; — que, prenant toutes les précautions possibles pour n'être pas vu, il se glissait par un étroit sentier bordé d'oseraies jusque sous le mur d'un jardin dépendant d'une des maisons de la ville qui s'éparpillent dans les champs; — que là, lui était ouverte une petite porte qu'il refermait avec soin sur lui; — et qu'enfin dans cette maison il avait tous les matins une entrevue avec un personnage, nouveau venu à Chevreuse, qui vivait seul, que personne ne connaissait et dont on ignorait le nom.

CHAPITRE XXIV.

Fuite à Bride abattue.

Or, ce personnage était tout un mystère pour les habitans de Chevreuse. D'où venait-il? que voulait-il? comment vivait-il? Il n'avait pas de domestiques et, luxe inouï! se faisait apporter à dîner chez lui par le meilleur aubergiste de Chevreuse. Il sortait rarement; on ne l'avait vu que deux fois depuis son arrivée, — et c'était au café où il avait bu silencieusement tout un flacon d'eau-de-vie, après quoi il était parti sans broncher, sans sourciller. Il vivait largement et sa mise était presque pauvre.

Les uns voyaient en lui un condamné politique; les autres un grand criminel obligé de se cacher; ceux-ci un espion. A quoi les malins répondaient que pour un espion il faisait bien mal son service, attendu qu'il ne sortait jamais.

Ceux-là...

Enfin tout Chevreuse s'occupait de ce personnage avec lequel M. d'Ortot était en relations si suivies.

Après cette entrevue, qui durait souvent deux longues heures, Roger regagnait la campagne avec les mêmes précautions, il avait bien vite abattu assez de gibier pour réparer le temps perdu.

Ajoutons que Roger avait fait depuis peu d'assez fréquens voyages à Paris.

La position de Clémence était si étrange, si fatale que, comme on l'a vu, la scène qu'elle avait eue avec Mme d'Ortot et Louis Bernay, et qui aurait dû réunir pour toujours deux cœurs qui s'aimaient et se trouvaient séparés par des obstacles en apparence futiles, cette scène, disons-nous, tout en réveillant leur amour, tout en faisant évanouir leurs soupçons, les laissa pourtant plus éloignés que jamais du bonheur. Au moment où leur âme allait se confondre en un élan sublime, un obstacle s'était dressé entre eux; et la jeune fille entre son bonheur et celui d'Henriette avait préféré la résignation, le dévoûment secret, méconnu, calomnié.

Seulement une joie étrange adoucissait l'amertume de ses pensées; elle était aimée encore de Louis Bernay, son amant était resté digne d'elle.

Singulier problème! ses regrets ne pouvaient en être que plus vifs, et pourtant elle puisait dans cette conviction plus de force et comme un bonheur secret.

Ce fut alors que Camillo lui fit remettre par M. Marius la lettre de Louis Bernay à Mme Verdet, une lettre qui bien qu'elle fût adressée réellement à la coquette dame, avait été écrite avec tout l'amour que le jeune artiste ressentait pour Clémence. Car il s'était trompé lui-même, et ce sont des erreurs assez fréquentes toutes les fois qu'à une véritable passion succède un attachement vulgaire.

Dans un boudoir où était une rose on place une fleur brillante, mais sans odeur, et l'atmosphère reste pleine encore du premier parfum.

Cette lettre fut pour elle un coup de foudre. Toutes ses illusions s'évanouirent ainsi qu'un arc-en-ciel qui se dissipe dans la nue orageuse. Dans son dévoûment sublime elle s'était dit : —Je travaillerai jour et nuit comme une ouvrière misérable, j'accepterai cette existence pleine de privations et d'horribles tortures, plutôt que d'épouser M. Camillo, car Louis Bernay m'aime encore et je lui serai fidèle, et je mourrai s'il le faut, mais je ne serai jamais la femme d'un autre !

Or, la lettre en question bouleversait de nouveau son âme et la livrait encore une fois aux fatales impulsions de la jalousie. Ainsi, au moment où Louis Bernay lui demandait pardon à genoux pour ses doutes injurieux, au moment où il l'implorait avec des larmes dans la voix, il mentait indignement, il jouait l'amour et ne le ressentait pas ! Tant de passion, grand Dieu ! et tant de perfidie ! et la veille, il écrivait à une autre femme les mêmes protestations, les mêmes sermens ! Oh ! c'était vraiment odieux.

Camillo avait fait preuve en tout ceci d'une parfaite connaissance du cœur des femmes ; car Mlle de Ménil, après bien des hésitations, après bien des combats, après bien des larmes, ne songea plus qu'à se venger de Louis Bernay par un impitoyable dédain, et elle en vint à accueillir, par raison en apparence, par dépit en réalité, les propositions de mariage de Camillo.

Nous ne vous dirons pas les drames terribles qui se passèrent en quelques jours dans ce château où la vie paraissait pourtant si calme, si heureusement nonchalante, si pleine de paisibles et de doux loisirs, drames que rien ne trahissait au dehors, qui demeuraient tout entiers dans la pensée et que révélaient à peine quelques regards profonds par hasard échangés. Camillo, pour qui le temps était précieux, qui redoutait la mort subite et inopportune de M. Villot, et quelque fâcheux retour de tendresse entre les deux amans, pressait d'abord avec une rapidité inouïe les préparatifs de son mariage, puis tenait adroitement dans de continuelles alarmes la jalousie de Mme Verdet, laquelle enlaçait Louis Bernay dans ses coquetteries et savait maintenir dans un raisonnable état sa haine contre Clémence qu'il aimait toujours.

Les premiers bans étaient publiés, et Camillo, au moment où allait enfin se réaliser son rêve gigantesque, impossible, au moment où il allait embrasser cette fortune immense, atteindre le but inaccessible, sentait sa tête prise de vertige : plus que jamais il s'étonnait que Roger d'Ortot le laissât faire ; plus que jamais il s'épouvantait de sa parfaite indifférence ; sans doute lui, Camillo, n'avait qu'à dire un mot pour le briser, pour triompher de tous les obstacles, pour abattre son ennemi sous ses pieds, mais encore s'attendait-il à quelque résistance, ou au moins à de la fureur vaine, terrible dans son impuissance !

Mais rien ! rien que le silence, rien qu'une quiétude inouïe. Qu'était donc devenu cet amour si profond, si violent, et qui déjà n'avait pas reculé devant un crime ?

Quoi qu'il en soit, la veille du jour fixé pour le mariage était arrivée. Camillo, heureusement, n'avait pas encore reçu de lettres de Langres, tout était donc sauvé. Car en admettant que dans la journée vînt une lettre de son père lui apprenant la mort de M. Villot, il devait nécessairement s'écouler un espace de temps assez long avant que le testament fût ouvert et que le notaire de Paris pût avertir Mlle de Menil de l'opulente succession qui lui serait échue.

Mme d'Ortot n'adressait plus la parole à Clémence.

La jeune fille s'en trouvait réduite à la conversation soliloque de M. Marius et de Camillo. Il s'était pourtant peu à peu formé comme une sorte de trêve entre elle et M. d'Ortot qui semblait, à force de respect et d'égards délicats, vouloir faire oublier sa conduite à Schinznack. D'ailleurs, Roger, loin de s'opposer au mariage de Mlle de Menil et de Camillo, paraissait au contraire l'accepter avec plaisir ; on eût dit qu'il était heureux de voir son ami donner à la jeune fille une réparation que lui ne pouvait plus lui offrir. Déjà bien des fois Clémence s'était dit : pour que M. Camillo me donne son nom, il faut que Roger lui ait révélé mon innocence et elle savait gré à celui-ci de ce tardif repentir.

Quant à Louis Bernay, plus ce mariage approchait, plus il sentait un désespoir farouche s'emparer de son âme. Jusqu'au dernier moment, il avait cru qu'un tel mariage était impossible, que Clémence voulait l'éprouver et tout rompre soudain ; puis le terme fatal approchant de plus en plus, il avait compté, comme font toutes les natures impuissantes pour l'action, il avait compté sur quelque événement providentiel, sur quelque catastrophe inattendue ; et le temps s'écoulait, s'écoulait toujours et la réalité d'abord lointaine se rapprochait, se rapprochait peu à peu et grandissait, et se dressait formidable devant lui. Alors son énergie s'était réveillée tout-à-coup, mais trop tard comme toujours ; les résolutions les plus étranges, les plus insensées passaient, et se suivaient, et se pressaient dans son cerveau. Tantôt il voulait suivre Clémence à l'église et se tuer devant elle ; tantôt sa haine se tournait contre la jeune fille et c'était elle qu'il voulait tuer, elle qu'il se plaisait à voir tomber avec sa blanche couronne d'épousée et son voile pour linceul.

Henriette, à qui il confiait toutes ces pensées délirantes, avait vainement essayé de faire rentrer le calme dans son cœur, en lui découvrant combien Mlle de Menil était peu digne d'un amour aussi vrai. Depuis long-temps Mme d'Ortot ne songeait plus à la comédie qu'elle avait voulu jouer pour rendre son mari jaloux, — bien que cette comédie eût en partie réussi, — mais la gravité des événemens qui s'étaient passés à La Roche lui avait fait oublier ses propres intérêts pour se dévouer tout entière à l'amour de Louis Bernay. Remarquons pourtant que, tout en abandonnant ces ruses de coquetterie, comme elle avait fréquemment de longs et secrets entretiens avec son frère, elle se trouvait avoir, sans y penser, continué son rôle et motivé, en apparence du moins, la jalousie de M. d'Ortot.

Toutefois, nous le répétons, elle ne songeait plus à cet enfantillage, et la preuve, c'est que, jugeant le mariage de Camillo et de Mlle de Menil comme fort sérieux, elle avait employé tous les argumens possibles et même les supplications pour éloigner Louis Bernay, dont elle craignait l'exaltation et les résolutions désespérées.

Ses tentatives avaient été infructueuses, et, comme nous l'avons vu, on était arrivé à la veille du jour fatal, lorsque Camillo reçut dans la matinée une nouvelle lettre qu'il reconnut pour venir de Langres.

Une sorte de pressentiment vague s'empara de lui à la vue de cette lettre ; ses désirs étaient donc enfin réalisés ! Rien, rien au monde ne pourrait lui enlever cette fortune acquise par tant de ruses, par tant de tortures secrètes, par tant de haine dissimulée, d'humiliation dévorée en silence ! Il rompit le cachet en tremblant, non de crainte, mais de joie, et il lut ce qui suit :

« Mon cher Camillo,

» Tout est perdu. Je ne sais par où commencer.... Je n'ai plus ma tête à moi.

» Je n'ai pas retrouvé le testament.

» Pour te dire les choses comme elles se sont passées, hier soir au M. Thouzet, le médecin, est venu comme d'ordinaire, et il a trouvé M. Villot assis sur son lit, les yeux brillans, le teint clair, l'air guilleret, ne songeant pas plus à mourir qu'à danser; de sorte que M. Thouzet me dit en partant : Le bonhomme vient de faire un bail de dix ans avec la vie. —C'est qu'il en est bien capable, que je pensais, à part moi, bien entendu.—Là-dessus, le médecin s'éloigne en me parlant assez haut de ses honoraires; — car tu sais que M. Villot passe dans le pays pour ne jamais payer ses dettes. A ce mot d'honoraires, je crus entendre un léger bruit du côté de notre malade, mais je n'y fis pas attention. Quand je revins auprès de lui, je le trouvai dans un état épouvantable, le visage gonflé, les yeux à l'envers, la voix étranglée. Il était retombé sur son oreiller où il bredouillait quelques mots incompréhensibles, mais je crus deviner qu'il bougonnait contre le médecin et ses honoraires. Il était neuf heures du soir et tu penses bien qu'à cette heure-là je ne me mis pas à courir après M. Thouzet. Je me disais : Bah! ça passera. Eh bien! ça a si bien passé qu'au bout d'une demi-heure M. Villot rendait l'âme.

» Ma première pensée fut de me sauver à toutes jambes, vu que j'ai peur des morts et que c'est plus fort que moi, mais je me suis souvenu à temps de ta recommandation et j'ai songé au testament.

» J'ai donc fouillé, farfouillé partout, dans le secrétaire, dans les vieilles commodes, dans les armoires, et j'ai fini par trouver, parmi une foule d'autres vieux papiers et de parchemins et de bêtises, le fameux testament dont je t'ai parlé; ça y ressemblait du moins comme deux gouttes d'eau. Pourtant une idée me vint et je me dis : si j'allais faire une boulette. Je l'ouvre, et qu'est-ce que je lis? Une donation entière, faite par M. Villot, de tous ses biens à des hôpitaux et à des communautés religieuses. Je regarde la date, elle est toute récente,—du mois dernier. Bon! voilà Mlle de Menil et Camillo flambés, que je pense; mais il y a peut-être un testament plus nouveau, et il ne serait toujours pas mal de retrouver celui que j'ai vu. Je me mets à rechercher par tous les coins, jusque sous les carreaux de la cuisine, jusque dans les livres de la bibliothèque; enfin j'y ai passé toute la nuit et je ne l'ai pas retrouvé.

» Je t'écris en toute hâte pour que tu avises à ce qu'il faut faire. »

— Imbécile, balbutia Camillo, il demande ce qu'il faut faire? Mais le brûler, parbleu!

Cette lettre avait un post-scriptum que voici :

« Il faut te dire que je soupçonne M. Thouzet, le médecin, de cet infâme tour. Il donne dans la dévotion pour avoir des pratiques, et je m'étais déjà aperçu qu'il cherchait à endoctriner ce vieux païen de Villot. »

Camillo n'hésita pas un seul instant. Il dit à Clémence que des intérêts de fortune le forçait à s'éloigner pour quelque temps, qu'il s'agissait de son bonheur à elle, qu'il voulait la voir riche et honorée dans le monde; puis il chargea Mme Verdet de veiller sur les deux amans, — soins dont la dame n'était que trop bien portée à s'acquitter; enfin, une heure après la réception de cette lettre, Camillo était sur la route de Paris, où il arriva en quelques heures, et d'où il repartit pour Langres, bride abattue.

Il n'y avait que cela à faire. Un moment il se dit qu'il y aurait danger à reculer son mariage, mais d'abord il ne voulait pas épouser Mlle de Menil sans fortune; puis une fois en possession de ce terrible testament qui la déshéritait, il pouvait dire à Clémence : choisissez : devenez ma femme et j'anéantis le testament, vous êtes héritière unique de M. Villot, toute sa fortune vous revient; ou bien, si vous le préférez, épousez Louis Bernay, soit! mais je laisse subsister cet acte qui vous ruine.

Le départ subit de Camillo surprit étrangement Henriette et M. Marius qui n'étaient pas dans le secret. Quant à Louis Bernay, l'espérance lui revint, il crut à un subterfuge de Clémence pour éloigner encore un mariage dont elle avait horreur; sur le point de quitter lui-même La Roche pour jamais, je ne sais quelle voix secrète lui dit tout bas de rester, je ne sais quelle pâle et incertaine lueur vint à poindre dans son ciel plein d'ombres; en un mot, il ne partit pas.

CHAPITRE XXV.

Dans la Galerie du Château.

Le soir même du jour où Camillo quitta la Roche si précipitamment pour rattraper la fortune qui lui échappait, Roger d'Ortot fit mettre les chevaux à la voiture, qui prit la route de Paris.

Le lendemain, ce jour terrible où le mariage de Camillo et de Mlle de Menil devait se conclure, ce jour fatal où par vengeance et par dépit la jeune fille allait dire *oui*, hélas! et ce n'était pas seulement à cette union, mais au malheur, mais aux remords, mais à l'infamie de tout le passé d'un homme qui lui était inconnu, ce jour-là se passa dans le calme le plus parfait; Roger n'étant pas revenu, Henriette et Clémence, qui craignaient de se retrouver en tête-à-tête, se tinrent chacune chez soi, et les repas furent pris séparément.

Le soir venu, les domestiques qui, depuis quelque temps, étaient fort peu tenus, s'en allèrent la plupart où les appelaient quelques amourettes qu'ils avaient eu tout le temps de mener à bien ou à mal, selon le point de vue où vous voudrez vous placer.

De sorte qu'il ne resta guère au château que la femme de chambre et un valet d'écurie; M. d'Ortot ayant emmené le cocher et son valet de chambre.

Ce qui ne veut pas dire que nous nous portions garant de la vertu de Mlle Stéphanie. Elle était restée au château, voilà tout ce que nous pouvons affirmer.

La nuit était sombre. La bise balançait la haute cime des peupliers qui se penchaient l'un vers l'autre comme pour se confier leurs souffrances. Des gouttes de pluie et des feuilles mortes fouettaient les vitres; la voix lamentable de l'automne hurlait dans tous les coins du vaste château, où le confortable s'était créé seulement quelques points fortifiés contre le vent, le froid et l'humidité.

Mme d'Ortot était assise dans sa chambre devant un feu clair et tout joyeux avec ses flammes bleues qui dansaient follement. Auprès d'elle était Louis Bernay, son frère, qui, la tête appuyée dans ses mains, rêvait profondément.

Comme Henriette s'informait avec une tristesse calme du sujet de cette rêverie :

— Peux-tu me le demander! répondit celui-ci en relevant sa tête baignée de larmes.

— Toujours elle! s'écria Mme d'Ortot.

Louis Bernay garda le silence.

— Songes-tu qu'aujourd'hui, sans ce départ fortuit et dont je ne puis m'expliquer la cause, elle épousait Camillo.

— Oh! non! ce mariage était impossible. Elle-même n'y a jamais songé.

— Comme tu l'aimes, elle si indigne de toi!

— Oh! ne me parle pas ainsi de Clémence. Je croirai que Mme Verdet la calomnie, que tu la calomnies toi-même, — oui, toi, toi que j'aime! — plutôt que de croire que tant de noblesse, tant de candeur, cachent une âme aussi basse.

— Pauvre Louis!

— Oui, je la crois innocente.

Henriette ne voulut pas combattre trop cruellement une erreur que l'exaltation de l'amour devait faire comprendre et pouvait rendre excusable.

Pour détourner la conversation, elle vint donc se placer à la fenêtre où elle resta quelque temps comme enivrée par ses pensées; la brise en la frappant avec quelque violence au visage lui apportait un peu de calme et de fraîcheur.

Comme elle était là, rêveuse, inattentive, elle crut entendre un roulement de voiture; mais le bruit des feuilles agitées, les gémissemens du vent dans les corridors se mêlaient de telle sorte qu'elle put croire que son oreille l'avait trompée.

Elle ferma la fenêtre et vint se rasseoir près du feu; son regard tomba sur le chevalet posé à une extrémité de la chambre et éclairé d'une façon si singulière que le portrait qui y était placé se trouvait seul dans la lumière, ce qui lui donnait comme une sorte de vie fantastique et semblait animer le regard.

Ce portrait était celui de M. d'Ortot.

Henriette fut prise d'un frisson involontaire dont elle-même se mit à rire, puis elle dit :

— Mon Dieu! quand je pense à tous nos projets! que sont-ils devenus?

— Des folies, dit Louis Bernay.

— Mais suppose qu'un soir, — un soir comme celui-ci, — où Roger parti de la veille serait revenu tout-à-coup, pour nous surprendre ainsi en tête-à-tête... Le vois-tu entrer terrible, menaçant... Oh! la bonne scène!... Ne trouvant pour tout ennemi devant lui que son propre portrait. — « Tuez-le ce portrait, lui aurais-je dit; vous en êtes le maître, voilà votre rival : Ce cousin dont vous êtes jaloux, c'est mon frère! »

— En attendant qu'il soit jaloux, il te délaisse encore...

— Oh! il ne m'a jamais aimée! et cependant sa jalousie s'était éveillée un moment...

Il se fit alors un léger bruit du côté de l'antichambre.

— As-tu entendu? dit Henriette qui se dressa effrayée.

— Je n'ai rien entendu, répondit l'artiste.

— Il me semble qu'on a marché.

— C'est le bruit du vent.

— Non, c'était un autre bruit.

— Tiens! écoute... vois-tu, c'est le vent.

En effet, la bise soufflait par saccades et produisait dans les boiseries une sorte de craquement imitant un bruit de pas.

— Ce n'était pas cela tout à l'heure, reprit Mme d'Ortot. Je t'assure que j'ai entendu marcher et qu'on a touché à la serrure.

— Tu es folle.

— Je t'en prie, va voir dans l'antichambre.

— J'y vais pour te rassurer.

Louis Bernay prit la lampe et ouvrit la porte qui donnait sur l'antichambre.

— Tu vois bien qu'il n'y a personne, s'écria-t-il.

— Mais regarde dans l'escalier.

Il y eut un moment de silence.

Puis Louis Bernay ne put retenir un léger cri de surprise.

— Qu'y a-t-il, grand Dieu! s'écria Henriette au comble de la terreur.

— Rien; seulement je ne puis ouvrir cette porte si tu ne me donnes la clé.

— La clé! la clé est ôtée... Qui l'a prise?... Je ne l'ai pas, moi, cette clé!

Et malgré ses craintes, Mme d'Ortot s'élança dans l'antichambre et vit que la porte sur l'escalier était fermée.

Elle s'arrêta, pâle, chancelante, balbutiant des mots incohérens; puis une pensée lui vint, rapide comme l'éclair, et elle essaya d'ouvrir une petite porte qui se trouvait complétement dissimulée dans les draperies de la tenture grisâtre qui tapissait l'antichambre.

Cette petite porte donnait ouverture sur un couloir très étroit qui, glissant pour ainsi dire le long de la chambre à coucher d'Henriette, aboutissait à la grande galerie du château ; anciennement cette chambre à coucher n'était qu'un salon pour les joueurs. On se souvient qu'à l'autre extrémité de la galerie se trouvait l'appartement de Roger d'Ortot. Cet appartement donnant sur la cour se trouvait, quand M. d'Ortot prit possession de La Roche, complétement emprisonné dans cette partie du château ; on ne pouvait y arriver qu'en traversant la galerie et par conséquent la chambre d'Henriette ; mais, pour éviter une partie de ce grave inconvénient, on avait imaginé de prendre sur l'alcôve ce petit couloir qui, comme nous l'avons dit, partant de l'antichambre pour arriver à la galerie, évitait par conséquent le passage par la chambre à coucher. Les choses étaient en cet état lorsque M. d'Ortot s'installa à La Roche. L'appartement du fond de la galerie lui convint, mais l'obligation d'y arriver par l'escalier d'honneur et le petit couloir gênait beaucoup trop son besoin d'indépendance ; aussi son premier soin fut-il de faire construire un petit escalier, à l'usage spécial de son caprice. Par suite, le couloir s'était trouvé inutile ; on n'y avait point passé une fois en six mois.

La terreur de Mme d'Ortot fut à son comble lorsqu'elle s'aperçut que la porte du couloir était également fermée.

Il ne restait plus qu'une espérance ; c'était qu'une autre porte secrète qui, de sa chambre, donnait dans la galerie eût été oubliée. Mais de ce côté comme partout un obstacle inerte, muet, terrible, contre lequel tous les efforts venaient se briser. Partout avait passé la main de cet ennemi invisible et mystérieux.

Que faire ? Qu'allait-il arriver ? Comment fuir le danger et quel était ce danger ? Est-il rien de plus horrible que cette appréhension vague et qui ne sait à quoi se prendre ; que ces périls incertains qui vous entourent et qu'on ne sait de quel côté attendre.

Toutes les portes étaient closes. L'appartement se trouvait au second à une très grande hauteur du sol. Pas moyen de fuir, au dehors la tempête mugissait, l'ouragan avec sa voix immense eût étouffé tous les cris.

Henriette retomba assise et presque évanouie dans son fauteuil en s'écriant : — Nous sommes perdus !

— Voyons ! qu'y a-t-il ? dit Louis Bernay en riant. On nous a enfermés, c'est vrai. Nous nous sommes laissé prendre comme des écoliers. Mais pourquoi cette folle épouvante ? Ceci me paraît le commencement de la scène que tout à l'heure tu appelais de tous tes vœux. Je ne pense pas que les voleurs aient eu assez d'esprit et d'adresse pour nous bloquer de la sorte. Si les voleurs ne sont pour rien dans l'affaire, c'est que ton mari est revenu...

— Oui, ce roulement de voiture qu'il m'avait semblé entendre.

— De tout ceci je conclus qu'il est jaloux...

— Grand Dieu ! que va-t-il se passer ?

— Eh ! que diable veux-tu qui se passe ? La précaution fort singulière prise par Roger donne à penser qu'il est de ces maris qui au lieu de craindre le scandale s'empressent de le faire éclater. Sans doute il est allé chercher des témoins pour que la chose se fasse dans les règles.

— Non, c'est impossible ! Je le connais ! il est jaloux de son honneur, lui ! aller chercher le scandale ! Et à cette heure où trouverait-il des témoins ? Non... j'ai peur... quelque chose de terrible se prépare... Louis... Louis, sauve-moi !

Et Henriette se laissa aller dans les bras de son frère et perdit connaissance.

Cependant que s'était-il passé ?

Au moment où la jeune femme avait cru entendre un roulement de voiture, la chaise de M. d'Ortot s'arrêtait devant le perron, le marchepied s'abaissait avec un bruit sec et cassé et Roger s'élançait à terre.

— Francis, dit-il au cocher, tu te rappelles ce que je t'ai dit ?

— Oui, monsieur le vicomte, répondit celui-ci.

Et comme le valet d'écurie, le seul des domestiques qui fût resté au château, allait refermer la grille : — Laisse-la ouverte, s'écria le cocher d'une voix légèrement altérée par la boisson ; nous allons repartir, mon vieux. En effet, il resta lui-même sur son siége, la bride en main, et se mit à siffler un air.

Arrivé dans le vestibule, Roger rencontra Stéphanie, la femme de chambre de Mme d'Ortot qui, ayant entendu le bruit de la voiture, jugeait n'avoir rien de mieux à faire que d'aller prévenir sa maîtresse.

— Où est Mme d'Ortot ? demanda Roger d'un ton ferme et qui voulait être obéi.

— Dans son appartement, monsieur.

— Seule ?

— Oui, monsieur.

Roger mit deux pièces d'or dans la main de la femme de chambre, et ajouta :

— Ah ! à propos ! Et M. Desprez, n'est-il pas chez votre maîtresse ?

— M. Desprez ? balbutia la servante délurée en prenant un air innocent ; — mais après avoir préalablement fait disparaître les deux pièces d'or dans la poche de son tablier.

— Oui, M. Desprez ! Vous m'entendez parfaitement.

— Je crois...

— Je ne vous demande pas ce que vous croyez, mais ce que vous savez.

— Il est chez Mme la vicomtesse.

— Bien ! murmura M. d'Ortot dont les yeux s'éclairèrent comme d'un rayonnement de joie. — Mlle de Menil est sans doute dans sa chambre, ajouta-t-il, pensant bien que les deux amies s'étaient tenues séparées tout le jour. Allez la prévenir que Mme d'Ortot est au plus mal, qu'elle a des attaques de nerf, que vous ne savez que faire. Mlle de Menil n'hésitera pas. Ne lui parlez point de mon arrivée ; de sa chambre elle n'a pu entendre la voiture, surtout par le vent qu'il fait. Comme il serait beaucoup trop long pour elle de se rendre chez Mme d'Ortot par le grand escalier, — ce qui d'ailleurs est impossible ce soir, — vous lui ferez prendre par mon appartement ; vous la conduirez au bout de la galerie ; vous garderez avec vous cette lanterne, que vous laisserez sur un signe que je vous ferai et auquel vous devrez vous éloigner. Allez, et du mystère ; votre fortune est faite. Tenez, prenez ce nouvel à-compte, et il lui glissa dans la main quatre ou cinq louis encore.

Mais comme elle allait s'éloigner, il la rappela et ajouta : — Attendez dix minutes avant de monter chez elle et allumez-moi un flambeau.

La femme de chambre obéit et M. d'Ortot monta à son appartement.

Stéphanie resta fort épouvantée de l'air sombre de Roger et des instructions qu'il donnait d'une voix brève et saccadée. Ce secret qu'il lui demandait était donc bien terrible pour qu'il le payât non seulement avec de magnifiques promesses mais aussi avec de l'or. Elle n'en augurait rien de bon, sinon pour elle toutefois. — « Bah ! se dit-elle par forme d'absolution, quel danger peut-il y avoir ? Monsieur le vicomte découvrira tout bonnement que ce M. Desprez n'est que le frère de sa femme, et si je le lui avais dit, il ne m'aurait pas si grassement payée. La jalousie partie, zest ! la générosité aurait pris le même chemin ! Et puis je ne sais pas après tout ce qu'il veut faire. D'ailleurs, il ne m'a pas demandé d'explication, n'est-ce pas ? — Mme d'Ortot est-elle chez elle ? — Oui, elle y est. — M. Desprez est-il chez ma femme ? — Oui, il y est. — Voilà toute l'histoire. »

Ce petit raisonnement des plus logiques la rassura complétement, et les dix minutes se trouvant à peu près écoulées, elle monta chez Mlle de Menil.

Clémence fut sans défiance, sachant que ni M. d'Ortot ni Camillo ne se trouvaient à La Roche.

Elle suivit donc la femme de chambre.

Elle ne remarqua pas même que cette fille lui faisait prendre par l'appartement de Roger, — une seule pensée la préoccupait, donner des soins à Henriette ; — les femmes, natures sublimes dans certains momens, oublient bien vite toute inimitié pour le dévoûment.

Toutes deux elles traversèrent ainsi la longue galerie sombre, où la lanterne promenait deux rayons pâles et minces se découpant à vif dans l'obscurité qu'ils ne pouvaient dissiper.

Quand elles furent arrivées devant la porte qui communiquait à l'appartement de Mme d'Ortot, la femme de chambre feignit d'avoir commis quelque oubli ; elle posa la lanterne sur une vieille console Louis XV qui se trouvait entre deux fenêtres et s'éloigna précipitamment.

Clémence essaya d'ouvrir la porte de la chambre d'Henriette ; mais trouvant un obstacle, elle allait frapper, lorsque d'une embrasure de fenêtre où il se tenait caché M. d'Ortot s'avança et lui dit :

— C'est inutile ! n'essayez pas d'ouvrir cette porte ; elle est fermée et j'en ai la clé.

Mlle de Menil ne put retenir un cri de terreur en se trouvant une seconde fois seule avec cet homme.

Surtout la lueur vacillante et faible de la lanterne frappant son visage par dessous, y accusait des ombres profondes qui donnaient à cette tête un caractère terrible.

M. d'Ortot n'avait pas quitté son costume de voyage ; il gardait son chapeau sur la tête. Un de ses bras restait caché sous son manteau.

— Avant que j'ouvre cette porte, dit-il d'une voix sourde et étranglée par l'émotion, écoutez-moi ! Vous avez été d'une imprudence qui tient de la folie. Au lieu de rester ici, dès le premier jour il vous fallait fuir, et vous ne l'avez pas fait ! ce qui va arriver sera votre faute, non la mienne ! Ce n'est pas moi qui vous ai appelée, je vous craignais, je me craignais encore plus moi-même ! Oh ! je ne pensais plus à vous... je le croyais du moins... mais la fatalité vous a ramenée, vous a de nouveau livrée à moi, et je l'ai laissé faire ! Vous avez donc pu croire que tout était fini, que le passé n'était plus qu'un vain rêve, que cet amour, — cet amour insensé, — était à tout jamais anéanti dans mon âme. Quoi ! méprisé par vous, repoussé par vous, je n'aurais pas cherché à me venger ! Quoi ! j'aurais oublié, moi, vos dédains insultans, mes efforts infructueux, et ma passion se serait ainsi éteinte d'un jour à l'autre ! Ah ! peut-être n'aviez-vous vu dans ma conduite qu'une tentative d'écolier insolent et qui se repent. Ah ! mais vraiment je m'étonne de votre sécurité. Oui, j'ai pu maîtriser la violence de mes désirs, cacher mon émotion sous l'insouciance et le calme, voiler mes regards, imposer silence à mes tortures, à mes désirs, à ma jalousie, à mes fureurs ; mais ce n'était pas une raison pour être à ce point confiante et oublieuse ! Il fallait fuir, vous dis-je, ou vous venger ! Vous avez été trop imprudente ou trop généreuse ! — maintenant il est trop tard ! je vous aime ! — vous ne l'avez donc jamais compris ! je vous aime !... je vous aimais lorsque je me suis vengé de vous en vous déshonorant !... je vous aimais le soir où, poussé par je ne sais quel délire, j'avais osé franchir le seuil de votre chambre pour obtenir de vous par la violence ce que l'amour ne voulait pas accorder. Oui, je vous aimais alors ;... un mot de vous, un seul mot de pitié ou d'espoir aurait calmé cette fièvre.... apaisé ces transports. Oh ! oui, ce jour-là vous auriez pu me tromper avec de douces paroles et me voir à vos pieds, soumis, repentant. Mais non! vous ne l'avez pas voulu! mais non, vous n'avez eu pour moi qu'un mépris écrasant, vous n'avez su qu'exaspérer ma douleur, qu'irriter ma folie, et j'ai commis une action infâme et lâche, et je vous ai flétrie!... Je ne m'en repens pas maintenant, sachez-le. Aujourd'hui je ne suis plus le même homme!... je vous aime encore! mais il ne suffit plus de ces regards adoucis, ni de ces coquetteries pour éloigner le danger!... Il est trop tard, je vous le répète.

Clémence tremblante, éperdue avait d'abord essayé de s'échapper par la galerie, mais Roger ne perdait pas de vue le moindre de ses mouvemens; il se tenait près d'elle de façon à l'arrêter au passage.

Dans l'impossibilité de fuir, elle se rapprocha de la porte qui communiquait à la chambre d'Henriette, et silencieusement elle essayait de l'ouvrir; ses ongles se brisaient sur le bois.

— Nulle puissance maintenant, s'écria M. d'Ortot, ne peut vous arracher à moi. Oh! n'essayez point d'ouvrir cette porte; votre peine serait inutile.

— Que voulez-vous? que vous ai-je fait?

— Si vous ne venez, je les tue!

— Par grâce, ayez pitié!

— Oh! vous ne m'échapperez plus! Ma voiture est en bas qui nous attend; mes gens sont sûrs et dévoués.

— Au secours! au secours! s'écria Mlle de Menil.

— Vos cris ne serviront de rien.

— Au secours!

— Celui que vous aimez, Alfred Desprez, est là enfermé avec ma femme; voyez, il ne peut même pas vous entendre.

— Vous me tuerez plutôt que de me forcer à vous suivre.

— Vous! non; mais eux, ajouta-t-il en montrant la chambre: Mme d'Ortot est là, comprenez donc! avec un homme qui est son amant. Oh! ils ne peuvent fuir; toutes les issues sont fermées. Je les tiens là tous deux prisonniers, sous mon pouvoir, sous ma vengeance. J'ai la clé de cette porte, je vous le répète!

— Ciel! c'est infâme!

— Je vous l'ai dit, si vous ne consentez pas à me suivre... vous le voyez, j'ai des armes... je les tue là tous les deux devant vous.

— Arrêtez, Henriette est innocente!

— Elle est coupable!

— Ce jeune homme, vous l'ignoriez, c'est son frère... Oh! écoutez-moi un moment, un seul moment, je vous en conjure. Je vous le disais; c'est son frère... Louis Bernay... Vous avez entendu parler de Louis Bernay... vous savez, il est peintre .. Je le connais bien, moi... il a fait le portrait de ma mère... je vous montrerai ce portrait... un chef-d'œuvre! Vous voyez bien qu'Henriette est innocente.

— Vous essayez en vain de la sauver...

— Mon Dieu! que puis-je dire pour vous convaincre... C'est une imprudence d'Henriette qui a voulu exciter votre jalousie. Nous étions tous dans la confidence... M. Camillo, votre ami, pourra vous le dire...

— Si Henriette est innocente, prouvez-le en me suivant, car je vous le jure, moi, c'est le seul moyen de la sauver de la mort, ainsi que ce Louis Bernay que vous connaissez si bien!

— Henriette vous aime!

— Que m'importe! le temps presse... venez...

— Laissez-moi!... jamais... jamais!

— C'est vous qui l'aurez voulu, dit Roger avec fureur en s'approchant de la porte et cela ne vous sauvera pas... Je vous dis que mes gens sont gagnés, qu'on vous portera de force dans la voiture, que nous fuirons tous deux cette nuit même.

— Je ne vous demande qu'à mourir! tuez-moi! tuez-moi avec eux!...

Roger, dont la fureur était arrivée à cet état de brutale ivresse qui pousse au crime, Roger, écartant Clémence, s'approcha de la chambre de sa femme tout en tenant la jeune fille d'un bras pour l'empêcher de fuir, et il ouvrit la porte.

Ce fut un moment horrible.

Une vive lumière s'échappa par cette ouverture.

Puis une détonation se fit entendre.

Mlle de Menil tomba évanouie sur le parquet.

CHAPITRE XXVI.

Un Savant bon à quelque chose.

Arriver à la fortune et au pouvoir sans le travail, tel avait été le but de Camillo.

Arriver à la fortune et au plaisir sans le travail, tel avait été le but de Roger.

Jouir et jouir vite, ces mots résument tout.

On ne veut plus tenter longuement à la sueur de son front la pénible ascension du succès, le succès, ce mont qui :

> En bas est fait de roche, et fait de sable en haut.

Non, on veut l'escalader d'un coup, sauf à tomber, en voulant l'atteindre, dans ces gouffres qui l'entourent et qu'on nomme la justice humaine.

Camillo, du reste, était homme trop habile pour s'aventurer hors de la légalité; il savait dompter ses passions; Roger, au contraire, se laissait entraîner par elles, comme un homme que ses chevaux emportent à travers ronces et ravins et qui doit finir par se briser dans cette course désespérée.

Lorsque Camillo Sylva, ne voyant dans M. d'Ortot qu'un homme faible, abandonné à tous ses caprices, crut pouvoir le dominer par la crainte, le tenir brisé, abattu sous sa main hardie; lorsque Camillo osa lever le masque et lui montrer sans voiles son ambition cynique, et lui dire : — Je vous ai séparé pour toujours de Mlle de Menil qui est riche et que j'épouse, que vous aimez et que j'épouse, qui devait être à vous et qui sera à moi, avec son amour, avec sa beauté, avec sa fortune; lorsque cet homme enfin se sentit assez fort pour livrer son secret et pour s'en faire une arme, Roger, on le sait, sembla plier sous ces menaces et reconnaître que la lutte eût été vaine et fatale; il feignit de fermer les yeux sur les projets de Camillo, il sut cacher sa haine et ses désirs de vengeance, comme déjà il avait su cacher son amour pour Clémence sous un air d'impassible indifférence.

Mais de même que le premier jour où il avait revu Mlle de Menil il s'était dit : elle m'appartiendra! de même pendant que Camillo se dressait triomphant dans son habileté, dans son dédain et dans sa confiance insultante, de même Roger s'était dit : Il faut que cette fortune soit à moi!

Rien d'ailleurs ne trahit sa pensée; l'œil scrutateur de Camillo ne put pas saisir dans le regard terne et froid de M. d'Ortot un seul éclair de haine, précurseur de la vengeance; parfois, on s'en souvient, il s'effraya de ce calme, de cet oubli, de cette soumission aveugle et lâche! Mais aucun obstacle ne s'opposait à sa volonté, il approchait du but, sa main n'avait plus qu'à s'étendre pour l'atteindre, que pouvait-il redouter encore?

On se rappelle que depuis peu un personnage fort mystérieux avait loué à Chevreuse une maison de campagne, isolée dans les champs, à l'une des extrémités de la petite ville, personnage qui vivait seul et dont l'existence bizarre avait éveillé maints bruits tous plus extravagans les uns que les autres ; on se rappelle aussi que Roger d'Ortot partait tous les matins pour la chasse, et qu'après s'être enfoncé dans les bois, il se dirigeait sur Chevreuse, par des chemins de traverse, et arrivait ainsi aux murs du jardin de la maison de campagne, où, à un certain signal, une petite porte lui était ouverte.

Or, il faut savoir que tous les matins aussi le valet de chambre de M. d'Ortot se rendait à Chevreuse pour aller prendre les lettres à l'adresse des habitans du château ; coutume assez irrégulière, mais qui est admise en province, et dont les facteurs n'ont pas encore songé à se plaindre.

Au lieu de revenir directement à La Roche, le valet de chambre traversait la ville, entrait un moment dans la maison dont nous avons parlé ; il y trouvait le vicomte et le personnage mystérieux dont à Chevreuse on faisait un condamné politique, un grand criminel, un espion, etc.

Toute lettre destinée à Camillo et portant le timbre de Langres, était infailliblement ouverte et gardée ; l'inconnu, qui n'était autre qu'un notaire jadis condamné pour faux et en rupture de ban, passait sa journée à recopier cette lettre, et le lendemain matin la copie, imitant l'original à s'y méprendre, était remise au valet de chambre.

Voilà l'explication du retard que Camillo avait cru remarquer dans l'arrivée de ses lettres.

Le faussaire se borna donc quelque temps à une simple copie ; mais l'avant-veille du jour où devait se faire le mariage de Camillo et de Mlle de Menil arriva une lettre de Langres par laquelle M. Sylva Montani annonçait à son fils que M. Villot venait de mourir et que par son testament Clémence se trouvait héritière universelle.

Cette lettre fut brûlée.

Roger composa l'autre lettre où, s'il vous en souvient, il était dit :

Que le testament en faveur de Clémence n'avait pu être retrouvé ;

Et qu'une donation entière avait été faite par M. Villot aux hôpitaux et aux communautés religieuses.

Dans cette lettre, M. d'Ortot imita avec un bonheur inouï le style trivial et l'orthographe fantasque du père de Camillo ; quant à l'ex-notaire, comme toujours, il reproduisit l'écriture avec une incroyable perfection.

Roger avait bien prévu qu'aussitôt après la réception d'une pareille dépêche, Camillo, rompant tout-à-coup son mariage, partirait pour Langres, afin de parer aux événemens et de détruire, s'il se pouvait, l'acte imaginaire de donation aux hôpitaux et communautés.

Mais le valet de chambre de Roger avait pris les devans muni d'une fausse lettre de Camillo pour M. Sylva l'intendant, grâce à laquelle il se fit remettre le testament.

Ce plan fut conçu et exécuté avec une habileté profonde.

M. d'Ortot, comme on le pense, fut obligé d'acheter par des sommes énormes les services de l'ex-notaire, grâce aux talens duquel il parvint en outre à s'emparer des deux cent mille francs constituant la dot de sa femme et du portefeuille de Camillo, portefeuille déposé chez un tiers et où se trouvaient les billets jadis souscrits à Hoffer.

En quelques jours tout fut fait. Cette mine souterraine, creusée laborieusement pendant des mois sans que rien n'oscillât à la surface, sans que le plus léger bruit se fît entendre, cette mine souterraine sauta tout à coup, dispersant dans l'air tous les obstacles.

Le réveil de Roger fut le réveil du tigre et son apathie se hérissa de griffes.

Le soir de la scène terrible qui eut lieu dans la galerie, Roger revenait de Paris avec les deux cent mille francs, — toute la fortune d'Henriette.

Sa passion pour Clémence se mêlait d'ailleurs d'une façon étrange à cet âpre amour de la richesse, et loin de s'inquiéter de la haine que la jeune fille devait ressentir contre lui, cette indifférence, ce dédain ne faisaient qu'augmenter la tyrannie de ses désirs. Son cœur blasé s'irritait et se réveillait à ces épines; il aimait Clémence comme le conquérant aime la ville désespérée qui lui résiste et qui lutte, et dont il s'empare en la foudroyant.

Tout était calculé avec un horrible sang-froid.

Des passeports avaient été pris et lui ménageaient la fuite à l'étranger.

Seul avec la jeune fille, la nuit, dans sa voiture, entouré de gens dont l'or lui avait fait des complices, il se voyait vainqueur de toute résistance, domptant la haine et le désespoir, aimé peut être pour sa brutalité et son audace, mais à coup sûr triomphant.

De près comme de loin, Mlle de Menil héritait de l'immense fortune de son oncle. La santé de sa femme déjà frêle et chancelante ne devait-elle pas être gravement ébranlée par cet abandon inattendu? Déjà son regard avait cru voir en elle quelques uns des symptômes de la maladie de sa mère... enfin, dans un avenir plus ou moins lointain, il prévoyait le jour où il serait libre, où il épouserait Clémence, où cette fortune serait à lui!

Mais comment la décider à fuir?

C'est alors qu'une pensée infernale lui vint. Doutait-il encore que le prétendu Alfred Desprez fût le frère de sa femme? Croyait-il Henriette vraiment coupable? Cette jalousie, si absurde qu'elle fût, eût été une excuse. Hélas! nous n'osons sonder jusqu'au fond de sa pensée; cette profondeur de gouffre nous effraie, nous donne le vertige...

Quoi qu'il en soit et que Roger eût de sang-froid prémédité un crime ou qu'il n'eût voulu que vaincre la résistance de Clémence par la terreur, toujours est-il qu'il n'y eût rien d'imprévu dans cette épouvantable scène, que tout avait été préparé avec la cruelle impassibilité de la vengeance.

Cependant, au moment où Clémence luttait contre Roger qui voulait l'entraîner, au moment où ses cris se perdaient dans le bruit de l'ouragan, il se passait au château d'autres événemens qu'il est bon de vous faire connaître.

Quand la femme de chambre était entrée chez Mlle de Menil pour la prier de descendre chez Mme d'Ortot qui se trouvait au plus mal, M. Marius était auprès de Clémence.

Stéphanie, vous le savez, accompagna la jeune fille jusqu'à l'extrémité de la galerie, et là, suivant les ordres de Roger, elle trouva un prétexte pour s'éloigner.

Cette fille était intéressée, honnête tout juste autant qu'il faut pour ne point dévaliser ses maîtres trop ouvertement, mais d'ailleurs elle n'avait pas l'âme perverse, et elle portait quelque attachement à sa maîtresse.

Alarmée, non sans raison, et de l'expression du visage de M. d'Ortot, et du mystère étrange dont il s'entourait, elle courut en toute hâte pour avertir la vicomtesse de ce qui se passait, — car elle avait un vague pressentiment qu'il allait arriver quelque chose de terrible.

Comme on le sait, la porte de l'appartement sur le grand escalier était fermée.

Cependant le temps s'écoulait... Que faire?

Une idée lumineuse lui vint. Elle remonta à la chambre de Mlle de Menil où elle trouva M. Marius à qui elle apprit toute la vérité, à qui elle fit part de ses craintes.

En apprenant le retour de Roger, Marius pâlit et se mit à trembler de tous ses membres.

S'il n'eût écouté que le mouvement de son cœur, il eût couru au secours de Clémence, mais, vous le dirai-je ? M. Marius, excellent homme du reste, était profondément poltron. La peur le tenait, l'étranglait, le brisait ; il n'avait pu de sa vie toucher une arme à feu.

Cependant, honteux de sa lâcheté dont une femme était témoin, plein d'anxiété sur le sort de Clémence qu'il aimait comme sa fille, il suivit la femme de chambre... Mais ses jambes fléchirent, se refusèrent de le porter, un nuage passa sur ses yeux, sa tête se troubla... Il s'arrêta tout à coup, puis il s'écria, heureux de cette défaite :

— Si nous avertissions Louis Bernay !

— Impossible de parvenir jusqu'à lui, répondit la femme de chambre,

M. Marius n'en prit pas moins le grand escalier. Arrivé à l'appartement d'Henriette, il essaya de se faire entendre de Louis Bernay et il y parvint.

Mais à quoi servait de lui apprendre le retour de Roger ; le danger que courait Mlle de Menil, puisque le jeune artiste était prisonnier ?

Cependant Louis Bernay n'éprouva pas un moment d'hésitation.

Les fenêtres sur le jardin étaient très éloignées les unes des autres, et chacune se trouvait enfermée dans un petit balcon isolé, reposant sur une frise très peu saillante et çà et là écornée.

Du reste, pas le moindre ornement sur la muraille, auquel les mains pussent s'attacher.

Louis Bernay cria à M. Marius d'ouvrir la fenêtre du palier, fenêtre qui tous les soirs était close par un volet.

Cette fenêtre venait immédiatement après celle de l'antichambre.

Le jeune homme eut bien vite escaladé le balcon. Il s'était mis nu-pieds.

Heureusement Henriette avait perdu connaissance, car elle fût morte de terreur à voir entreprendre par son frère cette périlleuse tentative.

Du balcon de l'antichambre il était de toute impossibilité d'atteindre le balcon de la fenêtre de l'escalier.

Il lui fallut donc s'avancer sur la frise à demi ruinée, les mains collées sur la muraille lisse et luisante, sur la muraille qui le pressait, qui le poussait pour ainsi dire comme un ennemi avec lequel on lutte.

Les pierres de la frise se broyaient sous ses pieds, se dispersaient en poussière.

Ses mains moites glissaient sur le mur où ses ongles essayaient en vain de mordre sur le mur mouillé par la pluie.

Il y eut un moment terrible.

Le vent qui soufflait s'engouffra dans ses vêtemens, et l'attira vers l'abîme par une attraction invincible.

Le vertige s'empara de lui.

Une pierre se détacha sous ses pieds.

Ses mains abandonnèrent la muraille...

Il était perdu, lorsqu'en cherchant encore à se retenir par un mouvement irraisonné, aveugle, il saisit le balcon.

Ce long, cet horrible supplice avait pris bien peu de temps, vous le pensez ; Louis Bernay, une fois sauvé, s'élança éperdu au secours de Clémence.

Pour arriver à l'appartement de Roger, il lui fallait passer près de la chambre de Camillo. Il eut une inspiration soudaine, entra dans cette chambre et prit un des pistolets de Camillo, pistolet que celui-ci gardait toujours chargé, vu la confiance aveugle qu'il avait dans l'amitié de M. d'Ortot.

Louis Bernay arriva enfin dans la galerie au moment où Clémence appelait au secours.

Il courut pour la sauver; comme il était nu-pieds, on ne put l'entendre venir; comme l'obscurité était profonde et que le rayon lumineux projeté par la lanterne s'épaississait encore par l'opposition, on ne put le voir.

Il se trouvait près d'eux.

Il put tout entendre...

Son souffle se mêlait à leur souffle.

Et lorsque Roger ouvrit la porte de l'appartement de sa femme, lorsqu'une détonation se fit entendre.

Ce fut Roger qui tomba.

Trois jours après, M. d'Ortot, ayant auprès de son lit sa femme et son confesseur agenouillés, M. d'Ortot rendait le dernier soupir.

Il avait vécu encore assez pour déclarer que lui seul était coupable de sa mort et pour proclamer l'innocence de Mlle de Menil.

Son repentir avait été sincère, et comme sur la fin de ces jours sombres et froids où parfois un pâle rayon de soleil parvient à percer les nuées et passe fugitif sur les campagnes attristées, une lueur incertaine de la foi glissa sur cette âme que le doute et les vices avaient jusque alors assombrie.

Clémence de Menil a épousé Louis Bernay, qui est aujourd'hui un grand artiste d'un talent hardi, original, insulté par conséquent. Il n'a plus qu'à lutter contre le mauvais goût de la foule et la jalousie de ses rivaux ; mais il est assez riche pour attendre patiemment le jour de la justice, et quant aux petites douleurs qui sont l'envers de la gloire, — ce manteau royal doublé d'un cilice, — le bonheur intérieur les lui fait bien oublier.

La vicomtesse d'Ortot épousera sans doute Frédéric Gernon, l'ami de Louis Bernay et le frère de Mme Verdet. Mais elle ne voit pas sa future belle-sœur.

M. Marius vit auprès de Clémence et s'occupe d'un ouvrage d'annotations sur les annotateurs de Virgile et d'Homère.

Camillo Sylva, enfin, redoutant quelque peu la vengeance de Louis Bernay, s'est enfui à Londres, où il mène un train de prince, a des chevaux et tient table ouverte.

On dit qu'il ne craint pas la police, qu'au contraire il est au mieux avec elle.

Quant à l'ex-notaire, il a été repris. Il fait maintenant des ouvrages en paille qu'il vend un prix fou.

WILHEM TÉNINT.

FIN.

www.ingramcontent.com/pod-product-compliance
Ingram Content Group UK Ltd.
Pitfield, Milton Keynes, MK11 3LW, UK
UKHW020914180726
13838UKWH00002B/549